Touch
タッチ
距離を巡る旅

ゲイブリエル・ジョシポヴィッチ
秋山 嘉訳

中央大学出版部

Gabriel Josipovici
Touch

First published by Yale University Press
Japanese translation rights arranged with Gabriel Josipovici
c/o Johnson & Alcock Ltd., London
through Tuttle-Mori Agency, Inc., Tokyo

なぜこれが献げられるのか分かるはずの人
マルグレータに

指を一本一本の壜に入れて、いっぱいかどうか触って確かめてごらんなさい。それが一番確実なやり方なのです。なにしろ触ってみるというのは無類のことなのですから。

ジョナサン・スウィフト『奴婢訓』

タッチ——距離を巡る旅

謝辞

これはとても個人的な本なのだけれど、友人たちとの会話や議論の中で大きく育った部分が大半だ。スチュアート・フッドとは触《タッチ》の主題《テーマ》について、活発な議論を交わした。そのあと彼から長い手紙をもらったが、手紙の中の大変啓発的な部分は付録で引用することになった。本を書いている途中色々な段階で多くの人に見せ、皆から助けになる示唆をもらった——皆とは、モニカ・ベイズナー、ロザリンド・ベルベン、ブライアン・カミングズ、ポール・デイヴィーズ、ダン・ガン、スー・ローウェンスタイン、ジョン・メファム、ディーサ・フィリッピ、サッシャ・ラビノヴィッチである。バーナード・ハリソンとマルグレータ・デ・グラーツィアの二人は、義務から生じる必要を——友情からのそれすら——遙かに越える注意深さをもって初期と後期の二つの段階において草稿を読んでくれ、タイプ原稿のあらゆるページにわたって助けとなる批評とコメントを寄せてくれた。結局アドバイスを顧みずわが道を進んだことが多かったかもしれないと思うが、二人の助けなしではこの本は今ある形では存在していない。イエールでのわたしの編集者たち、ロバート・バルドックとキャンディア・ブラジルは、この上ないほどの力を貸してくれた。以上のすべての者に対してわたしの心からの感謝を。

プロローグ

タッチについてエッセイを書きたいという切実な気持ちがここ何年かの間に次第に募って来ている。

エッセイがどのような中身になるのか。いかなる取りかかり方で自分がそれを書くことになるのか分からない。けれども、それを書くという考えがわたしから離れようとしない。しばらくわたしはタッチという話題について自分だけのメモを書きとめていた。関係がありそうな葉書や引用を集めたり、ためしに自分の考えを友人に話したりしながら。しかし、こういう予備作業と、そのエッセイを実際に書くことのあいだには、架橋しようのない裂け目《ギャップ》がある。

「タッチについてエッセイを書きたいという切実な気持ちがここ何年かの間に次第に募って来ている」という文を書きつけた時点で、もうわたしは新しい世界に入っている。これまでに自分が考え、読み、書きとめていたことが役に立たないわけではない。しかしおおよそそれは、探検家にとって、前人未踏の地域についてよくある類の、憶測で作られた地図が役に立つ程度に、というところなのである。つまり、まったく役立たずではないものの、そのままで実地の助けにはほとんどなってくれない。ここから先自分がどう進むのか、そもそも進むのか進まないのか、それは、今言ったようなこれまで考えたことや書きとめたものにというよりは、日常的に呼び出せる自分の中のいろいろな手持材料《リソース》や、歩みながら下す決定に左右されることになるだろう。

そんな際に大切なのは、注意しつつ自分の進み行く道を手さぐりすることだが、同時にまた、決して長くとどまりすぎないことである。

もちろんこれは比喩にすぎない。しかし今言ったやり方がわたしの（いまだはっきりとはしないがまったく曖昧そのものというわけではない）ねらいにふさわしいように思われるのはなぜなのだろう。

それは、自分の進み行く道を手さぐりする、闇や薄暗がりの中を模索する、というのが、全身でその道をためすことを言外に含むからなのだと思う。

それにこの方法は苦痛なほどにゆっくりしたものかもしれないが、もっぱら視覚を頼りにして明るい太陽を道しるべに荒野を渡る場合よりも、わたしを迷わせる可能性がずっと小さい。このような具合にするなら、自分が通ってきた土地についてほとんどなにも感じないまま気がついたら突然自分がゴールに着いていたとなるのではなく、道中を隅から隅まで経験することになるだろう。もしも自分と自分のゴールとのあいだに広がる空間を歩いて渡るだけでいいのなら、ゴールにさっさと着くことにはなるかもしれない、けれどもその場合には自分が本当に着いたのか、それとも着いたと夢に見たか想像しただけではないのか、首をひねり続ける羽目になるだろう。

わたしが踏破しなければならない土地《グラウンド》は、わたしの前に広がっているわけではないが、内側にあるわけでもない。

ではどこにあるのか。あるいは、またすっかり別の比喩が必要なのだろうか。

これはわたしがこのエッセイを書いていくうちにきっと見つけるはずの事柄の一つである。当面わたしに分かっているのは、本能がわたしに、視覚ではなく触覚《タッチ》にたよらねばならないと、大股で歩いたり走ったりするのでなく、手さぐりで進まなければならないと、告げていることだけだ。しかし、わたしの確信によれば、それこそが今手にしている主題にふさわしいのである。手にしている？　これがきっと肝心の点《ポイント》にちがいない。わたしは主題をわが手中にしていない。わたしはそれをつかんではいないのである。しかし、ではそれはどこにあるのか。また、それを探し始めるときには、こういったような比喩は一つ残らず、人を誤らせるものとしてお役御免にしようとしなければならないのか。

そうは思わない。そんなふうになるのだったらそもそもわたしは書くことなどできなくなるだろう。おそらくわたしがしなければならないのは、そのような比喩に趣く私たちの言語の癖に注意し、そうすることが、自分がたどらねばならない道について、何かをわたしに語ってはくれないかどうかを見てみることだけである。

もういい。始める時だ。

1　手のレッスン

チャーリー・チャップリンの『街の灯』（一九三一）に、初めて見たとき、動揺させられることなどめったにないわたしなのに、動揺したシーンがある。そのシーンはわたしの精神《あたま》にしっかりと刻みこまれて今も残っている（ただし、それについて書く今にして分かるのだが、このワンシーンのわたしの記憶には多くの空白が含まれていて、自分としてははっきり視覚的に思い出しているのに、たぶんその正確な細部というよりは、そのシーンがもたらした効果をわたしは思い出しているのである――けれどそれはそのままでいい、チェックするためにもう一度見たいとは思わない。わたしに興味があるのは、あの最初の経験がなぜあれほど強いものだったのか、そしてなぜわたしはそれをけっして忘れなかったのか、それを理解することなのだから）。

ほどよくこっけいで、甚だしくセンチメンタルなあの映画がとりあつかう主題は、芝居や映画がこれまで折々に惹きつけられてきた題材、盲目――目が見えないこと――である。浮浪者と美しい花売り娘の関わりについての映画だが、筋《プロット》については何もわたしは覚えていない。思い出すのはあのクライマックスのシーンだけだ。

彼は今まで娘に親切にしてきている。わたしの記憶では、この小男は視力回復手術を受けられる金をやっとのことで工面してやりさえしたように思う。手術は成功する。けれど娘はじぶんの恩人が誰か知らない。正体を隠していたせいなのだが、ただ、男は大変な金持ちだという印象をどうにか与えていた。娘の視力は回復し、今や洒落た花屋で働いている。仲間の店員とおしゃべりしている姿が、店の板ガラスの窓を通して、何列にも重なり合って並ぶ花を通して私たちに見える。いや実は、娘の姿は男の目を通して見える。通りがかり、ちらと中に目をやり、目がふと娘にとまると驚きのあまり立ちつくす小男の目を通して。

娘は、友人とおしゃべりしたり笑いこけたりしながら外の通りに目をやっているが、そのうち男に気がつく。店の窓を通して娘が男をちらりと見て、男のこっけいな見かけのせいでなのか、あるいは相手の娘のしゃべったことが何かおかしかっただけなのかもしれないが、笑うのが私たちに見える。しかし、男が舗道に立って中を見ていると（少なくともわたしの記憶ではカメラは一貫して男の位置から動こうとしない）、しだいに二人の娘は何かが変だと気つく。どんなに腹ぺこでくたびれ果てた浮浪者だからってこの人みたいにじっとのぞきこみ続けたりはしない。この人は何の用があるのかしら。どうして立ち去らないの。娘と友人はちょっとのあいだ真面目な顔で話をかわす。そして娘は花桶から花を一本とり店の外に出る。花を男に差し出す。どうぞ。僕に？　ええ、受けとって。そんな、だめです、ぜったい。ぜひ、どうしても。だめです。どうぞ受けとってくださいな。（このすべてにとって、これがサイレント映画であるのは重要なことだ——記憶によればチャップリンが作った最後のサイレント映画だったように思う。）最後に男は花を受けとる。娘は背を向け店の中に戻って行く。

観客にとって場面はもう耐えがたいものになっている。ほら娘はそこにいる。恩人のこんなにもすぐそばに——ころがりこんだ金を無私無欲にも娘の視力を回復させてやろうとそっくり手放したりしなければ、今頃は路上生活の苦しみや悲しみにおさらばできたはずの恩人の——。なのに娘は男のことを知らないし知りようもない。（自分が彼女の人生においてどんな役割を果たしたかを娘に言うことが男にできたところで詮無いだろう。娘は男の言うことなど信じるわけもなかろうから。）ではこれがことのなりゆきで、あとはこのままになるのだろうか。これでおしまい、これがそうだ、ということになるのか。

暗闇の中に坐って映画が展開して行くのを見つめている状況にあるわたしは、脚本家と監督に向かって、どうかわたしを憐れに思ってくれと声には出さずこいねがう。それが観客としてのわたしの反応だ。どうか心を鬼にせず、男が誰なのかが分かるという待ち望まれる事態が起こるようにしてやってほしい、後生だから。

これが奇妙な反応であることは分かっている。うぶな観客がそのような認知《きづき》を起こしてほしいと、自分が信じるどんな神にも仏にも霊にも祈るのは理解できなくもないし、また、すれっからしの観客なら、結局のところ一本の大衆映画にすぎないものになどしてやられるものかと気を引き締め、誰がこんな粗雑な策略にうかうか乗るものか、この一切は観客の琴線をあやつろうとする感傷ねらいの誘導作戦にすぎないさ、と肩をすくめて忘れ去る、という態度をとるのも理解できなくはない。わたしが理解できないのは、これが一本の映画にすぎない、それもかなり俗っぽい一本だという事実と、わたしの必死の願い――琴線を操作しているのがどういう人間であれわたしのつらい思いに憐れみをかけてほしい、男が誰なのかを花売り娘が知らないまま二人を別れさせたりしないでほしいという願い――とを、わたしが同時に意識していることなのである。

小さい浮浪者は舗道にとどまったまま、まだ店の中を見ている。中では娘がまた友人と笑いながらおしゃべりをしているのが見える。男の存在が二人の娘にとって気まずいものになっているのは明らかで、二人は男のほうに幾度もちらりちらりと目をやっては、あの人のことをどうしたらいいかしらと話し合っている真っ最中なのは今や火を見るより明らかだ。しまいに娘はレジに向かい、開けて硬貨を何枚かとり出す。そして娘はもう一度通りに出、もう一度男に近づく。どうぞ、とお金を受けとらせようとするが、男はやはりことわる。いえ、だめです、そんなことともでもありません。でも、どうぞ。だめだめ。どうぞ、ぜひとも。だめ、そんなことできません、ほんとうに。

これがトーキー映画だったらどんなふうになるだろうか。二人のかけあいはどんなに気まずいものになってしまうだろう。どんなにあっけなく終わる場面になってしまうだろう。しかし、男が尊厳ある辞退のパントマイム、娘が切なる懇願のパントマイムをするこのようなシーンこそはサイレント映画ならではの代物である。しまいに、私たちが祈り、願っていたように——だが果たしてそれは起こるのか——娘は男の手をとって硬貨を握らせる。

わたしの記憶ではカメラは娘の顔に据えられたままで、そのあとに続くことは男が娘の顔を見るように見られる。間近から。娘は特に優れた女優でなくていい。いや、もしも彼女に、自分の身に起きていることを顔でつぶさに表させるようにしてみたりしたら間違いになるだろう。というのも、奇妙な具合にしてなのだが、一切のことをするのは今や私たちなのだから。男の手を自分の手でにぎるのは私たち。それがなぜか知っている手だと不意に気づくのも私たち。長い一瞬のあいだに、驚くべき、ありえないつながりを作り出すのは私たちなのである。

その瞬間は、わたしがこれまでした一番強い映画的体験の一つであるだけではない。それは芸術を完全に超えているように思われる。それは、ロラン・バルトが、ある写真が自分を感動させる一方、それ以外のものはどんなに感心するものであっても自分を熱くしないのはなぜかを理解しようとして、プンクトゥム（コード化不可能な小さな裂け目）と呼んだものにほかならない。バルトはそのことを説明するのに手の込んだ理論をこしらえあげねばならなかった。写真の本質《エッセンス》は、Xがそこにいた（そして今Xはどこにいるのだろう？）というメッセージだと考えてみてはどうか、とバルトはいうのである。ただ、もっと説明に窮しそうなことがらがある。このシーンのような、現実にはありそうもないセンチメンタルな認知《きづき》の場面が、それが埋め込まれている映画の織地そのものからは分離してわたしの存在の核心を衝くようにどうも思われるのだが、それはなぜなのかということである。なにしろ、花売り娘と小さな浮浪者はわたしとどういう関係にあるというのか。一時間半前にはわたしは二人の存在を知ることすらなかった。一時間半前からわたしはスクリーン上のその道化芝居を見、笑ったり、心動かされたりしてきた。しかしわたしが今経験しつつあるこのすっかり開かれた感じ、破壊されると同時に再構成される感じが起こるとは思いもよらなかった。では一体何が今起こっているのだろう。

　私たちは（そのことについてともあれいささかでも考えてみるさいには）、自分以外のひとたちのことを、自分の前の客観的空間《スペース》を占めているものとして、そしてその人たちについての自分の知識はわたしたちの見る能力から出てくるのだと、考えている。しかしこれは、実際には、私たちが人を感知している仕方ではない。私たちがともに住まっているある物理的世界に対する共通の身体的、運動感覚的反応が、その人たちについて私たちが感知することの少なくとも一部となっている。というのも、私たちには体が備わっていて、私たちすべてに物理的世界に対し接近《アクセス》できるようにしてくれるものこそ私たちの体だからである。言い換えれば、私たちは参加する者であって、傍観者ではない。体が備わっていることによって私たちは参加するのである。ほかの誰よりもこの事実に私たちの注意をうながし、この事実から大切な結果を引き出そうとしたメルロ＝ポンティは、例証として次のような逸話を紹介している。

わたしが、眠って動かないこの人を見つめていると、突然その人が目覚める。彼は目をあけ、自分のかたわらに落ちている帽子へと身を動かし、まぶしい陽射しをさえぎるためそれを拾いあげる。わたしにふりそそぐ陽射しが彼にもまた射しているのであり、わたしと同じように彼もそれを見、感じているし、要するに世界を知覚している私たち二人がいるということを最終的に私たちに納得させるものこそ、まさしく、最初にわたしに他者のことを考えさせるのを妨げた当のものなのである。つまり、彼の体がわたしの諸対象の一部であり、それらのうちの一つであり、わたしの世界のうちに姿を現しているということなのである。わたしの諸対象のあいだで眠っていた人が、それら諸対象に向かってさまざまな所作を行い、それらを使い始めるとき、わたしは、彼が身を向けている世界が実はわたしが知覚しているのと同じ世界であるということを一瞬たりとも疑うことはできない。

なぜわたしはここで起きていることをすぐさま、そして直観的に理解するのだろう。あるいは意外な答えになるかもしれないが、それはこの人がわたしの視野のなかの物体《オブジェクト》＝対象でもなく、わたし自身でもないからなのだ。もしもこの人がわたしの視野のなかの一物体＝対象にすぎなかったら、わたしは彼の身ぶりの意味を、永遠に不完全なままであるしかない手の込んだ一つの解釈システムによって把握しようとしなければならないだろう。これはカフカやロブ＝グリエの小説中における主人公たちの状況だ。だが、私たちはそれは異常で、直観に反していると感じる。

そういった小説の主人公たちは、単に生きているというのでなく、理解しなくてはならないという義務＝重荷を負っているように思われるし、またたとえ主人公がこう耐え忍ぶよう運命づけられているらしい状態だとしても、これは人がいるには不自然な状態だということを、そういった小説は示しているのである。

しかし、たとえこの人が、わけはともかくわたしだとしても（たとえば、自分では理解していないままに鏡に映る自分自身を見ている場合）、わたしが説明を探して自分の主観という迷宮をかけ回るさい、完全に同じことが起こるはずである。それが、たとえばベケットの『モロイ』（一九五一、英訳版一九五五）で、起こることなのである。モロイは自分自身の手や足を見てもそれが何なのかわけが分からず、手にしろ足にしろ誰か他人に属していることはほぼありそうにない以上自分のものにちがいない、という仮の結論に達するのである。しかしここでも私たちはこのことを理解するのになんの困難もない（これは時々私たちに起こる類のことにほかならない）一方で、自分自身の体に対するモロイの関係は不自然なものだと感じる（だから笑わないではいられなくなる）のである。しかし、メルロ＝ポンティが記しているように、件の人はそこ、「わたしの（視覚的）領野中のある場所にいるのだが、その場所は少なくともわたしが知覚し始めてこのかた、ずっと彼のために用意されている」のである。それは、「わたしが自分の世界把握から作りだす経験」であり、「もしもそのわたしの世界の内部にわたしのに似たある所作が始まりさえすれば――わたしがもう一人のわたし自身を知覚することを可能にしてくれる当のもの」なのである。

わたしが自分に対してと同じように他者に対して反応することができるのは、わたしが、他者が動いているのと同じ世界で動くからなのだ。わたしの目に見える人が、その人を見ているわたしがその下で生きている太陽と同じ太陽の下で、眠っているからこそなのだ。その人がわたし自身よく知っている諸々の物体に囲まれて眠っていて、わたし自身もこれまでその中で位置を占めてきた風景の中で、わたし自身もかぶったことがあるかもしれないのと同じような帽子をかぶって、わたし自身もよくしたことのある身ぶりをしているからこそ、わたしはその人がしていることについて、またなぜその人がそういうことをしているのかについて、何の疑いも持たないのである。特にこれという感情移入もいらない。必要なのは、世界に存在するものとして自分自身の体を内側で知ることである。

しかし、もしそれが事実ならば、映画という現象は深く逆説的なものになる。世界は暗くされた部屋のスクリーンの上で私たちに対して現れ、まったく何の努力もなしで私たちはその中に入る。私たちは自分自身の世界に現在住まうようにその世界に住まう。しかし、ひとつ決定的な違いがある。つまり、私たちは自分の体を置いてきている、ということである。このことがもつ強みは、存在の核心部分においては自分が常に安全だろうと知りつつ私たちがありとあらゆる種類の冒険を身代わりとして実行できる点である。弱みは、自分の体を映画館の座席に残してきているので、スクリーンの上で起きる何ひとつとして本当には私たちに影響を与え得ないということである。

このようにして映画は、私たちが、いっときいきづくのを可能にしてくれる。私たちが、日常生活で経験できるよりずっと決定的で意味に満ちた仕方で行動したり、また苦しんだりするのを可能にし、おのぞみとあらば（そののぞみをかなえる手段がある場合には）いつでもそれをくり返すことも可能にしてくれる。しかしそれが本物の人間の飢えに食べ物を与えてくれるとしてもその食べ物の栄養価は低い。なんといっても映画にあっては、目覚めるあの人の頭上に広がる空は、その人を今見ているわたしの上に広がる空と同一のものではないのだから。その人はそこ、わたしのまえにいる。わたしがいっしょに目覚め、いっしょに陽射しをさえぎり、よけることができるくらい、触《さわ》れるくらいのところに存在しているが、しかしわたしはその人が横になっているところまで渡って行くことはできない。わたしにはそのことが分かっている。しかし、逆説《パラドクス》は、わたしがその分かっていることを否定してはじめてその人のことを経験できるということである。それも、わたしのその経験は、渡って行ってその人をつついて起こすことができる能力に基づいているように思われるのである。このように、その人のことについてのわたしの体験には深い矛盾がある。その人がいてほしいと願う、のどから手が出るほどのわたしの飢える思いとあわさったその矛盾を自分の意識から抑圧してしまうことには、あとで見るように、耽溺（常習）に必要なすべての要素が含まれているのである。

　けれども通常なら映画が私たちに与えないでおくものを、『街の灯』のあのシーンは、私たちに与えてくれる。というのも、もしも娘が今もう目が見えるようになって映画の人物たちとも、暗くした部屋の中にいる観客たちとも何ら異ならなくなっているとしても、それでもやはり、娘がかつて盲目であったことこそがここで作用《プレイ》しているからである。

　小銭を受けとらせようとして浮浪者の手をとると、わたしはこの手のことを知っているわ、と娘が発見するのを私たちは見る。娘のその知っている仕方は、かれこれ一時間あまりスクリーン上でその手を知ってきている私たちが知っている仕方、知っていると言いうる仕方とは相当異なっている。それでも私たちは娘の盲目を娘とともに生きてきているので、スクリーン上で行われるほかのことがらよりもずっと深いレベルでなされようとしている発見に私たちもまた内々に関与するのである。彼女の体のひそかな奥でなされようとしている発見に。ひそかなのは、もちろん、その奥所が視覚から隠されている（そうならば、いつの日かあらわにされるかもしれないという話になるだろう）からではなく、それが彼女の体だから、時間の中に存在しそれ自体の記憶を、それ自体の生命を持った彼女の体だから、である。すでに言ったように、私たちがそのことを発見するのは、私たちが彼女の顔を読めるからではなく、私たちも体を持ち、私たちも単に見るのでなく自分の体で経験するというのはどういうことか知っているから、なのである。

こうしてこの出会いは、彼女にそして私たちに、スクリーン上であるか現実の生活においてであるかを問わず、人々や事件を目撃するだけの経験によってはどうしても与えられない、体との内的精通を与え返してくれる。視覚が何の管轄権も持たないところで起こることを、わたしの視覚に代わって、前にもあとにもただ一度限り、描写することによって、このシーンはわたしにわたし自身の体の感覚を、物体＝対象＝客体としてのではなく、空間と時間の中にあって生きているものとしてのわたしの体の感覚を、与え返してくれるのにほかならない。

2　リンデンの木陰とアミアンの聖母

視覚は自由であり、視覚は無責任である。わたしは目を遠くの地平線にやり、次に自分の顔の前にかざしている五本の指に戻すことができる。すべて一秒の何分の一かで、何の努力もなしに。そしてその動作を意のままに繰り返すことができる。一方、もしもわたしが地平線上のその点まで歩くとするならば時間と労力がかかるはずである。もっとほかのことをするのに充てればよかったと感じることになるかもしれない時間と労力が。見ること（視線を向けること）の場合わたしに何の代償もかからないのに、行くには選択と費用の両方がつきものである。

けれどもその場所まで歩こうという決心そのものが、それに続く歩行に、単なる見ることにはないある重さを賦与する。歩くことは、常にわたしを予期しないものに出会わせる。いま発ってきたばかりの場所の新しい見え方《すがた》、これまで見たことがなかった木立、友人との出会い、事故。そのどれひとつとして、もしも窓から見ることの安全に満足していたらわたしが経験することがなかったはずのものだ。しかし、経験には経験であるだけで必然的に価値がある、ということではない。三年の旅にであれ十分間の散歩にであれ、出発すること、あらゆる種類の旅立ちにつきものの自己解放、この自己解放が、同時に、不思議にも、それまで眠っていた自己の部分をいきづかせることでもある、ということなのである。

写真と映画の両方が持つ面妖な性質は、それらが視覚と身体的経験のあいだの区別を強め、しかし強めながらもその区別を隠しておく仕方に何か関係がある。「写真は、世界からの私たちの不在（そこに今いないこと）を受け入れることによって世界の現前性（目の前に在ること）を維持する」とスタンリー・カヴェルが映画についての、洞察溢れる本のなかで書いている。その少しあとで彼はこう言う。「映画を見ているとき、わたしの無力さは機械的＝自動的に保証されている。つまり、わたしは、この場で自分が確かめることが必要な今起こりつつある何かに立ち会っているのではなく、すでに起きてしまった何かに立ち会っているのである。」

もちろん物理的な場所移動・転置が問題そのものなのではない。カヴェルの洞察に従うなら、二種類の見ることのあいだの違いは、「自分がその場にいる」感か、あるいは「その場にいなくてただ見ているだけ」感か、という点にある。ヴァルター・ベンヤミンは、特に映画の性質＝本質を探究するというコンテクストにおいて、第一の種類の見ることを記述するために「アウラ」という語を作りだした。彼は書いている。「私たちが目を向けている客体《オブジェクト》＝対象のアウラを感知するというのは、それに対し私たちを見返す能力を纏わせることを意味する。」ベンヤミンが言おうとしているのは、この相互関係は、その瞬間について私たちが持つかけがえのなさの感覚に依存している、ということである。アウラは、「ある距離の唯一無二的な現象《あらわれ》なのだ。それがどんなに近い距離であろうとも。今、夏の日の午後に憩いながら、地平に連なる山なみを、自分に影を落としてくれる一本の枝を、目で追っているのなら、人は、その山々のアウラ、その枝のアウラを経験しているのである。」

アウラは距離を廃棄しはしない。ベンヤミンが友情についてかつて用いたすばらしい言い方を採用するならば、それは距離をいきづかせるのである。そうすることでそれは私たちをその機会のかけがえなさの感覚、反復不可能性で貫く。アウラとは、ある客体のこの側面とかあの側面とかにではなく、その客体《もの》が存在する、そしてそれを観察している私たちが存在する、という単純な事実に対する驚異の念を私たちが覚えるさい、その客体を包んでいるものなのである。写真による場合であれ、映画による場合であれ、機械的複製はアウラを否定し破壊する。『街の灯』のあのクライマックスシーンが帯びる特有の電荷は、アウラが居場所を持たない媒体において一瞬アウラが出現したことにあるのだ。

コールリッジが傑作「失意の頌歌《オード》」で嘆いているのが、アウラの喪失にほかならない。

それらすべて並外れて美しいのがわたしには見える
見えるが、どんなに美しいのかなんとわたしには感じられない

アウラの喪失はその場にいることの喪失を意味する。つまり、自分がこれに応じることができないということはモニターできる（この技術用語《テクニカルターム》がふさわしいと思われる）ものの、わたしは、どういうわけか、これに応じるためにここにいるのではない、のである。私たちは存在するがしかし、私たちが感じることができないゆえに、世界がもはや私たちに目を向けていないと思われるがゆえに、私たちの存在には意味と希望が欠けている。わたしたちはこれまでいつもしてきたように日々の生活をこなすことが可能だが、私たちが孤独のなかに閉じこめられている囚人である可能性も同程度にあるのだ。

たまたま、コールリッジはもう一つの失意頌「このリンデンの木陰、わが牢獄」を書いている。これは、今述べてきたような互いにつながりあったテーマのすべて、いかにして歩行が肉体をいきづかせるか、閉じこもりが生む自己喪失感をいきづかせ、アウラをいきづかせるか、を探る詩

である。「一七九七年六月に」と彼は詩の頭においた覚書のなかに記している。
かねて来訪を待ちこがれていた友たちが、筆者の小屋を来訪。到着する日の朝、筆者は事故に遭い、皆の滞在期間中歩くことがかなわなくなった。一夕、友たちが筆者を残して数時間外出のおり、庭の木陰で次の詩行をこしらえた。

それに続く詩は、実際に書いている過程で発見がなされる感覚を伝えるものであるという点で典型的なロマン主義的な頌歌である。したがってその経過は多少とも注意して辿らなくてはならない。

それは、右の前書きに含まれていた感情を彫琢したものから始まる。

さて皆出かけてしまい、わたしはここに残らなくてはいけない
このリンデンの木陰、わが牢獄に！　歳をとり
目がかすんで盲目になったとしても
この上なく甘美な思い出になったはずの美しいものも感情も
なんとわたしは失ってしまった！　こうしている間も
彼ら、二度と相まみえることなきやもしれぬわが友たちは
しなやかなヒースを踏み、尾根伝いの道を
うきうきと辿り・・・

しかし書くうちに、友たちが散歩するのを想像するうちに、コールリッジは自分が閉じこもっているることを忘れてしまい、外へ出て彼らといっしょにいる風である。

こうしている間も

彼らは・・・
うきうきと辿り、それから、わたしが前に話した
水音のとどろきのやむことない
あの谷間におそらくは曲がりくだって行く
とどろく谷間、木々に鬱蒼とおおわれ、狭く、深く
真昼でもまだらにしか陽が差し込まない谷間よ
そこではトネリコが岩から岩へと細い幹を弓なりにして
橋のように渡している。枝のないそのトネリコは
陽にはあたらず湿りをおび、哀れにも僅かな黄色葉が
風に震えるにはあらず、なんとたえず
滝にあおられ震えている。またそこにわが友たちは
細長く伸びた暗緑の草の列を見る
水の滴る青い粘土岩の縁下で
草という草がいっせいに、静かにおじぎをしては
しずくを滴らす（なんと奇妙きわまる光景か！）

こういったロマン主義的な詩の場合、引用をどこでやめたらいいのか知るのは至難の業である。確固たる書き出しの言葉(「皆出かけてしまい」「なんとわたしは失ってしまった」)がその先を開きリズムの連続体へと発展し、その連続体においてはあるキーワードが飛び石のような働きをして人をさらに先まで誘うからである。ドナルド・デイヴィがこの一節について言っているように、

詩人が、すべてを言ったと思ったとき、まだ何も言っていなかったことが判明したのである。共有できない楽しさのあれこれを思い浮かべることで想像力が、詩人にその共有を可能にしてくれるのである。これがひるがえって、この詩にその題を与えることとなっている逆説《パラドックス》を指し示す。どうしてリンデンで出来た木陰が牢獄でありうるのか? そしてどうしてそれがそうありうるのかを示し始めるまさにその時、詩人はそれがありえないことを証明する。なんといっても想像力は閉じ込めえないのだから。

けれどもここでデイヴィは歩む速度が少しばかり早すぎるとわたしは思う。コールリッジを解き放つのは想像力ではなく、書く行為なのである。「谷間」と「トネリコ」と「滝」がつながりを形成するのは、想像力の連鎖においてでなく、書くことの連鎖においてである。コールリッジの手の下における詩の運動(動き)が、想像力の解放者なのである。それは、歩く行為が、老齢になってもきっと思い出せるはずのことをコールリッジに与えたであろうのと同断なのだ。

しかし、第二連において、この詩が先細りになって消えてしまいかねない危険が生じた時、そ

の危険は、いわば、仲間のほかの者に遅れずについていこうとするこの詩の努力によって克服されるのであるが、詩を更新（蘇生）させるのはその散歩を想像し続けようとする詩人の決意ではなく、詩人が書いているように、詩人自身の内での突然の生起、散歩が都会の友人チャールズ・ラムに与えているに違いない特有の喜びの生起《わきおこり》、なのである。

何しろ君は何年ものあいだ
自然に餓え、思い焦がれ渇いてきたのだ
大都会に閉じ込められ、悲しいけれど忍耐強い
魂をもって、邪悪と苦痛と
異様な惨禍を切り抜けてきたのだから！

「失意の頌歌」において詩人をその気鬱の牢獄から高揚させるのが、別な人を思うことであるのと同様に、ここでもまず仲間全員についての思いが、つぎに最愛の友とその友が散歩中に得ているに違いない喜びについて思うことが、閉じ込められた詩人を、まったく予期せぬ幸福へと目覚めさせる。そしてこれこそが最終連の驚きへと連なるものにほかならない。

歓喜が
突然わたしの心に生まれ、なんとわたしは自分が
そこにいるかのようにうれしくなる！　この木陰、

この小さなリンデンの木陰でわたしは
自分を慰めてくれているたくさんのものに
気づかないでいたのだ。眩しい光のもとで色が薄くなって
透ける葉がかかっていた。わたしは陽を浴びた幅の広い
葉に目をこらした。頭上でその葉や幹のかげが陽の光を
まだらにするのを見るのがなんとも嬉しかった！　あのクルミの木は
豊かに色を帯びていた。ひとすじの光が深くまで届き
老いたツタの全身を被っていた。ツタは目の前に生えるあの楡の木々を
のっとり、今やもうこの上なく黒いかたまりとなり
それがため楡の暗い枝々も、遅い黄昏の中で薄明るい色合いを
放って見える。今やもうコウモリが音もなく旋回して通りすぎ
ツバメ一羽とてさえずらないが、なんと
友も連れないたった一匹のマルハナバチが
まだ豆の花の中で歌をうたっている！

コールリッジが、この詩を書きながら実際に発見していることは、木陰が牢獄ではないこと、それも彼が現実にであれ想像上であれ逃げることができるからでなく、自分のまわりに目を向ける気さえあれば、驚くに足ることが山ほどあると分かるはずだから牢獄ではない、ということである。自分が気づいていなかった沢山のものごとがあるのだ。目一杯長引いた散歩に負けぬくら

い、ここにも、老齢の身の記憶に食《は》ませるものがどっさりと。
ただし、コールリッジやワーズワースの頌詩においてよくあることだが、詩人自身はその経験、今詳しく書いたばかりの事柄から、あまりにも性急に、ひとを高揚させる何らかの一般的結論へと移動してしまう。

それゆえわたしには分かる
自然は賢く純粋な者を決して見捨てないと
自然がないほど狭い場所など世にはなく、また五感の機能それぞれを
充分に使えないほど、心を愛と美に目覚めさせられないほど
空虚な無駄など自然にはないことが。ときには
約束されていた楽しみを奪われることもやむを得ない
魂を高揚させられるためならば
わたしたちが共有しえない喜びを
生き生きとした喜びをもって思い描けるためならば

これはあまりに出来過ぎている。ここまでこの詩は、愛とか美とか心とか魂についてのものであって来てはいない。キリスト教的諦観とかストア派的見識についての詩でもなかった。この詩が歌って来ているのは、感情の満ち干き、自分と場所との相互作用、感情の衰えと感情の回復なのである——記憶と想像力と自分のまわりの世界とが詩を進めさせ、今度は詩が想像力を進めさ

せ、そして想像力が報われまた報いる、そういう運動なのである。

ベンヤミンの言葉によれば、アウラは相互性の感覚に依存している。「私たちが目を向けている客体《オブジェクト》＝対象のアウラを感知するというのは、それに対し私たちを見返す能力を纏わせることを意味する。」これこそは、最終連最初の部分が私たちに示していることにほかならない。「眩しい光のもとで色が薄くなって／透ける葉がかかっていた。わたしは陽を浴びた幅の広い／葉に目をこらした。頭上でその葉や幹のかげが陽の光を／まだらにするのを見るのがなんとも嬉しかった！」ここで、「まだらにする」ことは、遙かに意識的でないとはいえホプキンズの場合と同様、生命そのもののしるしである。この語は、もしそれについて考えるとするならば、ある客体が私たちに見えていると厳密にはいえず、しかも印象があるにすぎないとも厳密には言えないような具合に見えているもの、を言い表す記述なのである。光と陰の戯れ《プレイ》こそがまさにそれである。木の葉が動いて陽の光が砕け、絶えず変化させられるときの運動、プレイである。私たちがこの詩行を読んでコールリッジの記述の恍惚とした的確さに気がつくとき、アウラについてのベンヤミンのもう一方の言葉《コメント》が浮上する——アウラは「ある距離の唯一無二的な現象《あらわれ》なのだ。それがどんなに近い距離であろうとも」。コールリッジは小さな木陰の中で腰をおろす。そして彼が書くとき彼は今の奇跡的な性質、今彼の目に見えているものの奇跡的な性質、木や葉や陰や陽の光やそよ風から彼をへだてそれらに彼を結びつける距離というものの奇跡的な性質、についてのある感覚に向けて動くのである。「わたしは、・・・目をこらした／・・・嬉しかった／・・・あのクルミの木は／豊かに色を帯びていた。・・・今やもうこの上なく黒いかたまりとなり／・・・今やもうコウモリが音もなく旋回して通りすぎ／ツバメ一羽とてさえずらないが／なんとたった一匹のマルハナバチが／まだ豆の花の中で歌をうたっている！」

アウラについて、コールリッジの詩について考えるとき、わたしは、プルーストが初期のエッセイにおいて、アミアンの大聖堂南柱廊《ポーチ》にある聖母マリア像と、ルーヴル美術館の『モナリザ』との間に設けた区別を思い出す。その聖母像について彼はこう言う。「それをわたしが芸術作品と呼んだのは誤りだったと感じている。」

永遠に地上のしかじかの場所、しかじかの町の一部をなす彫像、言いかえれば、ひとりの人間と同じく名前をもち、諸大陸の表面に完全に同じものは決して見出せない一個体であるもの、それを見出すためには絶対にそこまで足を運ばなければならない場所で、大声でその像の名を告げる駅員が、何気なく「決して二度と見られないものを愛しなさい」と私たちに語りかけていそうなもの——そのようなものである彫像には、もしかしたら芸術作品より普遍的ではないなにかがある。いずれにせよ、その種の彫像は芸術作品よりもっと強靭な絆で私たちをひきとめる。それは、私たちをいつまでも離すまいとする人々や土地の絆のひとつなのである。

『モナリザ』は、明らかにしかじかの場所でしかじかの人によって描かれたものなのだが、今やもうそれは根扱ぎにされた状態になっている。「言わば素晴らしい《無国籍女《もの》》」（quelque chose comme une admirable “sans-patrie”）なのである。たとえ、彼女がルーヴルの中にある以上、ある意味で帰化した（自然化された）フランス的主体《じん》であるとしても。それに対して、とプルーストは先を続ける。「彫刻され、微笑をたたえた」彼女の妹、アミアンの聖母のことを考えてみよ。

> おそらくはアミアンに近い石切場の出身で、若いころ、聖オノレ門に来るためにたった一度旅したことがあるだけ、それ以来もはや動かず、上に聳える尖塔も屈めさせた、北の小ヴェネツィアの湿った風に吹かれて徐々に日焼けし、何世紀もまえからこの町の住民たちを眺めてきた彼女は、もっとも古い、もっとも出不精な住人なのであり、正真正銘の《アミアン女》なのだ。芸術作品などではない。これまでそこから連れ出すのに誰ひとり成功していない、田舎の淋しい広場に放っておくしかない美しい女友達であり、彼女はそこで、私たちでない人々の目のために、今後もアミアンの風と太陽とを顔いっぱいに受け続け、確かな本能によってわが右の手のひらにとまる小さな雀たちを愛想よく迎え続けるだろう・・・。

そしてこの対比をプルーストは、この初期エッセイ群を偉大さの領域にまで高める、あの単純だが、圧倒する言葉《コメント》のひとつでしめくくる。「わたしの部屋にある『モナリザ』の写真がもち続けているのは傑作の美だけだ。そのそばにある《黄金の聖母》の写真は、土産物《おもいで》の哀愁《メランコリー》を身に負っている（prend la mélancolie d'un souvenir）。

この一語、「だけ」――seulement――が、百年の美学をお払い箱にする。というのも、ここでプルーストが、まるでそれが世界一自然なことだとでも言うような調子で言っているのが、結局のところ、美学的な美、つまり傑作という観念は完全に取るに足りないものだ、ということだからである。アミアンの聖母は美学的にはモナリザに劣るかもしれない（しかしプルーストは、今日生きていたらこれほどカテゴリカルだっただろうか?）が、それは美学的なだけの体験のどんなものも遙かに及ばないほど深く私たちを揺さぶる。私たちの存在の核を打つのである。『失われた時を求めて』があれほど雄弁に正確に描出することになるあの不随意の記憶のように。

プルーストにとって記憶の力は、失ってしまったことを意識すらしなくなるほど完全に失ってしまったものを、記憶が私たちの手に戻してくれる、という事実にある。むろん、マルセルは自分の祖母のことを悼んでいるのだが、祖母の死が確かなことだと身に沁みるのは、彼の肉体が祖母のいる前でかつてしたことのある動きをふとしたはずみで繰り返すときになってようやく、なのである――皮肉なことに、祖母が現実に生きていたときには彼にとってまったくそうでなかったような具合に祖母が生きているのを彼が経験する瞬間に初めて、祖母の死という喪失の大きさが彼を打つのである。その経験が彼に、私たちは時間の中に存在する生き物であること、今はもはやそうではない者でかつてあり、もう二度と持ちえない物をかつて持っていた生き物であることと、を理解させる。アミアンに私たちが訪れたことは、私たちにとって貴重なことであり、聖母はそこの空の色、そよ風の性質《たち》、私たちをそこまで運んでくれた列車のにおいと同じように、その訪問の一部をなしている。というのも、その眠っているような田舎の町で、わたしたちは、それまでまだ経験する用意ができていなかったし、今後ほかのどこでも、よしやもう一度アミアンに戻ることになったとしても、そこでさえ見出すことはないであろう何かを体験するからなのだ。プルーストを圧倒するのはノスタルジアではなく、大聖堂とその彫刻群との出会いによってにわかに生気づけられた自己の感覚、その出会いによって彼の中で解き放たれた、そしてそこにあるとはそれまで知らなかった諸々の可能性の感覚なのである。コールリッジにとってと同様プルーストにとってこの感じは、直感的に喜びと結びつけられ、だから安い聖母の複製葉書でさえ、彼が彼女に負っているもの、彼女が彼にとって意味しているもの、を彼に思い起こさせるに充分なのだろう。

　ルーヴル美術館を訪れることが類似の体験につながり得ないわけではない。しかし芸術作品をその母体《マトリックス》からもぎとること、そしてあのように多くの互いに別個な作品を一括りにしてひとつの建物に収めることは、それを妨げるように働く。言うまでもなくアミアンの聖母はしかじかの建物のしかじかの場所のために作られたのであって、たとえ最初は聖母と建物が互いにしっくりいっていなかったとしても、何世紀ものあいだの太陽と雨によって今はもう確実に別ちえないものになっている。それに対し、こう言ってもまずよさそうだが、カンバスに描かれた油絵は、転置《ディスプレイス》されるために、無国籍になるために、作られる。そしてそれが最後にどこの大美術館行きになろうが誰のお隣になろうがたいした問題ではないのである。

　そして自分の新しい家に入ったそれのもとに、ガイドの講釈を受けながら、旅行者のグループがやってくるだろう。そこ、ルーヴルの中に立って、『モナリザ』をじっと見つめているとき、あるいは二日後アムステルダムのオランダ国立美術館でレンブラントの『夜警』（一六四二）の前に立っているとき、そのグループの一人ひとりの頭をよぎる思いは何なのだろう。推察するに、自分たちが傑作を目にしたということ、そしてこの作品によって少しは自分に教養がついた、前より物知りになったこと、であろう。ことによればよりよき人間になったということすらも。しかし、そのような教養＝文化や知識に何の値打ちがあるのだろう。そういうものが、彼らの頭や心の中において、何を開いたのであろうか。

「お手を触れないように願います。」これは、美術館なり画廊《ギャラリー》を訪れる人誰もが読んだことのある張り紙である。もしうっかりその指示を忘れるなら、もし体を前かがみにして少々近づきすぎたり、輪郭をなぞろうとして、あるいは連れの者にある人物を指し示そうとして手を出したりするなら、決まって近くに係員がいて、近づきすぎないで下さいと注意する。しかし、ある意味でその張り紙は、余計でもあると同時に誤解を与えるものでもある。美術館や画廊ではあらゆる偉大で有名な世界文化物が「手近《もと》に」あるのだ。訪れている間、それらは私たちのものである。大英博物館では、私たちはロゼッタストーンからエルギンの大理石彫刻へ、リンディスファーン福音書から中国の古仏へと移って行ける。そこは、いろいろな本が私たちに教えてくれたことを視覚的に確認させてくれる実にすばらしい場所なのである。しかし、ちょうど蓄音機とラジオが世界音楽の数々の傑作を、それらに到達する何らの努力もする必要なく私たちのもとにもたらしてくれたように、ここでも傑作なり途方もない文化的意義をもった物《オブジェ》がおびただしくそして近くにあるということ自体が、そのそれぞれのものからそのアウラを奪ってしまいがちなのである。私たちは、もしも係員が目を向けていなければ、実際にそれらにタッチすることができる――しかしそれらは私たちにタッチする（触れる、感動させる）ことができるだろうか？

3　境界

メルロ＝ポンティが『世界の散文』で書いているように、鏡の厄介な点は、あまりに多くを見せすぎることだ。通常の事態においては、わたしは鏡で見るようには自分の体を見ていない。体は、鏡の中におけるのと同じような具合にわたしの視線に対し開かれている物体＝客体ではなく、見、感じ、動く物体である。世界がわたしにとって存在するのはそれがわたしに見えるからではなく、わたしがそれの一部であるからなのである。

通常の事態においてはわたしは見ることはしていない。わたしはとり入れるだけである。しかしいったんわたしの視野に、ある枠《フレーム》があるようになると、その視野に対するわたしの関係は変化する。その枠の中にあるものは直ちに人の目をとらえる。それは自分をよく見てくれと求める。同時にまた、枠の中にあるものは残りの世界から切り離され、わたしから切り離される。鏡がもつ特有の恐怖と魅力は、鏡が、通常私たちが世界を経験するように世界を私たちに提示するのではなく、世界を、私たちの見つめる視線に対し開かれているとともに永遠に私たちの届かないところにあるものとして、提示する事実にある。

私たちが日々世界に対処するさい、そういう枠に出会うことはないし、見つめることもない。友人と話をするときわたしの注意をとらえるのは友人の顔や体ではなく、単に友人自身である。もう一度メルロ＝ポンティの言葉によるならば、わたしが誰かと握手をするときわたしが意識しているのは、手や肉や骨をつかんでいることではなく、誰かと会っていることである。

言葉が話される場合も同じだ。わたしは友人が言っていることを理解しようとして友人の語を分析したりはしない。わたしは単に友人の言う意味をつかむだけである。一冊の本を読んでいるとき、わたしが読んでいるのは語ではない。わたしはその本を読むのである。一枚の絵を見ているとき、わたしに見えているのは筆づかいではない。絵が見えているのである。むろん、友人が冗談を言ったり、詩を口ずさんだりすることがあるのとまったく同様、その本がわたしの注意を語に向けさせることや、絵がわたしの注意を筆づかいに向けさせることがあるだろうが、それによってその本や絵や友人に対するわたしの本質的な関係が変えられることはない。

と同時に、友人とわたしの出会いであれ、それがまったく自然な出来事だと想像するのも誤りになるだろう。出会いが通常と変わらず機能するためには、友人とわたしは二人とも、これまでの年月のあいだに、そのような出来事《イヴェント》=事件の底に存在するルールを習得して来ていなくてはならない。たとえば、友人がわたしにいつも使う言語で話しかけ、そうするだろうと予測がつくようなしかたでふるまう場合、わたしは友人の語やふるまいを分析するというのでなく、単に友人に反応するだけのはずだ。たとえば、友人がイタリア語を話し出したり、わたしと話しをしている最中に逆立ちしたりしたとしよう。それでもわたしは友人のことを理解することができるかもしれないが、友人と会話をし続けることはできなくなるだろう。その代わりにわたしは友人がどうしたのか理解しようとして、友人の語と身ぶりを分析しようとするはずだ。友人が腰をおろし、わたしが差し出すコーヒーを受け取って初めて、友人とわたしは語と身ぶりを超えて会話に移ることができる。

言い換えれば、友人との出会いさえもが、文芸批評家がジャンルと呼ぶものの枠の範囲内で起こるのである。ジャンルが私たちに出会いのための基本原則《グラウンドルール》と期待の地平とを与えてくれ、そうして出会いが見事花開くのを可能にしてくれるのである。コーヒーを飲みながらの会話というジャンルは、シェリーパーティのジャンルや長距離電話のジャンルとは違っている。私たちはジャンルを意識してはいない。というのもまさしく、それが出会いの土台《グラウンド》だからであり、今から習得されねばならないルールで出来ているのではなく、ある年月のあいだに私たちが無意識に見につけてきた実践から出来ているからである。

ことは文芸のジャンルでも同じだ。聞き手は、ホメロスの出だしの、「歌え、女神よ、ペレウスの子アキレウスの怒りについて」を聞くと、その詩（『イリアス』）がこれからとりかかってもおかしくない他の可能な数々の事をふるいにかけて取り除き、これにじっくり耳を傾けることが可能になる。むろん、この吟遊詩人はその先でそのジャンルを馬鹿にしたりくつがえしたり拡張したりするかもしれない。しかしそういうことをしても容易に把握できる。なんといっても、聴衆が、そもそも何が約束事なのかを承知している。友人が興奮のあまりコーヒーを飲まずに椅子から立ち上がって部屋を歩き回るなどという場合とちょうど同じで、それによってわたしが友人の状態に注意を促されはするにしても、友人の動機や意図について当惑させられることはないだろう。

さらにまた、元々の場にあっては、聴衆は吟遊詩人ホメロスが歌い始めるよりも前に、自分たちがどんな種類の夕べに来ているのか承知していたはずである。それとちょうど同じように、サテュロス劇付きの三悲劇を劇作家たちが上演することになっている演劇祭に集まった人たちは、アイスキュロスが今舞台にかけようとしているのが喜劇でも抒情詩吟唱でもないことを承知していたはずなのである。舞台上にいる、約束事としては口を利かない第三の人物ピュラデスが、アイスキュロスによって突如言葉を与えられて、『オレステイア』三部作第二部における決定的な文句（「生きる人間《もの》みな敵だと思え。神々を敵にするより」）、最終的にオレステスに自分の母親を殺さねばならないと得心させる文句、を発することになっても、その瞬間がいっそう力強いものになりこそすれ、理解しがたいものにはならなかったはずだ。

昔の文芸において、ジャンルは作品が受け取られることになるコンテクストを定めていた。それは、自分が今、見知らぬ人ではなく友人の前にいるのであると、感じさせてくれるものだった。自分が一人の人間として反応できる誰かがそこにいるのであって、誤解がないように一言一句一挙手一投足を監視する必要がある誰かではない、ということだ。しかし、もちろん、これが機能するのは、ジャンルがよりどころにしている約束事が、皆に受け入れられている限りにおいてでしかない。古代世界においてすでにジャンルの約束事が誤解され、そのため馬鹿馬鹿しいとか、人を惑わせるとか、人を束縛するなどとみなされかねなかったことを示す証拠がある。ホメロスに対してプラトンがあからさまな攻撃をしたことや、アイスキュロスやソポクレスに対してエウリピデスがひそかな攻撃をしたことを見れば、ジャンルの基底にある伝統や約束事がもはや自然なものと感じられなくなると何が起こるのかが分かる。しかしながら、一番胸を打つ例は、意義深いことに、ギリシア世界のものではなく、ヘブライ語聖書世界の例である。エゼキエル書第三三章にそれはある。

預言者エゼキエルは、自分の言葉を聞いている者たちのことを、吟遊詩人や芸人を前にした場合の聞き方をしていて、畏怖すべき真実を告げようと努めている者を前にした場合の聞き方をしていない、と言って激しく非難する。「視《み》よ」とエゼキエルは、［主エホバの言葉の預言を］聞いている者たちの反応を嘲りなぞって言う。「彼等には汝悦《よろこ》ばしき歌美《うるわ》しき声美《よ》く奏《かなづ》る者のごとし。彼ら汝の言《ことば》を聞かん、然《され》ど之をおこなわじ」（『エゼキエル書』三三・三二）。しかし、もちろん、聴衆はこれを聞いていっそう激しく拍手喝采するだろうと私たちはどうしても想像してしまう。聴衆の喝采を浴び、預言者エゼキエルは、自分が言っていることが芸術でも娯楽でもない、これから何が起こるかについての真実の説明《はなし》なのだと、どのようにしたら聴衆を納得させられるものか、打つ手を失ってしまう。

まるで、芸術の約束事が、言葉を出来《しゅったい》できるようにする代わりに、エゼキエルと聴衆との間に割って入っているかのようなのだ。エゼキエルはそんな約束事は直ちにお払い箱にしたい、しかし、それは可能でないと判明する。いったんエゼキエルが聴衆に話しかけ始めるや、誤解の可能性が常に生じるのである。エゼキエルが口にしうることでその問題を免れるものはひとつとしてないだろう。

誤解の可能性はそれまで常にあった（十中八九どの文化においてもある）のだが、文化的・認識論的な混乱・変化の時代になってはじめて、顕在化したのである。その可能性はプラトンやエウリピデスにおいてもある。ヘブライの預言者や聖パウロにも。しかし、それはルネサンス、宗教改革そしてその余波の時代になってはじめて、他の一切の問題を圧倒するようになる。

象徴的なエピソードが二つある。

最初はある本の中のものだ。ラブレーの『パンタグリュエル』（一五三二）において若い巨人パンタグリュエルが、生涯の友となるパニュルジュと出会うとき、奇妙な場面があとに続く。パンタグリュエルは、自分の前に現れた、ぼろは着ているが立派な若者に、いかなる者なのか、どこから来たのか、尋ねる。パニュルジュは、まずドイツ語で答え、そしてそれが功を奏さないとなるとイタリア語、オランダ語、スペイン語、スコットランド語、ヘブライ語、ギリシア語、ラテン語、そのほかいくつかどこの言葉ともわからない言語で、答える。パンタグリュエルはすっかり途方に暮れてしまう。

最後にパニュルジュに訊く。「いやはや。そなたはフランス語も話せるのではないかな」「殿、上手に話せますとも」と相手は答える「ありがたいことに、フランス語こそ、わが生れながらの母語なのでございます」。では、と巨人パンタグリュエルは言う。そなたの姓名、何処《いずこ》より来たのかを教えていただきたい。というのも、と彼は付け加える。私は貴殿にすっかり惚れこんでしまったからで、今後は拙者の仲間になってもらいたいと思うほどだ。そこに至ってパニュルジュは完璧なフランス語で、パンタグリュエルが知りたがったことを残らず伝えるのであるが、自分の冒険《みのうえばなし》をすっかり話すのは飲み食いをするまで見合わせるほうがいい、というのも自分の体が栄養物をくれとわめいているから、との旨申し出る。そこでパンタグリュエルは、自分の宿へパニュルジュを連れてこさせ、大いにもてなすよう言いつける。こうして、以来二人は離れぬ仲となる。

この話で、おかしさ＝喜劇は、パニュルジュがまるで社交の約束事を知らないかのような言動をする事実にある。結局のところ、誰かがあなたに話しかける言語であなたが返事をしなければならないという法律などない。たとえその言語がフランス語で、あなたが今フランスにいて、たまたまあなた自身がフランス人であるとしても。よく言うように、そうすれば損にならないというだけなのだ。

しかし、パニュルジュが悪ふざけ者だとしても、彼は、シェイクスピアの道化のように、まじめなことを言っているのでもある。結局のところ、物乞いは誰にでもできる――では、どうして私たちは、はらぺこでのどがからからだと言い服に事欠いている者のことを信じなければならないのだろうか？

自分の願いをフランス語以外のあらゆる言語で言うことによって、パニュルジュは自分の願いを、それが議論の力というよりは物理的事実の力を帯びて感じられ出すまで繰り返し言う機会を得るだけでなく、また、私たちが言うことと私たちの感じ方との間にはいつも裂け目《ギャップ》が生じてしまうという点、この地上のいかなる言語も私たちの肉体的必要を表現できないという点を、明るみに出してもいるのである。そして、若い王パンタグリュエルもそれを理解しているらしいのであり、それゆえにこそ、しまいに彼はパニュルジュに、衣食にとどまらぬ物を提供する。友情を差し出すのである。

パニュルジュの名前（語源は「狡猾な、何でもできる、行くとして可ならざるはない」の意のギリシア語）は、彼が何でもできること、彼がフィクサーであることを物語る。そして彼が語るその半生の話を聞けば、パニュルジュは放浪者《ふうらいぼう》であり、冒険者であることがわかる。パンタグリュエルとその宮廷がしかじかの場所としかじかの約束事に根付いた存在であるのに対して、パニュルジュは根無し草であり、歴史も家系・系図もない。彼は越境者、自分の才知・機転《ウィッツ》と自分の頭《ウィット》によって暮らす人間なのである。そして、それこそ彼がラブレーを魅了する理由でもある。いやそれどころか、実際、第九章におけるパニュルジュの突然の登場――この本の初版には二つの第九章が印刷されていて、パニュルジュ出現が本当に突然で予期されざるものであったことが窺われる――はラブレー自身の自らの天職発見と一致している、と言ってもいいくらいだろう。

考えてもみよ。『パンタグリュエル』は、いまだ知らない領域、印刷された散文フィクションという分野への、ラブレーの初めての冒険だった。始めるときラブレーは、相手にすべき人々、ダンテやペトラルカは明確に定めていた対象《もの》、をいまだはっきりと定めていないし、自分が必要とする物事について自分を援助し教示してくれるパトロンもいない。自分が何を書くかを決め、相手にする人々を、民衆ロマンスと高尚な叙事詩両方の読者層から誘い出すことは、ラブレーの肩にかかることになるだろう。かくして、パニュルジュのように、ラブレーは自由であり、また事欠く身でもある。第九章より前ではラブレーは、叙事詩とロマンス両方のパロディをするという手段によって話しを進め、彼の暗黙のメッセージ――これは叙事詩ではない、またロマンスではない、そんなものの時代は過ぎ去ったのだ――で、私たちを笑わせることで満足していたのであるが、自分自身の領域《テリトリー》なり声なりがどんなものであるべきなのかについて、本当には確かでなかったのである。パニュルジュの出現以後、すべてが変わる。

わたしは吟遊詩人ではない、とラブレーは主張する。わたしは共同体の代弁者ではない。語《ことば》は、印刷された本の中では、何にせよ力＝権威《オーソリティ》など持たない。では、しかし、作者《オーサー》というものは、どんな役割を持っているのか？

ヨーロッパの小説《ノヴェル》（*roman*《ロマン》つまり「ロマンス語〔土地言葉、俗語〕による物語」として新しい《ノヴェル》物の意）は、諸々の境界を蒸発させることによって、展開する。真剣さの強弱や説得の欲求度こそ場合場合で多様に変わるものの、「これは真実のことです、なぜならわたしロビンソン・クルーソーが、なぜならわたしデイヴィッド・コパーフィールドが、あなたにこれが真実のことだと言うのですから」、と断言することによって展開する。

しかし、ラブレーは違う道をとる。ラブレーは、古いロマンス作者やその後裔たちのように、単に人を楽しませたいとだけ思っているのではない。またラブレーは、新しく見出した自由を大変誇りに思っているので、たとえこしらえ物の言行録《メモワール》であれ言行録というものの制約によって縛られるふりをして、自分の時間と力を費やしたいとは思わないのである。一方で、単なる皮肉《アイロニー》、叙事詩とロマンスの単なる仮面剥ぎは、ラブレーを満足させない。それが次の世紀においてセルバンテスを満足させないのと同じである。

パニュルジュの助けを得てラブレーが見出すこと、そしてセルバンテス、スターン、ベケットが、順繰りに、おそらくはラブレーから少し助けを得て見出すであろうことは、つまり、こうである。笑いを通してある真実が現れるだろう、おどけた言葉の裏に、あるメッセージが聞こえるだろう、ということだ。――〈わたしははらぺこだ〉、〈わたしは事欠いている〉、〈わたしはあなたに話したい〉、〈わたしはあなたにわたしの話を聞いてほしい〉、〈けれどもわたしが使わざるをえない言葉はいつも他の誰かの言葉であるだろう〉、〈その言語はわたし自身のしかじかの必要＝事欠きにとって常に異質な物であり続けるだろう〉というメッセージが。私たちには、その冗談好きな者を動けないよう固定することなど決して出来ないからこそ、その者がいつも自分自身と私たちのことをとてもよく知っているらしいからこそ、その者が私たちを笑わせるからこそ、私たちはその者を信頼する。私たちは、その者が自分の人生（パニュルジュの人生、ラブレーの人生）について真実の事柄を私たちに語っているとは思わないが、むしろはるかに重要なことを私たちに語っている、と思う。つまり、すべての境界が流動的になってしまっている世界において人生とはどのようなものかを私たちに語っている、そして、これが本当でないふりをするのは誤りでありまた危険でもあると私たちに示している、と私たちは思うのである。

第二のエピソードは、フィクションのではなく、歴史的なもの、おかしな＝喜劇的なものではなくむしろ悲しいものである。十八世紀末、ジョンソン博士がいつもながらの遠慮会釈ない口調で、ミルトンのことを、その友人エドワード・キングの死を悼むのに不自然で大げさな言葉を使う輩だといって酷評したとき、博士は『リシダス』（一六三八）について論じながら、知らず知らず、自分のことについて、そして識字人の間に現れ始めていた決定的な分裂について論じていたのでもあった。博士にとってミルトンの文体とミルトンが選択した形式について、深くかき乱させられるところがあった。なにしろ、何にもまして一人の友人の死は、直接的で本物の情動を引き出したはずではないか。ところが、言うまでもなくミルトンは「誠実」であることに腐心してなどいなかった。ミルトンにとって、キングに対する自分の感情の十全な表現は、牧歌的哀歌の形式でしか実現されえないものだったのである。

ジョンソン博士の時代以来、批評家と読者は、ミルトンが正しくてジョンソンが間違っているのか否か、あるいは、ミルトンが、要するにどうしようもないほど時代遅れで、ジョンソンが感じとったように、もはやまったくなし得ないことをやろうとしていたのか否かについて、意見が分裂して来た。

というのも、今私たちが見たように、ミルトンの一世紀前すでにもうラブレーは、文学ジャンルは、もはや普遍的に受け入れられては（つまり、共有された世界観と共有された伝統によって支えられては）いなくて、再定義される必要があり、もはや無批判には使い続けられ得ないということを受け入れる――そして自分のために利用する――ようになっていたのだから。ミルトンが『リシダス』を書いていたのとほぼ同じときにモリエールは、礼儀正しい社会の約束事などお構いなしの一人の男についての劇を、観客に提供しようとしていた。そしていたるところで説教師たちは、聖書をめぐって育まれてきた読むことの伝統を拒みなさい、そしてその代わり神の裸の言葉に直接反応しなさい、と会衆にしきりに説いていた。

どこを向いても事態は同じ話になっている。『人知原理論』(一七一〇)の序論においてジョージ・バークリーは、自分は言葉そのものを媒介せずに、観念《かんがえ》を「むきだしで裸のまま」自分の精神《あたま》に入れることによって、誤りを避けるつもりであると書いている。また、ほとんどまったく同時にデフォーは、自分の虚構《フィクション》を、作り手による人工物としてとか物語り手によって語られる物語としてではなく、船乗りや娼婦といった自分の主人公たちが語る、飾りなしの直接的説明として提示することによって、小説を軌道に乗せようとしていた。

しかし、映画の場合と同様、小説のもつ、他ジャンルと比べてより大きい迫真性は、ある犠牲を払ってあがなわれている。小説においても、この上なく非凡な冒険を代理的に、とはつまり当事者の身になって体験することが、小説の続くあいだロビンソン・クルーソーやモル・フランダーズのような人物の皮をかぶって生きることが、可能になっている。しかしここでもまた、それは、読者の体が、いわば、置き去りにされているからこそ可能になっている。(映画におけるほどではない。というのも、小説の言葉は、黙読の場合ですら、依然形作られねばならないのであり、かくしてある程度は読者を能動的に関わらせるからである。しかし、詩やラブレーやナッシュやスターンの散文を読む場合よりもずっと体が置き去りにされることは確かである。)しかしこの事実は抑圧されねばならなかった。さもないと今言った恩恵が生じないはずなのである。しかしながら、十九世紀までには、ポー、ホーソーン、ドストエフスキーのような、この新しい形式を意識的に実践する者たちが、この抑圧行為と引き換えにある犠牲を払わざるをえないことに感づき始めていた。彼らの作品は、鏡と、鏡が創り出すもの、分身とにとりつかれている。まるで彼らが、抑圧したことの罪悪感《やましさ》を、その抑圧の帰結を実際の主題に転化することによって和らげようとしているかのようだ。ポーの「ウィリアム・ウィルソン」（一八三九）は、主人公の声をそっくりこだまする声の持主である分身が登場し、鏡の前における殺人＝自殺で終わるのだが、それは、小説という新しい形式に潜む緊張を、かなりメロドラマ的な具合に白日のもとにさらけ出しているにすぎない。誠実な終わり方があるとすればそれは自滅（自己消滅）にならざるをえないだろうということが指し示されているのだ。

すでに示唆したように、鏡に関して厄介なのは、鏡が見られるのを求めるということである。私たちはソファやテーブルとともに暮らすという場合のように、単にそれを自分の日常的な環境の一部として受け入れて鏡とともに暮らすことはできない。しかし、ルネサンス以来、絵画は、あたかもそれが一枚の鏡であるかのようにそれを正面から見よと、私たちに強いてきたのではなかったか。何世紀もの間参拝者が祭壇画やステンドグラス窓に対して行ってきたようにただ像《え》とともに生きるのではなくて、後ろにさがって立ち枠《フレーム》の中に何があるのかを調べよ、と。

　それを相殺し埋め合わせるために、最高の芸術家たちはいろいろ多様な処置をとってきた。たとえば、シャルダンは、静物画において、ポットや鍋や水差しの、磨り減って風化した表面を私たちに見せて、それらを作ることに投入されている静かな職人芸の美と、わたしたちが目の前にしている絵画に投入されている、その職人芸に匹敵する労働の美とを、二つながら同時に私たちに意識させる。

　しかし、自分の作品が浴びることになるだろうと分かっている執拗な視線を相殺するために、画家たちが用いた一番の仕掛は、私たちの視線を遠くにひきつけるために絵に窓をはめ込むことである。窓は絵の中にあって、視線の専制から免れている空間である。絵を囲んでいるひと回り大きな枠＝額縁の中にあって、そのひと回り大きな枠と描かれた表面によって生み出される緊張を解除するための焦点として機能する、枠で囲まれた空間である。リアリズム空間が持つ正確な描写の勝利の先触れとなる最高の絵画の二つ、ナショナル・ギャラリーにあるファン・エイクのアルノルフィーニ夫妻像と、プラド美術館にあるベラスケスの『女官たち《ラス・メニーナス》』（一六五六）の両方において、鍵となる要素が、鏡と窓ないし扉であることに気づくと、私たちは惹き込まれないわけに行かない。後者についてはフーコーが中世から近代への移行期における要《かなめ》的な作品として雄弁に書いているが、私たちの観点からすると、おそらく前者の方がもっと興味深い。

　部屋の奥、かなり内省的そうではあるが僧侶めいてもいる二人の人物、ヤン・アルノルフィーニとその妊娠している妻の姿の後ろにある壁に、一枚の凸面鏡がかかっている。画面においてその鏡は、その二人の人物のかろうじて触れ合っているくらいの手と手の真上にかかっている。画家によってこの鏡がそこで映し出すように描かれているものを映し出すためには、リアリズムの立場からは近すぎる位置なのだが、構図の遠近法の線が目をひきつけるぴったりの位置である。この位置の壁が空白だったなら、私たちは閉じこめられたままになり、欲求不満にかかるだろう。

1A　ヤン・ファン・エイク『アルノルフィーニ夫妻像』（全体）1434（ナショナル・ギャラリー、ロンドン）
Jan van Eyck, *Portret van Giovanni Arnolfini en zijn vrouw* (*Portrait of Giovanni(?) Arnorfini and his Wife*). © The National Gallery, London

1B　ヤン・ファン・エイク　同右（部分：鏡とロザリオ）
Jan van Eyck, *Portret van Giovanni Arnolfini en zijn vrouw* (*The Arnorfini Portrait*—detail of mirror and rosary). © The National Gallery, London

わたしたちが鏡をのぞきこむ場合にはそうはならずに、もう一度私たちは部屋に引き戻される。そして永遠の永久運動が開始される。というのも、次には部屋とその住人が私たちを鏡に引き戻すからだ。鏡の中をのぞきこむと私たちには二人の人物の後ろ姿が見える。そして部屋の戸口に、開かれたドアを通して、別の二人の人物と小さな光が見える。鏡はまた、絵の左側に見える窓もぎりぎり映し出していて、外の庭にはオレンジの木が一本生えているのが、そして内には四つのオレンジ、うち一つが窓の桟に、三つが窓の真下にあるテーブルに載っているのが見える。

しかしその鏡自体もまた、それ自体、一つの客体《もの》である。鏡の内側の枠は円形で、軽く刷いた青と赤で縁どられている。その外側には、十個の小パネルに、真上の位置にキリスト磔刑を配して、ゲッセマネにおける苦悩に始まり、キリストの復活に終わる、キリスト受難に題材を取った十の場面が描かれている。鏡の上には、大変凝った書体で「Johannes de Eyck fuit hic, 1434」というラテン語の言葉を画家が書き付けている。この大胆な手口、つまり、画家が署名する――それ自体その当時まだ異例なことだ――さいに、隅ではなく絵のど真ん中にしていることについて、注釈をつけている美術史家は多い。画家によるアルノルフィーニ夫妻の結婚の立会なのではないかと指摘する意見がある。おそらく当たっているのかもしれないが、それでもこの筆記文字の途方もない凝りようは充分には説明されない。

あまり注目されてこなかったのは、銘のからかうような曖昧さである――「やん・ふぁん・えいくココニアリキ、一四三四年」。しかし「ここ」とはどこか？　アルノルフィーニの家の中か？　キャンバスの上か？　この文句は鏡に似ている。まず読者を絵の中に戻し、次に今度は絵から文句自体へ連れ戻す、という点で。

「fuit」――「ありき」――は、ヤン・ファン・エイクがいた、そして今もういないという事実について、わたしたちによく考えるようにと求めている。ジョヴァンニ・アルノルフィーニやその妻とともに、ファン・エイクも死んで久しいという事実について。肖像画と同様に銘も、かつて存在したが今はもう存在しない一個の生命の痕跡にすぎないという事実について。

と同時に、Jという頭文字の異様なまでの豊かさが、見る者の中に、今仕事をしている最中のこの書家の感情そのものをまざまざと活性化してくれる。自分が肯定する物を否定し、自分が否定する物を肯定するクレタ島のうそつきのパラドックスのように。というのも、「ヤン・ファン・エイクここにありき、一四三四年」と書くこと、しかも、かくも美しくまたかくも大胆に絵のど真ん中にそれも小さなキリスト磔刑図の真上に書くことで、この画家は自分がある意味で今日今なおここにいるということ、ちょうど信者にとってミサが執り行われるたび、磔にされたキリストが甦るように、絵に目が向けられるたび、見る者によって画家が生き返らせられることを確たるものにしているのである。

同様に、芸術家の作るという行為――それがなければこの像もない――に注目するよう私たちに求めつづけ、うつろいつづけるしかないひとつの像を永遠に再生産することで、銘の下の鏡も鏡の効果を肯定するとともに否定する。この絵に目を向けると私たちは驚異《ワンダー》＝不思議を体験する。このような作品が作られ得たという驚き、ジョヴァンニ・アルノルフィーニとその妻とヤン・ファン・エイクが当時存在し、こういう痕跡を残したという事実に対する不思議、そして、私たちが存在していて、ここで、今、これを目にしているという不思議＝驚きも。

4　手にすることとつかむこと

独房監禁の囚人は、毎日同じひと組の定まった物に面と向かう。ベッド、椅子、テーブル、壁、ドア、バケツ。もう幾度となくそれらが目に入り、幾度となくそれらの上に手を走らせているので、見なくても分かっている。囚人にはそれらの物が今日も昨日あったのと同じであろうということ、そして明日も今日そうであったのと同じであろうと分かっているがゆえに、それらの物は囚人を見返す力を失っている。対照的に、生産的な仕事がなされつつある部屋、人が毎朝期待をもって入り、出たくなったら出て行く自由がある部屋は、使われることによって聖なるものになっていく。顧みられず、当然視されているが、にもかかわらずその部屋はありがたい部屋だと、その中で仕事中の者にとってはほとんど祝福された神聖な空間であると、感じられる。

　だからこそ、囚人にとって、どんなに小さかろうと窓がとても重要なのである。というのも空は、刻一刻、日一日、同じであることは決してなく、囚人が外に目をやれば鳥が空を横切る可能性が常にあるからだ。その上、この空が、自由の身の者たちの上に広がる空と同じだという感覚が、囚人に日々の希望を与え、自分がまだ生きていることを毎日思い出させてくれるのである。

　また、だからこそ、日々の運動が囚人にとってはとても重要なのであり、可能であるならば、読むための本と書くためのペンと紙がとても重要なのである。そういうものがない場合、運動の欠如、他人との会話の欠如、自分の生存のまったくの単調さが、次第に彼に、自分の体をなくしたように感じさせることになりかねないし、その喪失感が彼に正気を失わせることにもなりかねない。

もちろん何もすることがないとき、指を走らせる壁は常にある。しかし、独房の壁に触っても、囚人は自分を閉じ込めているものを思い出させられるだけである。あるいはひょっとすれば、自分の指が目に見えないものを教えてくれるかもしれないというかすかな希望に駆られていないとは限らない。壁に割れ目が生じているとか、すでにそこにあった割れ目が広がっていて、体を押し込んでぎりぎり通り抜けられそうで、自由の身になれそうだとかいった希望に。

囚人は、単に壁に触るだけではない。調べ、表面を探り、固さを確かめる。けれど、思った通りだ。何も変わってはいない。とはいえ、次の日、何もすることがなくて、囚人は壁を調べ始める。また確かめる。

私が、これまで千回触り、千回見たものに触る場合、触らなかったも同然である。一方で、眼を閉じて、何なのか分からないものに触る場合、私はびくびくして、あるいはぞっとして、手をさっと引っ込めるだろう。

しかし、夜明け頃に丘まで散歩に行こうと家をあとにするとき、私の手が置かれた庭の壁の親しい感じはどうか。サーブをしようと構えるときわたしの手の中にあるテニスラケットのなじみの感触についてはどうだろう。競技に出て構えたときのホッケーのスティックやクリケットのバットについてはどうか。

それが単になじみ深さの問題でないことは明らかである。それは、物を信じることと何か関係がある。物を敵や障害ではなく、味方や仲間だと信じることと関係がある。もしもわたしの手の下に、庭の壁がほっとさせてくれる具合にあるのでないなら、わたしはどこかが変だと感じるだろう。ラケットのグリップ部分がなじみがないと感じられたらわたしのサーブはめちゃくちゃになるだろう。こういう場合、壁やラケットは歩き始めるとき子供が本能的にとる母の手に似ている。子供は何かを確かめようとしたり何かを試そうとしたりして手をとるわけではない。子供はそれが歩くことの始まりにおいて人がすることであるがゆえに手をとるだけなのである。

けれどもその手が引っ込められると子供の世界は崩れる。突然その手、それまで子供が一顧だにしてこなかった手が、子供にとって世界で一番大切なものになる。子供は失くした瞬間自分にそれが必要だと悟る。自分にはこれがなくてはならないと今や分かる。子供はその手を自分に返してくれるまで母を執拗に口説く。けれどもいったんその手をとり戻すや、その手に対する子供の態度は一変している。その子はもはや単にそれを手にする（持つ《ホールド》）だけではない。いつ何時それが引っ込められるやもしれないと分かっているので、今やその手にしがみついて離れない。

ほしいと思うときには常にそこにあったものが、突然与えられなくなってしまった。それが与えられなくなったのはその子には推し測り得ない理由からである。そして、もう二度とこんなことが起こってはならないということが重要に、いや決定的にさえなる。その手の持主は、子供の宇宙の、これまで目にしたこともない土台《グラウンド》である代わりに、今や一個の敵対者となる。だからその敵を倒す最良の手段について計算しなくてはならない。手の持主を脅かせばよいのだろうか、それとも丸め込めば、それともその両方？

ただし、単にその手を再度、再々度とり戻すだけではもはや充分でない。子供が必要としているのは「以前存在シテイタ状況（*status quo ante*）」がとり戻されること、勝手に手が引っ込められるという呆然となるしかないショックが二度と起こらないような状況が整えられること、である。その目的のために子供はあらゆる知恵を絞り、その目的のために子供は自分の存在の全繊維を緊張させる。

けれども子供が今や再び手にしつかんだその手にしがみつけばつくほど、その手の所有者《もちぬし》は落ち着かなくなる。母親は自分の子供の手を持ってうれしかった。しかし今や子供がしがみつき始めたのでうれしくなくなる。母は、ひょっとしてこういう過度の依存は不健康じゃないのかしら、このままだと将来憂うべき結果にしかなり得ないのではと感じる。あるいは、自分には母の手に対する権利が四六時中あるんだという子供の主張に突然ムッとなる。たぶんその両方が混じり合った状態であるのだろう。というのも、母は無意識にかき立ててしまった感情によって、子供自身と同じくらい混乱しているからだ。事実はつまり、単に生きられつつある生の代わりに、突然ドラマが生まれる、ということなのである。

この唐突で暴力的な移行とそれから生じる帰結を、これまでプルースト以上に探究した者はいない。『失われた時を求めて』は、その途方もない長さの全体に渡って、そのことのみを探究していると言ってもいいほどだ。

唯一的な個人としての生は、マルセルにとっては、今わたしが述べたばかりのとよく似たエピソードで始まる。マルセルはいつもと同じようにベッドに入っていて、いつもと同じように、母が上って来てお休みのキスをしてくれるのを期待している。しかしスワンがディナーにやって来ていて、母は忙しすぎて現れない。マルセルは次第に不安でたまらなくなる。ついにマルセルはもうこれ以上我慢できなくなり、来てほしいという言伝を召使にもたせて母のところにやる。母は返事をよこさない。途方に暮れてマルセルは寝ないで両親を待ち、二人が寝に行く途中を待ち伏せすることにする。マルセルは自分の計画を実行し、階段で不意討ちをくらった眠たげな二人に、一種の英雄的な絶望の気分で立ち向かう。というのも、母に来てほしいと焦がれる一方で、父の怒りを恐れてもいるからだ。しかしほかに手はない。事ここに至っては母ひとりを捕まえることは望み得ない。

驚いたことに、マルセルの切なる願いにすぐさま屈するのは父の方であり、一方夫を前にした母は、軟弱で甘いと思われるのを恐れてか、だめよと言おうとする。しかし父は譲らない。「さあ行ってやりなさい。この子のところにいてあげなさい。この子が頑張りすぎたのが分からないかい」

こうしてマルセルは勝った。母はマルセルの寝室で腰をおろし、マルセルはベッドに戻って上がり、母がマルセルのお気に入りの本の一冊、ジョルジュ・サンドの『フランソワ・ル・シャンピ』（孤児と育ての母との恋の物語。一八四七）から、読んで聞かせ始める。母のおなじみの声が彼の気持ちを静めてくれ、苦しみは弱まり始める。しかし今やマルセルにとって悲しいことに、自分が足を踏み入れたばかりの新しい世界において、勝利はどれも同時に敗北であることを彼は発見するのである。

しかしどうしてそんなことがありうるのか？　マルセルは勝利をおさめた。計画を立て、それをシーザーやナポレオンのごとき人物にもひけをとらない大胆さでやってのけた。その結果、母はここマルセルの部屋に今一緒にいるのだ。しかし、マルセルがそれを計画しなければならなかったという事実が、事態に根絶不可能な影響を与えてしまっている。マルセルは母に目を向け、これが初めてであるかのように母を見る。母はもはやマルセルの存在の土台ではなく、自分の権利をもつひとりの人間である。意志と自分自身の欲望とをもつが、外界の出来事＝事件に影響を受けることもありうる誰か、なのである。そしてマルセルに見えるのは、もはや若くないひとりの女なのである。髪に隠そうとしても隠せない白髪が幾本か混じる女——言い換えれば、時に支配されている女、マルセルが時を止めようとして何をしようができようが、もはや呼んでも自分のもとには二度と来なくなる瞬間に向かって、容赦なく運ばれつつある女なのである。

マルセルが彼女に勝利したことによって初めて彼は、そのような争いにおける唯一の勝利者は「時（Time）」であること、いったん私たちが時《かれ》との戦争を始めるや私たちは常に負けるしかありえないことを、理解したのである。しかしながら、そのような理解は役立たずどころか、なお悪い。この場面が今後、マルセルの人生においてほとんど単調なまでの規則性をもって繰り返されることになるのだ。自分が恋に落ちる女の誰からも彼が望むのは、女が自分から彼のもとに来るということである。しかしそんなことは起こらない以上、彼はあらゆる狡猾さと誘惑の手練手管を使って彼女を口説き勝ち取らねばならない。けれどもそうしてしまうともはや同じ女ではないのだ。今や彼の囚人となった彼女は、もはや彼があれほど絶望的なまでに欲した人間ではないのである。そして彼が彼女にしがみつけばつくほど、彼が彼女を自分に縛りつけようとすればするほど、彼女は逃げ出したくてたまらない気持ちが募る。そして彼が彼女のそのたまらない気持ちに感づけば感づくほど彼は彼女にしがみつき、持っていようとする。彼が彼女を失うのは避けられない。運命を孕んだあのコンブレーの夜、事実上母を失ったように。

あの夜以前、マルセルにとって世界は幸福な反復の世界だった。日々は、まさに一日一日が、いかなる本質的な具合においてもその他の日々と異なる恐れがないゆえに、それぞれが新しくわくわくさせる日として、過ぎ去っていった。信頼に土台をおく世界であるがゆえに、それはアウラのみなぎる世界、あなたが目を向けた先のものがあなたに目を向け返す、互恵の世界であった。

まるであの夜以後マルセルが、時と変化へ、欲望と欲求不満へ、暴力的に投げ込まれた、といわんばかりである。それまで単に人生であったものが、突然ひとつのドラマ、ひとつの物語、彼の物語になってしまった。だからこそ、ここが小説そのものが始まる場所なのである。いうまでもなく、この小説だけではなく、ひとつの形式、経験を意味づけるひとつの方法としての小説が。この小説が示唆するのは、小説というものは常に失われた楽園を探すものだということである。小説は、小説というものが生み出された力が発動する以前に存在した楽園的状態を探すものであり、その状態がふたたび見出されるまで小説が休止することはないのである。

しかし、この小説は少し違っている。結局のところ、それは母がお休みのキスをしてくれないことから始まりはせず、もっと以前にどこかほかで始まるのだ。そして反復が直線性にとって代わられるとき、マルセルは、自分が今や自分の人生、ほかの誰のでもなく自分のものでしかありえないあの唯一の生に、（いわば）落ち入《フォール》っていることを知る。それだけでなくまた、〈幸運なる堕落《フォール》〉神話の奇妙な世俗的反響《エコー》という形で、自分の喪失感こそはまさしく自分を駆り立て自分に書くことを可能にするものにほかならないことも、彼は知るのである。そして、何千ページもあとになって発見するわけだが、書くことが、あの夜のトラウマを、少なくとも部分的には、克服すること、自分のばらばらになったかけらをひとつの全体にすること、を可能にしてくれることになる。たとえそのような全体性は全体性の夢でしかない、自分が手をのばして触れることはできても、実際につかみ把握することは決してできない何かにすぎない、と彼が分かっているとしても。

5 部屋

部屋にひとりでいて、一方の手をもう一方の手で握る場合、私たちはそれを「握手する（手を握りあう）」とは呼ばない。部屋にひとりでいて、鏡の中の自分の手に向けて手をのばし鏡の冷たさだけに出会う場合、私たちはそれを手の触れあいとは呼ばない。反対に、二つとも触れること《タッチ》の饐《す》えたパロディーであり、私たちの気鬱感――私たちの必要と欲望に関して石のように無関心なままの世界の中にいる感覚――から生まれ、それに棹さす。

けれども、むろん、人を世界の中へと戻してくれると思われる、あるいは世界を人へと戻してくれると思われる、孤独な〈触れること〉が一種類ある。そのことを、この上ない鋭さと明察＝触覚《タクト》をもって探求しているのが、またしてもプルーストであるのは、もう驚きでないくらいだ。マルセルが、悲しいことに、「同じ感動が、あらかじめ定められた秩序に従いすべての人の心に同時に起こりはしない」ことを発見したまさに直後、彼は、「散歩に一人で出ているのはうきうきするものだったが、時にはこれとはっきり区別できない、代わりの感情がそれに加わることもあって、その感情は、ひとりの農家の娘が急に目の前にあらわれて、それを両腕で抱きしめられれば、という欲望によって引き起こされるものだった」ことを物語るのである。この記憶をたどるうちに、マルセルは、このように自分の腕で抱きしめたいと思う女が、ある意味では毎日自分が歩き回っている森の木々や草地によって生み出されたものだとしても、彼女は、またある意味、その森の木々や草地の生まれ変わり、それを通じて風景全体を彼がわがものとするかもしれない単一の生きる存在、でもあったことを理解するようになる。「というのもこのとき」とマルセルは言う、「わたしには自分以外のすべてのものが、大地や人間が、成熟した大人たちの目に映る以上に貴重で重要なものに思われ、またもっと現実的な存在を賦与されているように見えたからである」。ひとりの女をほしいと思うさい、人はそんなときには、人生のもっとあとになってからのように、女が自分に与えてくれるであろう快楽のことを考えはしない。「なぜなら人は自分のことを考えるのではなくて、たえず自分の外へ出ることしかまだ考えていないからだ(car on ne pense pas à soi, on ne pense qu'à sortir de soi)」。

この「自分(*soi*)」とは、死んだと感じている、生の源から切り離されていると感じている自我《セルフ》のことだ。たとえ若いマルセルにとって、これが、気鬱の気分にあるワーズワースやコールリッジにとってそうだったように、意識的な態度というよりも体のうずきであるのだとしても。それは、自分が生きてはいるがそのことを感じることができないと分かっている状態、生はあるのだがどこかよそにであり、それどころかなぜか自分はそれから切り離されていると感じる状態、なのである。そのような、漠然とした、焦点の合っていない憧れ、他者によって触れられることで自分がなだめられるかのように感じている憧れは、その憧れをかなえるには本当に少しのことしか必要でないのだが、しかしその少しがすべてでも同然であるかに思われるがゆえに、ひどく欲求不満をおこさせるものなのである。マルセルが自分の存在を成している全繊維をあげて農家の娘を憧れようとも娘は現れない。「残念ながら」とマルセルは言う。

いくらわたしがルーサンヴィルの城跡の塔に祈っても無駄だった。コンブレーの家の上の階にある、例の臭気どめのアイリス香の匂う小部屋に入って、探検の旅に出ようとする旅行者のような、あるいは絶望のあまり自殺をはかる寸前の人のような、悲壮なためらいとともに、感極まって気も遠くなりながら、知る限りではおそらく死の道であろう未踏の一本の道を、わが経験の域を超えて、自分のうちに探り——最後には、わたしがいるところまでたれさがっていた、花開いた野生の黒スグリの葉の上に、自然の痕跡が、カタツムリが通ったあとのように一筋ついていくあいだに、半開きの窓ガラスで縁取られて尖端しか見えないその塔に向かって、初めて知った欲望を打ち明けるただ一人の相手のように、ルーサンヴィルの村の女の子をだれか一人ぼくのところへよこしてくれ、と頼んでも無駄だった。

欲望と耽溺の力学がこれほどうまくとらえられているためしはめったにない。マルカム・ラウリーの『火山の下』（一九四七）やウィリアム・バロウズの『ジャンキー』（一九五三）のような、アルコールや麻薬の耽溺記述の古典もこれには及ばない。わたしは鏡で自分自身をじっと見つめるがそれは表面以外の何ものでもない。しかしもしもわたしがいきづくことができるとしたら、わたしに必要なのは一筋の道が開けることだけ。わたしを自分の中へと導き、そうしてまた世界の中へと連れ戻してくれる一本の道が。それはラウリーの小説においては領事に対し酒がなしえていると思われることであり、ここではマルセルにとってマスターベーションがしてくれていると思われることなのである。しかし、そこから不可避的に生ずる系を、今の挿話《エピソード》が私たちに与えてくれる。私たちを再び世界に触れさせるように戻してくれる手段と思われるもの、自分でそれをコントロールでき、したがって他人の気まぐれに左右されないがゆえに、ほかでもなく殊に満足の行く手段と思われるものが、それ自体で一つの目的と化すため、結局はこれまで以上に世界から私たちを疎外することになってしまう、と結局分かるのである。「こういった散歩のあいだにわたしが作りだした欲望、実現されることのない欲望、それをほかの人たちも分け持っているとか、わたしの外部でもそれが真実のものであるなどとは、もう考えるのはやめた」とプルーストは書く、「もはやわたしにはその欲望が、わたしの気質の作りだした純粋に主観的で無力で幻想的なものとしか見えなかった。欲望はもはや自然との絆、現実との絆を喪失し、現実はこの瞬間からいっさいの魅力や意味を失った」。

私たちに、部屋の中にいる孤独な男が行き着く先である陰鬱な変容＝変身を示してくれるのは、『失われた時を求めて』に野心と手並みで張りあえる、二十世紀後半の数少ない小説の一つ、ジョルジュ・ペレックによる『人生　使用法』（一九七八）である。その本の一番短い節の一つにおいて、部屋とその中身はたった二段落であらわされる。その一つ目はこうである、「その部屋には今日、三十年配のある男が住んでいる。男はまっ裸で、ベッドに腹ばいになっており、膨らませた五つの人形のまん中で、二つを両腕に抱き締めながら、一つの上に寝そべり、このはかない贋物にこの上ないオルガスムを感じているようである」。

6 耽溺——ひたる、はまる、おぼれる

大勢の人たちと同じく、わたしは喫煙をやめようとしてきた。その過程でわたしは自分についての多くを、そして耽溺（常習）について少しを学んだ。ただ、依然喫煙をやめてはいない。

わたしは自分が耽溺している、やみつきになっていることがわかっている。タバコがない状態、とにかくいかなるタバコ一本もない生活を想像しようとするたび悟るのだから。そんな生活はいらないと。

朝まだき、眠れずのどが乾きわが舌がわが口に余ると感じられるとき、わたしは自制心を働かせ、明日こそはやめるぞと自分に言いきかせる。なにしろ、わたしはなかなかに強い意志をもっている人間で、若いころには大きな競技が近づけばがんばって朝六時に起床し臨時に特別のスイミングやランニングを少しすることもよくあった。のちには興味のない科目の試験のために無理に勉強することもあった。何かをやめること、あきらめることのほうが、何かをするよう無理に自分を強いることよりそれはもう簡単なはずだ。

しかし、そのあくる日が来てもわたしはやめない。一日のあいだにわたしが吸うタバコは、たとえばチョコレートを食べるというような、自分への甘やかしではない。タバコはわたしの生活の欠かせない一部なのだ。タバコなしでは——言っておくがわたしは大の愛煙家ではない、一日に八本か十本以上消費することはめったにない——、タバコなしではとにかく生きている感じがしない。

ことはそれほど単純なのだ。やめても、もちろんわたしはしなければならない仕事は実行しつづけることができるだろう。しかしきっと自分が自動機械のようにするのではないかという気がする。タバコに対する欲求が起こるときわたしが経験している、奪われている感じは、単に食事に自分が好きな物がない感じとは違う。必要な物がないというのでもない。むしろそれは、ひとりで閉じこめられている状態に似ている。

タバコを吸うことは、ともあれわたしにとっては、散歩に出かけることと共通点が多い。タバコを口にくわえて火をつけると、わたしの体はそのときまで死んで無反応になっていたのが、また生気づきはじめ、自分がまた世界の一部になったと感じるのである。

「一本のストランドさえあればひとりぼっちじゃない」という有名な広告が、他でもない当のタバコ銘柄の息の根を止めてしまったと世上言われている。どうも商品というものを孤独と結びつけるのは禁じ手らしい。あるいは、それが広告のイロハというものなのかもしれないが、喫煙が意味するものをこれ以上真実に記述しているものにわたしはお目にかかったことがない。タバコを一本取り出し、口にくわえ、火をつけ、吸いこみ、吐きだすことは、孤独という奪われている感じがなくなっていくのを感じることである。タバコを吸うのは、壁にうがたれた暖炉のかたわらに坐るのに似ている。それはつまり、代用タバコ――この癖《へき》からあなたを引き離すねらいで作られたあのニコチンゼロの奇形のひとつ――を吸うことが、ガスや電気の暖炉――なんと言うか、石炭や木の暖炉のふりをするあの口にするのも憚られる新工夫の一つ――の正面に坐ってくつろごうとすることに似ているのと同じなのである。

わたしがタバコのない生活を思い描けない以上、毎日毎日もうどんなにやめようとしても、できないだろう。タバコがない生活をわたしが実際に欲しいと思えさえすれば、やめることができるはずである。しかし、わたしが欲しいのは喫煙によるかんばしくない結果を伴わない生活なのであり、タバコなしの生活ではない。それはまったく違う事柄なのである。

このテーマ全体についてオーデンが面白いことを、『新年の手紙』（一九四一年の詩集 *Double Man* 所収）への注のなかで言っている。「地獄とは偽りの状態のことだ」という行を注釈しての言である。

> 地獄の門は常に大きく開かれている。そうであっておかしくはない。亡者たちは、まったく自由に好きな時にいつでも出て行ける。ただ、そうすることはつまり門が開かれていると認めること、つまり外にはまた別の生があると認めることを意味するであろう。これを亡者たちは認めることができない。それは、亡者たちが現在の存在を享楽しているからではなくて、外に行けば生が違ったものになるはずだからであり、また万一その存在を認めたりすれば自分たちがその生を送らねばならなくなるはずだからである。亡者たちはこれが分かっている。彼らは出て行くのは自由だと分かっている。またなぜそうしないかも分かっている。この知識が地獄の炎である。

だとするとどうやら、これまでまとめられた最十全の耽溺の解剖を目にしたかったら、医学書ではなくダンテの『地獄篇』に趣く必要がありそうだ。

『地獄篇』では永遠の断罪を受けた亡者たちは過去の生にしがみつく。ちょうどその過去の生において自分自身にしがみついていたように。円錐状の地獄の上のほうの層において、亡者たちは風に弄ばれ、また上から降り注ぐ火にあおられて際限なくぐるぐる回り続ける。下層圏に行くに従い亡者たちは動かなくなり、しまいに、もうすぐ中心というところで、凍てついて氷になり、涙さえもはや流れることができなくなる。地獄における基本前提は、前もってウェルギリウスにより、こう輪郭を予表される――「sanza speme vivemo in disio（希みなく、欲望の中にのみわれらは生きる〔第四歌四二行〕）」。

一方、煉獄においては、特に下のほうの坂で歩みがすこぶる大変なものになることがあったとしても、巡礼者たちは、いつの日か自分たちは山の頂上に着き、そこから天国へと解放されるだろうという希みのうちにいつも生きている。新しい若枝を表す形容詞「緑の」と、精神のしなやかさと魂のしなやかさを含意する動詞「回る＝向く」が煉獄の頌歌のキーワードなのである。というのも、死ぬ前に悔い改めて神の方を向ける（神に頼れる）ほど魂がしなやかな、オーデンの言葉を使うなら、また別の外の生があるということを認められるほど魂がしなやかな者たちは、実際そんな風にやましさという罪の意識の重荷をふりすて、真の自分に戻り、この山のあるレベルの高さから次のレベルへ今や移動することができるようになっている。

tornare（回る＝向く）はダンテの詩において *verde*（緑の）だけでなく、*amore*（愛）にも結びついている。愛は、ダンテの詩行の運動を可能にするものであると同様、まったく文字通りの意味において世界を回転させるものでもある。地獄にいるもので愛を拒むものは、生において「回る＝向きを変える（ヘブライ語においては悔い改めを表す語は、teshuvah――「回る」――である）」ことができないのであり、永遠の中で今や亡者たちはそれぞれさまざまな自分の圏域に、そして自分自身の体という苦しみの床に、閉じこめられたままになるのである。

ダンテが非難している愛なのか、賞賛している愛なのか、いずれにしてもロマンチックな恋愛の本質についての古典的説明ととられることがとても多い『地獄篇』第五歌はまた、耽溺の本質についての深い探求と見ることもできる。第五歌がもつ不変の力の源泉は、二人の恋人たち、パオロとフランチェスカを私たちが哀れんで高みから二人のところまで降りていってやるなどという具合には単純にいかず、たぶん自分もいつか経験したことがあるはずの事柄の純粋にして究極の形のひとつを二人が提示していると誰もが認識しないわけにいかないという、事実にある。私たちを支配する欲望の力、最愛の人のそばをけっして離れたくないという渇望、そして自分たち以外の世界すべてを手放して顧みないことの甘美な苦痛さえも、ひとが、自分の愛する存在に執着しうるかぎり、消えることなくあり続ける。

自分のことについて語り正当化する能力とおそらく必要さえ、耽溺者のひとつの特徴である以上、地獄にいる者たちが誰よりも長い話をするのは当然のことである。この第五歌において一番長い話のうちのひとつがフランチェスカの話である。ダンテとウェルギリウスは「一切の光、黙しかき消えた」場所に入った。そこでは「やむまもなく吹きすさぶ地獄の業風が、亡者を引っとらえ、追い立て、こづきゆさぶり、投げ散らし、責めの限りをつくす。・・・ここに、かしこに、下に、上にと、風は彼らを吹きまくる。休息は慮外としても、せめて苦痛の、いま少し少なかれとの希みすら絶えてない」。ダンテは、「つねに相離れず、頬よせ一つになって、いともかるがると風に乗っているかに見える、あの二人」を目にし、ウェルギリウスに、しばし足をとめて二人に話をしてもいいだろうかと訊く。二人が通りかかるとダンテは丁寧に呼びかけ、自分と言葉を交わしてはくれまいかとたのむ。ただちにフランチェスカは応じ、詩的彫琢と威厳と自己憐憫がない交ぜになった、人を惹きつけずにはおかない言葉で、自分たちの物語をかたる。

わたしの生まれた町があったのは
ポーの大河がくだり来て
多くの支流とともに安らぐ海のほとり
愛はやさしい心を忽《たちま》ち焼きつくすもの
わたしの美しい姿でこのひとの心をとりこにした
その身を亡きものにされた仕打ち、今も口惜しい
愛されるものを、ひたすら愛させずにはおかない愛は
そのひとをいとしく思う烈しい喜びにわたしをくるみ
ご覧のように、その思いは今もわたしを離れません
愛は導きました、わたしたち二人を一つの死に
カインの国は待っています、わたしたちのいのち消した者を（九七―一〇七行）

自分が生まれたのは、ポー川がくだって「多くの支流とともに安らぐ」ところ、とフランチェスカは言う。明らかにその自然な安らぎは、彼女が心を寄せ熱望するものなのである。続く部分、各三行詩節 *terzina* がどれも *amor*（愛、恋）という力強い語に導かれて始まる連において、彼女は自分がそれ、恋愛、を成就している身だ、という印象を残す寸前まではなんとか行く。ここでは、恋愛はほとんど一個の神となっていて、この神 Amor によって彼女はのっとられている。

（『天国篇』第三歌において、ピッカルダは「私たちの意《こころ》をおんみずからの意《こころ》にほかならぬものとする、そして聖意《みこころ》のうちにこそ私たちの平和」（八四―五行）があるキリスト教の神に、わが身をゆだねたことについて話すことになる。それは、ダンテが明らかに私たちに、地獄篇のこの箇所と比較対照させるつもりのくだりである。）フランチェスカはダンテに言う――この神Amorは「愛されるものを愛することから免除しない」神であり、また「わたしたち二人を一つの死に導いた」のもこの神である。

　ひとつになることが深い欲望を満たすものであることははっきりしているが、私たちはこの文全体をどう理解したらいいのだろうか。フランチェスカは、神が二人にしたことに対して、その神を非難しているのか、それともたたえているのだろうか。彼女は自分自身のことが分かっているのだろうか。実のところ彼女は、意志の極端な放縦を、意志や選択の全くないひとつの必然として、まかり通らせているのではないか。結局、彼女の美しく憂鬱な語《ことば》は、二人の恋人がとったはずの行動と決定について何ら言及せず、自分がパオロの兄と結婚し、パオロと一緒にいるところを見つけたその兄によって自分たち二人が殺されたという事実は避けて通っているのだ。パオロの兄はといえば、彼女がしたことのせいでカインの圏に投げ込まれてしまっているのに、彼女は自分の思いにこだわりすぎていて、そのことを余さず述べるなど無理であるし、自分たちをここ、つまりダンテが二人を見つけるところ――「*come vedi*（ご覧のように）」――まで来させたのが自分たち自身の姦通であると認めるのも彼女には無理なのである。

　けれども、この二枚舌あるいは感傷性（これまでの人生が自分たちにたいしつらく厳しいものだったという思いが自己憐憫につながるからこそ、二人は歩みをともにしているのだ）にもかかわらず、彼女の人生がとった行路《みち》についての説明が深く感動的であるのは、なんといっても、その説明によってあらわになる葛藤、彼女自身は気づいているようには思われない、あるいは自分に対し認めることが無理な葛藤、川によってそうと分かる安らかさを焦がれる希求と、自分の思い人といっしょにいて自分たち二人の無垢を肯定しつづけねばならない必要とのあいだの葛藤、ゆえなのである。けれどもこの葛藤が明るみに出るのは、彼女がさらに言葉をうながされて、「Nessun maggior dolore/ che ricordarsi del telmpo felice/ ne la miseria（みじめな境地にあってしあわせの時を想いおこすより悲しいことはありません〔一二一―一二三行〕」と、（ウェルギリウスとボエティウスを谺《こだま》して）心中を吐露するときである。自分の欲望の牢獄に閉じ込められて彼女はみじめな現在《いま》と、思い出して語りなおすたび牧歌的になっていく過去とのあいだを、なすすべなく往復することしかできず、現在とその過去の関係《つながり》を彼女は頑固に認めようとはしないのである。

しかしあなたが、わたしたちの恋の
最初の根付きを是非に知りたいと願われるのでしたら
わたしも泣いて語るひとのひそみに倣いましょう
ある日、つれづれに、わたしたちはどのようにして
ランスロットが愛のとりこになったか、その物語を読みました
ほかにひとは居らず、たれはばかることもなく
読み進むうち、いくたびかわたしたちの眼は合い

そのたび顔色が変わりましたが、ふたりが
負けたのは、ただ一つの刹那
それはすなわち、あのこがれられた微笑《ほほえ》みが
あれほどに恋にこがれる人に口づけされるくだりを読んだとき
永久にわたしと離れることないこのひとは
うちふるえながら、わたしの口を吸いました
その物語の本も物語の作者も、ガレオット
その日わたしたちは、もうその先を読みませんでした（一二四―三八行）

パオロは彼女にキスをするのではない。彼は彼女の口にキスをする。ちょうど二人が読んでいるランスロットとグィネヴィアの物語においてキスをされるのが妃ではなく、「こがれられた（欲せられた）微笑み」であるように。耽溺においては、鏡においてと同様、自己は断片化されていて、体の部分部分《かけら》は、全体をまとめるいかなる責任ある自己にも縛られず自由に浮遊する。だからこそフェティシズムと耽溺は雁行するのである。そしてここにおいてさえも、悪いとされるのは本とその著者であり、それにひきかえこの二人、パオロとフランチェスカは、自分たちをとりまく事情と、自分たちの感情との無力な犠牲者であり続けるのだ。

けれども私たちがフランチェスカから距離をおき、彼女を事物の客観的なある体制の中に単に「置く」ことができると考えたりしたら、それは誤りになるだろう。というのも、プルーストの小説において語り手が若い自分を見捨てていないのと同様、ダンテは彼女を見捨てていないから

だ。フランチェスカに対してダンテが感じる憐れみは、しまいに極まり、彼女が自分の物語を語り終えるやダンテは気を失ってしまう。その憐れみは、いくぶんは弱さとしてみなされるかもしれないし、ウェルギリウスにしかりつけられるのももっともかもしれない。そのように憐れむのは純粋に人間的な価値を来世の不易の世界に持ち込むことかもしれないのだ。そうかもしれないが、ダンテの詩は人間的な感情を否定することによって機能するのではなく、むしろ人間的な感情を、あるもっと大きな意匠《デザイン》に組み込むことによって機能する。ベケットの初期の物語「ダンテとロブスター」（一九三二年雑誌発表の後、一九三四年『蹴り損の棘もうけ』所収）においてベラクア・シュアが、『地獄篇』におけるウェルギリウスの冷ややかな科白「Qui vive la pietà quand'è ben morta（第二〇歌二八行）」に疑義を唱えるのはまったくもっともではある。「ここではpietàが死にたえてこそpietàが生きる」は、確かに「ここではあわれみが死にたえてこそ敬神の心が生きる」と訳せるであろうから。しかし、それではダンテのイタリア語におけるpietàの二つの意味（あわれみ、敬神）をあまりにすっきり切り離しすぎるという犠牲を払うことになる。何と言っても、『饗宴』（一三〇四—七）においてダンテは、pietàを諸々の徳のうち最高のものと説明していて、単に思慮を欠いた感情的反応とはしていなかった。ダンテによれば、「しかしながらpietàとは、一個の感情ではなく、愛や同情やそのほか諸々の情けあふれる感情を受けとる用意のできた、魂の高貴な性向のことである」（第二篇第十一章）。それというのも、実は、フランチェスカは、ダンテが自分の中で一番尊んでいるものの多くが映し出されているのを認知できる鏡だからなのである。

　何と言っても、フランチェスカは、批評家たちが指摘している通り、〈清新体 *dolce stil nuovo*（甘く優しい新スタイル）〉の言語を話している。ダンテが自分より年上の同時代人グイド・グイニゼッリとグイド・カヴァルカンティから学んだ言語《ことば》であり、初の大作「新生」（一二九三頃）において、自分自身のものにした言語を。そして注目すべきは、円熟した傑作『神曲』（一三〇七頃―一三二一）を書くさいにダンテがそんな言語を見捨ててはいない、ということなのである。何と言っても、煉獄においてダンテがボナジュンタに言うように、「I'mi son un che, quando Amor mi spira, noto, e a quel modo/ ch'e ditta dentro vo significando（愛に息吹《れいかん》をふきこまれると、わたしはそれを記す。心の内で愛が語るそのままを文字に書いて行く者、それがこのわたし）」（第二四歌五二―五四行）なのだ。これはダンテが自分を詩人として発見した言語《ことば》であり、そしてそれは、ジル・マンが明敏にも注目しているように、「ダンテが『煉獄篇』と『天国篇』においてベアトリーチェとの関係を実現化するさいの言語」でも依然としてあるのだ。「もちろん」とジル・マンは続けて言う、「ダンテがこの言語を豊かな精神的意味で満たしてみせたことは間違いない。・・・しかし・・・、意味がどう深まっているにせよ、地上の愛と神聖な愛との間の連続性は言語のレベルにおいて保たれている。恋愛抒情詩の言語こそが、精神的経験を形作るための鋳型になっているのである」。

小部屋でアイリス香（臭気止め）のにおいをかいでいるプルーストにとってと同様、ここにおいても、私たちに提示されるものは、あっさり無視するには人間として芸術家としての語り手自身の成長に、あまりにも重要すぎあまりにも核心的すぎるものなのである。プルーストとダンテ二人の仕事《ワーク》がもっている力は、二人ともそのような経験の意義を認識してその経験を自分の最終的な作品《ワーク》に組み込み、それでも、書くことを通しまた書くことにおいて、自分の耽溺の支配圏《ホールド》から、人間的な選択と責任の世界へとなんとか脱出している事実から生じるのである。

耽溺が寂しさを軽減し救済する一方法だと言ってしまうと、誤った印象を与えることになる。耽溺が軽減するのは、一人きりで閉じこめられることに伴う、感覚の剥奪・喪失なのである。一人きりで閉じこめるには、わたしが示唆しようとしてきたように、四方の壁も鍵をかけられたドアも看守も必要でない。その状態になるのに必要なのは、私たちが世界との自然な相互作用を失い、可能な手ならどんな手を使ってでも埋め合わせようとするくらい痛切にその喪失を意識することだけなのである。

なぜ自分がそもそもヘロインに溺れ中毒になったかウィリアム・バロウズは自問し、退屈が大いに関係があったと言わざるをえない、と答えを出す。自分の手に入るブルジョワ生活の選択肢のどれひとつとして自分に何の興味も湧かせないし、「うまくやっている」連中、自分の人生を世で成功とされるものになした連中にバロウズが見てとれるのは、彼にひたすら吐き気を催させるものしかなかった。中毒者《ジャンキー》になることが、そこから脱出するひとつの方法だった。そしてそれにはどれほどの意志の努力が必要になるか、現実にそして本当に麻薬の虜になるのにはどのくらい時間がかかるのか、バロウズはパワフルに浮き彫りにしてみせる。

不幸なことに耽溺も私たちの欲望を充分に満たすことができないわけで、かくてダンテの地獄にいる者たちが体験する状態——つまり、絶望的な永久希求状態「sanza speme vivemo in disio（希みなく、欲望の中にのみわれらは生きる）」——に、私たちをおくことになる。

すでに言及した思慮に富んだ映画論の本においてスタンリー・カヴェルは、今言ったのと同じ事を映画について言う一歩手前まで来るのだが、映画と耽溺を同一視することは避けて通っている。しかし彼の勘の鋭い意見は大半のありきたりな映画理論を超えて、何が問題なのかを私たちに理解させてくれる。「私たちが世界そのものを視《み》たいと望んでいるとは」、とカヴェルは論じる。

> すなわち、視ること自体の条件をわたしたちが望んでいるということにほかならない。それが、世界と自分とのつながりを確立する私たちのやり方なのである。つまり、世界を視《み》ることを通じて、あるいは世界の視覚像を持つことを通じて、ということだ。私たちの状態は、自分は見られていないのを感じつつ視ることが、知覚の自然な様態《モード》である状態になっている。私たちは、正対して見るというより、自分の背後《うしろ》から、外を見渡す具合に、世界を見ているのである。世界は私たちの幻想《ファンタジー》であり、もう今やほとんどすっかり阻止され、手が及ぶものでなくなっていて、目に見えないものであり、また見えないままにしておかれねばならないものなのである。ところが、もはやその幻想も、誰であれ共有する可能性があると私たちは望むことができなくなる、とでもいうかのようなのだ――それが通りにあふれ出てこれまでになく私的なものでなくなったが最後、まさにその瞬間に。だから、今私たちはかつてないほど、そういう幻想を世界に結びつけることができない状態にいる。
>
> 映画を視ることは、この状態を自動的なものにしてくれる。それに対する責任を私たちの手から放してくれる。だから映画は現実よりも自然に見える。それは、映画が幻想の中への逃避であるからではなく、映画が、私的幻想とその責任からの、つまり世界がすでに幻想によって描かれているという事実からの、救済=軽減《リリーフ》であるからだ。映画が夢であるからではなく、自己が覚醒されるのを映画が許してくれ、その結果自分のあこがれをさらに自分の中

へ引きこもらせるのをやめることができるからなのだ。

はっきりとは分からない部分があれこれあって、そこはカヴェルの本の残りの部分を読んでも完全には氷解しないとはいえ、ここでの中心的な主張は深くかつ重要なものだと思われる。映画が現実よりも自然なものに思えるのは、「映画が幻想への逃避であるからではなく、映画が私的幻想とその責任からの救済《リリーフ》＝軽減だから」である。ダンテの地獄にいるすべての者が選びとっているもの、母がいつ何どき引っ込んで自分を置き去りにするかもしれないことを発見したとたんマルセルがああも焦がれたものは、私的幻想とその責任からの救済なのである。性的な情欲やマスターベーションと同様、映画も、それを経験している間、私たちを日々の混乱や自信喪失や幻想から解放してくれる。映画は、私たちをひとつの現実に、充分に自然な、そして私たちがそれに向けて身をゆだねるようにとだけひとえに求めるひとつの現実に、触れさせてくれるのである。

映画をこのように見ることはまた、カヴェルがその本の中で何度も触れはするものの、私の見るところ焦点にぴたりと合わせはついにしていない何かをはっきりさせる助けになってくれる。その何かとはつまり、彼にとって（わたしにとってと同様に。ただしわたしは彼より少し年下だけれど）、映画の偉大な時代が青春時代でもあったという事実である。（私たちの青春期がハリウッド映画の大いなる非自意識的時期に一致していたということはもちろん全くの偶然である。しかしそのことは、私たち二人、それに一九二〇年代から一九四五年の間に生まれた者すべてが、それ以前もしくはそれ以後に生まれた者とは違う映画感覚を必ずや持つだろうということを示唆している。）ともかく、カヴェルは相当な量の時間を費やして思案にくれる——なぜ、彼がかくも快楽をもって思い出す映画が、ハリウッド機構《マシーン》によってかくも自信をもってかくも大量に生み出された知的中流の映画であるのか、また、映画が今や、いわば他の諸芸術に追いついているように思われ、ますますはっきり知的高級と知的低級に分かれて行きつつある以上、今後偉大な映画が生み出される可能性はあるとしても、あの頃十代の若者《ティーン・エイジャー》であった私たちが見た際に感じたのと全く同タイプのよろこびをもって人が映画を見ることがなぜもう不可能なのか。

たしかに映画の興奮についての私自身の記憶——友人たちに出くわして町にくりだし、チケットを買ってでかい映画館に入り、音楽がやんで照明が暗くなるのを待ち、いよいよ映画《フィルム》の世界にすっぽり飛びこみ、三時間たって昼の光の中へと浮上する、ただ、いまだ自分が見たものの中にさまよったまま——このすべては、それら映画自体のもつ質にというよりは、わたしの人生の一時期の方に関わりがあるように思われる。わたしにはグレアム・グリーンが自分の子供のころの読書について記した言葉が思い起こされる。

> もちろんE・M・フォースター氏の新しい小説がこの春に出る予定と聞けばわたしは興味をそそられないわけがない。けれど、そんな教養ある楽しみへの穏やかな期待は、まだ読んだことがなかったライダー・ハガードやパーシー・ウェスターマン、ブリアトン大尉やスタンリー・ウェイマンの小説を、家の書庫の棚に見つけたときの息をのむ驚きとときめき、欣喜雀躍とは比べるべくもない。

子供時代と青春時代というのは、待ち期待することの時代であるが、また、そういった本を読んだり、映画を見たりすることが自然であり、かつ一から十まで無批判に楽しくてしようがない時代でもあるのではないか。ふつうは、わたしたちは成長して、ライダー・ハガードから、見ていいとされた映画なら何でも見ていたときの、鼓動が消え総毛立つあの歓喜から、卒業する。卒業しない場合、耽溺しているということができる。その後は、私たちは一人だけで映画に行くが、ロビンフッドやホーンブロワー船長の冒険がうまく効かなくなると早晩卒業し、暴力的でポルノ的な度合いの弥増す献立《メニュー》に赴くことになるかもしれない。

　であれば、耽溺は、語の百パーセントの意味において、大人の状態である。たとえその種は子供時代に蒔かれるのだとしても。なので、わたしが今したような、映画を耽溺の成分を余すところなく持っているものとして説明することは、あまりにももったいをつけすぎ、あまりに目くじらをたてすぎることに多分なるだろう。ことは単純に、映画がライダー・ハガードの小説（や『フランソワ・ル・シャンピ』）といっしょに、私たちの人生の中で子供から大人への移行をしようともがいている瞬間《とき》に属する、ということであるのかもしれず、すると、映画の本質についてとか個々の作品の偉大さについてとかの高踏的な理論などは、全く的外れなものなのかもしれないのだ。

　地獄の辺土にいる者たちは態度が一定せず、だから地獄からも天国からも放り出されている。地獄にいる者たちは、自分の状態が欠乏の状態だと感じていて、私的な幻想や、その幻想に対する不安やその幻想への責任から解放されなければならないと必死に思ってはいるのだが、どのようにしたら自分がこれまでよりみじめにならないような形でそれができるかについて、目的意識を失くしているかこれまでついぞ持ったことがない人たちなのだ。パオロとフランチェスカが、ランスロットとギネヴィアの物語を読みながら互いの腕の中に飛び込むのは、物語の本に出てくるそういう恋人たちの情熱が、その情熱によってあとに残される破壊を上回り、覆い隠してくれそうに思えるからだ。そういう選択肢は、思春期をあとにしてしまったときでも、私たちに開かれている——ただ、タバコを吸ったり、酒を飲んだり、ひとりで映画館にこっそり行くことの方が多いとはいえ——が、もちろんそれは治療ではない。しかしそれが続くあいだは少なくとも自分自身の重荷からは解放されているのである。

と、その瞬間、まったく耳にしたこともないような事態が、いや、見方を変えれば、ある意味では期待され得るはずの唯一の事態が起こったのだった。老人は、ニコラスが何かおもしろい秘密を自分にささやくのかと思いのほか、だしぬけに耳の上側を歯でくわえ、きつくかみしめるのを感じた。老人は身震いし、息がとまった。

7 侵犯

これは、生まれ育った小さな町でニコラス・スタヴローギンがふけっている、ささいな冗談《いたずら》のごく最近の例にすぎない。しかしここで問題になっているのが悪ふざけ以上のものであることに疑いをさしはさむ者などいない。ドストエフスキーの『悪霊』は全編これ、宗教や文明化されたふるまいに関して昔から信じられてきた信念が腐食し始めたら境界線はどうなるのかについての探求にほかならない。ただし、この作品においても残りの円熟期の作品すべてにおいてもそうなのだが、ドストエフスキーが大変鮮やかに提示しているポイントは、誰をも前に進ませずそれをする者にはね返ってくるしかないような行動が、いかに現代生活固有の病か、自分が何者であるかを発見するには礼節の境界を越え、一番根深い道徳的タブーの境界さえ越えるしかないと人々が感じている時代における生活固有の病か、である。そのような侵犯の恐怖と情念《パトス》=悲哀《ペーソス》を、ドストエフスキーは目を見張るほど明断なやり方で提示する。恐怖とここで言うのは、もしも誰もが、自分の方に差し出され傾けられた耳にかみつくことから子供に暴行を加えることまで何でもすることができるのなら、してもいいのなら、社会はもはやどう機能しうるというのか、私たちまっとうな市民はどうやって安心して日々の仕事にいそしめるというのか、もう無理になるからだ。悲哀＝情念とここで言うのは、そのような行為は絶望から生まれるからであり、世界がもはやわたしの視線《まなざし》に対し見つめ返してくれず、どういう形であれ見つめ返させるためには世界を挑発しなくてはならない、さもないともっぱらわたしの人生は生きる価値のないものになってしまう、という感覚から生まれるからだ。しかしそのような挑発はつねに失敗することになる。というのも、それをそそのかすのがわたしだからだ。いやそれどころか、そういう精神で行われた犯罪は、成就にはその犯罪が罰せられることを必要とする、なぜなら、その場合少なくとも犯罪者はついに世界が自分に一応の注意を払っていると実感することになるから――『罪と罰』の途中で予審判事ポルフィーリイがラスコーリニコフに対して主張するポイントである。

　これらは単に、めまいを催させる、時事問題的なテーマ――今日《こんにち》の新聞は、ドストエフスキーの時代に劣らず、侵犯をしなければという必死な必要から犯された犯罪で満ちている――であるだけではない。これらはそれ自体が、この種の特に身の毛もよだつ犯罪が起きると判で押したように法の執行者たる警察当局や精神科医や宗教的指導者らが皆儀式化された答えをもって登場するさいの決り文句《クリシェ》になってしまう危険にも瀕している。百年前にこの土地の地図《チャート》を作ったのがドストエフスキーだったとしたら、クリシェに屈服することから私たちを救い出せるのはまたしてもプルーストである。スタヴローギンが県知事の耳をかむ場面よりずっと平凡な侵犯的場面にじっとまなざしを向けるときのプルーストである。

プルーストが、「アイリス香（臭気どめ）の匂う小部屋」のエピソードの後に、倒錯した性――

窃視《のぞき》、サディズム、マゾヒズム、同性愛、があわさって一つになっている——との主人公マルセルの初めての出会いを置いているのは、偶然ではない。しかし、前の場面と同様、プルーストが示すのは、倒錯というのは、欲望の開花によってつけられる道筋のひとつにすぎないということで、この欲望の開花それ自体は、わたしの必要と世界の必要とは同じものではないというトラウマ的発見の必然的帰結として理解されるのである。

プルーストはこのシーンをまるで映画のように仕立てている。というのは、見る者が人から見られず安全に物陰に坐っていて、一方彼の眼前のあかりに照らされた四角い部屋で劇的な事件が起こる設定だからだ。

マルセルは、最近死んだばかりの作曲家ヴァントゥイユの所有になる家の近くまで散歩に出かけ、草深い土手に寝そべっていた。暑い日で、マルセルは、眠りこんでしまう。目がさめるともうほとんど夜である。彼のいるところとほとんど同じ高さでしかも一メートルと離れていない、開いた窓辺に作曲家の娘の姿が見える。明らかに今入ってきたばかりの様子だ。父親を悼んで喪服を着ている。暖炉棚《マントルピース》の上に父親の肖像写真があって、マルセルが見ていると、彼女はそれをとりに行く。この瞬間《とき》馬車が引き込みの道をやってくる音が聞こえ、すぐにヴァントゥイユ嬢の友だちがそこに入ってくる。ヴァントゥイユ嬢は鎧戸を閉めにかかる。友だちが彼女をとめる。でも誰かに私たちが見えるかもしれないじゃない、と彼女が言う。こんな田舎の真ん中で?と、友だちは笑ってつけ加える。見えてるからってどうなの?見られる方がよくなくって?

こうして窓は開け放たれたままになり、マルセルは見続ける。二人の女は部屋の中で追いつ追われつし、そして笑いころげながらソファに倒れこむ。二人は抱きあう。ヴァントゥイユ嬢は父親の肖像写真を自分たちの近くから遠くにやってしまいたいというようなことを口にする。しかし友だちはぞんざいにそれをとめる。「ほっときなさいってば、もうあんな人のこと。もう私たちにとやかくお節介を焼けるわけないんだから。それともこんなに窓をあけっぱなしにしているあなたを見たら、泣きべそをかいて、あなたにコートをかけてくれるとでも思っているの、あの老いぼれ猿が?」

二人はまた抱きあう。友だちは手に写真をとって目をやり、「わたしが何をしたいと思っているかわかる?このブス野郎に」と言い、ヴァントゥイユ嬢に何かささやく。「まあ、あなたにできっこないわ」「私にできっこないって言うの?これの上に唾をはくのが?」と友だちは、プルーストの書くところによれば、「わざと残忍に」言う。しかしながら、マルセルにはこれ以上見えない。というのも、そのときヴァントゥイユ嬢が、「疲れたような、ぎこちない、せかせかした、正直そうで悲しそうな様子で」、立ち上がり、鎧戸をしめたからである。しかし、とマルセルは付け加える。今やわたしには分かったのだ、ヴァントゥイユが生涯にわたって娘のために堪え忍んだすべての苦しみにもかかわらず、死後ヴァントゥイユにとってはもっと悪いことが続くであろうことが。けれども、とマルセルは続けるのだが、これがまた、天才というのは、要するに、一つの洞察をその極限にまで押し進め、怠惰によっても社会通念によってもそらされない能力にすぎないのであることを私たちに理解させる、プルースト特有の追加の一例なのである。

以来わたしはこう考えている。仮にヴァントゥイユ氏がこの場面に立ち会うことができたとしても、それでもなお彼は、何があるにしても、おそらく娘の善良さを信じ続けたかもしれないし、ひょっとするとそうした場合に彼がまったくまちがっていることにもならなかっただろう、と。たしかにヴァントゥイユ嬢が身につけた習慣には、悪の様子があまりに絶対的で、確信犯のサディストでない限りこれほど完璧に実現された悪の姿にお目にかかることはむずかしいだろうというほどだった。一人の娘が、ただ娘のためだけに生きた父親の肖像写真の上に、女友だちに唾を吐くようけしかける、などという光景は、本物の田舎の家の明かりの下よりも、むしろフットライトを浴びたパリの舞台で見られそうだと、ふつう人は思う。また現実の人生においてメロドラマ的効果への欲望を目にするとしたら、たいていその欲望を生んだもとはサディズム以外にないのである。

けれど、と彼は続ける。

サディズムへの傾向が最小の場合でなくても、ヴァントゥイユ嬢の場合に劣らぬくらい残酷に、死んだ自分の父親の思い出とその願いに背く行為を犯す娘がいるかもしれないが、しかしそのような娘は、それをあれほど繊細さを欠いた、稚拙な象徴の行為でわざと表してみせたりはしないだろう。自分が悪いことをしていると自分に対して認めることなどないであろうから、そういった娘の行為の犯罪性は、他人の目に、また自分にさえ、もっと見えにくいはずなのである。

ついで今度は、大変な繊細さと深さをもった一節で、プルーストはしめくくりをつける。

ヴァントゥイユ嬢のようなサディストは、ごく純粋な感傷家であり、ごく自然に徳を備えているために、そのような人には、官能の快楽でさえなにか悪しきものであり、悪人の特権のように思われるのである。そして、自分に負けてしばし官能の快楽にふけるとき、彼らは悪人になりきり、悪人と一体化し、また自分の共犯者にも同じようにさせようとするのであって、こうして一瞬のあいだ、優しくきまじめな自分の本性から抜け出て非人間的な悦楽の世界に逃げこんでいるという幻想を抱くのである。そしてわたしは、ヴァントゥイユ嬢にとって悪人になりきることがどんなに不可能であるかを見て、彼女がどれほど強くそのような逃避《だっしゅつ》を欲しているかを理解した。

最後にプルーストは言う。

もしもヴァントゥイユ嬢が、他の誰もと同様自分のうちにも、人が原因となる苦しみに対するあの無関心があること、どんな別の名称を与えようとも、この無関心は残酷さのもつ一番おそろしくまた恒久的な形態であることを見抜いていたならば、おそらく彼女は、悪があんなにもまれで、あんなにも異常で別世界的《エキゾチック》な状態のことだなどとは思わなかったろうし、そこに滞在することがあんなにも気晴らしになるものだなどとは考えなかったことだろう。

サディズムではなく、無関心が大罪なのである。無関心が含意するのは、想像力の欠如、別なもうひとりの人間であることはどのようなものであるかを感じられないこと、であり、その結果は残酷さ、この小説の中においては、スワンがゲルマント大公夫人に自分は死の病なのだと言おうとするのに、大公夫人は耳を貸せば自分の夜会の外出がだめになってしまうことになるので耳を貸そうとしない、という態度に縮約されている。私たちは皆、なんらかの折に大公夫人のようにふるまったことがある。私たちが受け入れがたいのは、ひとを地獄行きにする行動としては、そういう行動も、他人をわざと害虫扱《ばいきん》いするのも選ぶところはない、ということである。というのも、地獄にはたくさんの圏があって、自分のパオロに首っ丈で離れないフランチェスカと、自分の敵の頭蓋骨をかじっている人喰いウゴリーノとのあいだに本質的な違いはないのだし、スワンの言おうとすることを聞こうとしない大公夫人と、胸糞悪い虫けらに変ってしまったのが自分たちの家の息子であることを認めたがらないグレゴール・ザムザの家族とのあいだにもないのだから。

プルーストを読むことも、美術館や画廊《アート・ギャラリー》めぐりをすることも、ベートーヴェンを聴くことも、必ずしも私たちをそのような運命から救ってくれはしないだろう。いや、それどころか、事態は、そのような行動が私たちの無関心を補強しているにすぎないということかもしれないのだ(「部屋の中では、女たちがミケランジェロのことを／おしゃべりしながら行ったり来たりしている」)。一方、サディズムは、少なくともヴァントゥイユ嬢がやった形においては、その数ページ前のマスターベーションと同じく、無関心の孤独な閉じこもりを逃れようとする懸命な努力を表す。無関心そうに思われる世界をして一瞬のあいだにすぎないとはいえ私たちに無理やり触れさせようとする荒々しい戦略を表すのである。あいにくにもそれは決して本当には成功し得ない。というのはいつも私たちの方がそれを起こさせるのであり、私たちが必要としているのはまさにその反対のことだからである。つまり、世界が私たちに触れること、それも何気なく。だからそれは繰り返されないわけにいかない。何度も何度も、それもその度毎に必死さと空しさの弥増す努力によって。ではしかし、いったん人生の孤独の中に陥ってしまったら、どう行動したらいいのか。それまで世界を輝かせ私たちがある決定的な瞬間まで当たり前のものとみなしていたアウラが、永遠に失われてしまったように思われるなら。チャップリンの花売り娘のように、決して起こらないかもしれないあの奇跡の瞬間を、私たちは待たねばならないのか。あるいは、私たちがそれを存在させてやれる何らか別の方法があるのだろうか。もっとメランコリックでない、もっと絶望的でない方法が。

8　手のレッスン（二）

コロノスはソポクレスの生まれた場所であったと言われている。だから、執筆時齢《よわい》八十余の『コロノスのオイディプス』（前四〇一）において、この劇作家は、なかんずく自分が生まれた場所を祝っている。しかし同時にソポクレスは、自分の生涯の中心的焦点をなしていた場所、ディオニュソス祭の舞台を祝ってもいるのである。『街の灯』におけるチャップリンのように盲目の主人公を選んだのであるが、それは観客に笑いを提供するためでも涙を流させるためでもなく、見世物を見る者とその見世物の主人公とのあいだの関係の探究へ、しがみつくことと放してやることとのあいだの、人間の体とそれが住まう空間とのあいだの関係の探究へ、観客を導くためにであった。

自分がわが父を殺し、わが母とのあいだに子をこしらえてしまったことを知って、自らの目を見えなくした老オイディプスは、テーバイから追放され、ここ、私たちがはじめて彼を目にする場所に、献身的な娘たち、アンティゴネとイスメネに手を引かれて今しも着いたところである。彼の最初の語《ことば》が場所のテーマを直截に私たちに提示する。

　言ってくれ、アンティゴネ。めしいの老父とともにおまえが着いたのはどこなのか。わが子よ、ここはなんという場所《ところ》なのか

彼女は名前でなく、説明の言葉で父に答える。

私たちが今いるここには
神聖な境内のような場所があります。・・・
すわれる天然の岩があります。さあ、すわってお休みください

アテネの舞台は、はっきり縁どられた円形の空間、支柱がなく、観客の誰にもすっかり見える空間であることを私たちは心にとめておかなければならない。観客がすり鉢状の円形階段席に腰をおろし、劇が始まるのを待っているときには、それは潜在的空間でしかない。観客の想像力に働きかける自分の言葉の力にひたすら拠って劇作家が望むもの何にでも、変形させられることになる空間にすぎない。そのようにしてこの劇は、伝統に充分のっとって、場面を設置することから始まる。驚くべきは、オイディプスの盲目性がその伝統に対して、今の場面でもう成しつつある事柄である。観客にだけでなく、オイディプスに、劇の場所が今教えられているところなのである。そして私たちは彼を見ることになる。彼がゆっくりとその場所を歩き回り、教えられた物の方にのばした手で自分に触れる物を語ろうとするのを。このようにして観客もまた、自分が熟知しているこの円形の空間を全く新たな形で経験させられるのである。

一人の男が登場する。この土地の者である。男は自分の目に見えるものにぎょっとする。「わたしに尋ねる前に、まずその座からどいてくれ。そこは神聖な場所なのだ」

オイディプスはここそが自分が来ることになっていた場所だと言い張り、今一度尋ねる。

「この土地はなんというところなのか」

土地の者はここがコロノスだということを説明し、それが聖なる場所であることを繰り返した

うえでこうつけ加える。

ここは歌や物語で有名であるような場所ではないが
その名はここに住む者たちの心の中では偉大なのだ

コロノス同様、アテネでこういった劇がディオニュシア祭の折に上演された空間は、ある種聖なる空間であった。そういう空間がアテネ市民たちにどのように見られていたのか正確には分からない。明らかにそれは、寺院のような、儀式が執り行われた場所ではなかったが、私たちの近代的劇場の完全に非神聖化された空間でもなかった。その劇場はアクロポリスのふもとにあるディオニュソス神の聖域内に建っていた。その最前列の席は執政官たちや神官たちのためにとっておかれる大理石の椅子でできていて、その中央の椅子はディオニュソス神官の椅子である。この劇場は劇的見世物《スペクタクル》のためだけでなく、あらゆる種類の式典や市民議会の集まりのためにも用いられた。したがって、そこで上演される劇にはある神聖で祭式的な性質があったにちがいなく、現代における最良の上演でさえこの性質をまねることはのぞみ得ない。それで、劇のこの時点まででソポクレスは二つの空間を融合している。二つのどちらも、たとえばデルポイのアポロの神殿の地が、あるいはマラソンの戦いの地でさえ、「伝説の中において有名」であったようには、有名でないのであるが、しかしどちらもそれらになじみある者たちの心の中に生きている。どちらもとはつまり、オイディプスの生まれた国コロノスと、そして劇が今上演されている空間である。どちらも「今、私たちのいるここ」なのである。

オイディプスは、ここが、自分に最後の行為《アクト》をしに行くようにと神々が定めた場所だと分かっている。ただし彼も観客もまだこれがどんな形をとることになるのかは分かっていない。今やオイディプスは、観客がこれまでたびたび目にしておりすっかり親しんでいると思っているにちがいないその空間を、触ることによって手探りし始める。このことがもたらす効果は、チャップリンのあの映画におけるクライマックスの場合と同じく、私たちに初めてその空間を経験させ、自分の体で演劇的表象の神秘を感じさせることになるのである。空間が常に同時に二つのものである（たぶん『ゴドーを待つ』の場合を除いて）場であるその神秘を。

オイディプス　手をかしてくれ
アンティゴネ　こちらです。わたしがお手を
オイディプス　もっとか？
アンティゴネ　もっと前に進んで
オイディプス　もっとか？
コロス　もっと前に連れていっておあげなさい、娘よ。お分かりでしょう
アンティゴネ　わたしがお連れする通りにお進みください、暗闇の道を手探りで、お父さま。・・・
コロス　そこだ。その石の板、岩の先には足を運ぶな
オイディプス　ここでよいのか
コロス　そこまでで充分だ

オイディプス　すわってよいのか
コロス　左に寄って。突き出た岩棚がある。低い位置だ
アンティゴネ　お父さま、わたしが案内します。さあ、お気をつけて
オイディプス　やれやれ
アンティゴネ　一度に一歩ずつ。わたしの腕に体を寄りかからせて

ゆっくりとした、苦しい歩み。しかし観客にとって不思議にも安堵させてくれる歩みである。ほとんど儀式的といっていいやり方でオイディプスは、舞台のさまざまな部分に触る。これをしているのは、単に誰でもいい人間なのではなく、自らの恐ろしい運命によって穢され、それゆえ聖なる存在《プレゼンス》になる境涯に至っている男なのだ。また私たちは、むろん、これまで自分の人生そのものであったこの舞台に別れを告げる用意をするにあたってその隅々に儀式的に触っている老ソポクレスのことも思い起こさないわけにいかない。

しかし劇は今始まったばかり。やがて私たちも知ることになるが、オイディプスはこの空間を通過しつつあるだけなのだ（このような劇に「連続興行《ラン》」というものはなかったことを私たちは思い出さなくてはならない）。彼は、いわば、この先歩みを続ける前にここに自分の存在の痕跡を残しつつあるだけなのである。しかし、「この先」というのは、まさしく私たちが彼について行くことができないところにほかならない。というのもそれは一個の場所ではなく、正確には一個の状態でもないからだ。それは、「彼がこの場所を去ったら行くであろうところ」なのであり、それが何を意味する可能性があるにせよ、この劇がそれをやがて私たちに伝えようとすることに

なる。

その前に私たちは意志の戦いに立ち会う。最初クレオン、次にオイディプスの息子ポリュネイケスが、テーベにいっしょに帰ろうとオイディプスにまずは説きすすめ、次にそれがうまくいかないとなると無理やり連れ帰ろうとするのである。というのは、今テーベで荒れ狂っている兄弟殺しの内戦において、オイディプスの聖なる体を手に入れた側が勝利を得ることになると神託が告げたからだ。しかしオイディプスは自分を曲げない。彼は、コロノスとアテネを治めているテセウスによって守られている。彼は、自分が望むことそして神々が彼に告げたこと、つまりここコロノスで神々のお召しを待つことを必ず果たせると、テセウスによって保証されているのである。

だが今や、クレオンとポリュネイケスが去り、ついにお召しがかかる。今やアンティゴネとイスメネでさえ、父親から手を放す時になる。

神の手がわたしを導く
ついてきなさい、子どもたち
これまでおまえたちがしてくれたように、今度はわたしがおまえたちの
案内役になる番だ。さあこっちだ。わたしに触らぬよう
この土地の土がわたしの骨を包むこととなっている
その聖なる森への道を探すのをわたしにまかせてくれ
こっちだ・・・こっちだ・・・ヘルメスがわたしを導いている

冥府の女王もだ。こっちだ・・・こっちだ・・・
暗い日よ。おまえがわたしの光であったときからどれくらいたったろうか
いまわたしの命は永遠に終わる・・・

そうして彼は、あらたに登場した擁護者テセウスに従われて私たちの視界から去る。彼は以前にテセウスにこう言っていた。

いや、だめだ。わたしはあわれな男なのだ
この世にありとある穢れで腐った男。そんなわたしにできるわけがない
あなたにわたしを触らせるなど。だんじてそれはならない
穢れがすでに存在する者以外には、わたしとともにこの重い荷を
背負うことなどできない。だからそのままの場所で
わたしの感謝を受けてくれ。そして、これからも
これまでと同じようにわたしにやさしくしてくれ

ソポクレスは、最大の一撃を最後にとってあった。この、深甚に保守的にして深く革新的な作家のいつものことながら、彼がしているのは、単に、アテネ演劇の基本的約束事《コンヴェンション》に、予期されていないぎりぎりのところまで従うことである。私たちがコロノスのそして悲劇の劇場の聖なる空間を、オイディプスの手探りする穢れた手を通して経験させられたのとまったく同様、今や私

たちは、祝賀のために作られたこの空間の究極の祝賀する対象事、すなわち人間と神との出会いを、私たちが目にしている事柄を通してでもなければ、また、私たちが目にしていないものを豊かに喚起するシェイクスピア的なやり方——たとえば、エドガーが私たちと、自分の老いた父親にドーヴァーの断崖を説明する「言葉による描写」——を通してでさえもなく、見るという行為の三重の否定を通して、経験させられるのである。

たいていのギリシア悲劇において観客は主人公の死に立会いはせず、使者が着いて、その死、使者自身が立ち会った死が、どのように起こったかを告げるのを聞く。今のこの劇において、使者は戻ってくるが、使者は、自分が見たのは、一人の男が死ぬところでなく、一人の男が、逝くもう一人の男が見えないよう自分の目を蔽うところだけだったと、私たちに語るだけである。「コロノスの人たちよ！」と使者は始める。「オイディプスの生涯は終わったと言うためにわたしは今ここにいる。わたしが起こるのを目にしたことの一切については、語ることが多くある。」使者が見たことというのはこのようなものであった。

少し行ってから私たちはふりかえり、後ろを見た。オイディプスの姿はどこにも見えず、王テセウスがひとりで立っていて、目を向けることなど誰にも耐えられない、何か恐ろしい光景を目にしたかのように目の前に手をかざしていた。まもなく私たちは王が短い祈りを口にして天と地に礼拝するのが見えた。

どのようなぐあいにオイディプスがこの地上から逝ったのかは誰にも言えない。ひとりテセウスのみが知っている。オイディプスが天からの雷《いかずち》や海から立ち上がる潮の波によって滅ばされたのでないことは私たちに分かっている。そのようなものは起こらなかったのだから。たぶん神々から遣わされた案内役の霊が連れ去ったか、それとも大地の基《もとい》が口をあけて彼を苦しみもなくのみこんだか、である。確かなのは、激しい痛みなく、悲嘆も苦悶もなく連れていかれたということ――他の誰よりも驚嘆すべき身罷《みまか》りだったということだ。

これら古代ギリシア劇の現代の上演においては、使者に、自分が今報告している恐ろしい出来事＝事件をまねるしぐさをさせるのが常套となっている。まるで、いかなる演出家といえど、「観客の注意をつかむため」に必要な舞台上での何らかの種類の所作もなしで、俳優に観客に向かって数秒以上ただ話させるなど、耐えられないことであるかのようだ。ソポクレスはそういう演出の可能性は直ちに阻止してしまう。というのは、使者が目にし、報告する事柄は、何らかの恐ろしい事件でもなければ驚くべき事件ですらなく、あまりに単純なことなので、たいていの劇作家たちならそれを劇のクライマックス場面《シーン》の呼び物にする可能性など即座に却下するはずのことなのである。それはつまり、一人の男が自分の目の前に手をかざしている姿、である。むろん、使者もまた、話を潤色する必要を感じている。その神秘に入ろうとしなくてはと感じていて、だからテセウスが「目を向けることなど誰にも耐えられない、何か恐ろしい光景を目にしたかのように」目の前に手をかざしたとつけ加えるのである。しかしそうしたところで、どこかの点で、それもかなり早めに、解釈はやめなくてはならない、という観客の感覚を強めることにしかならない。結局のところ、私たちのもとにあるのは、男が一人私たちの前に立っていて、自分から少し離れて立っているもう一人の男について私たちに語っていて、まるで「目にするに耐えられない（*oud anaschetou blepein*）」何かから自分の身を守るかのように片手で両の目を覆っている姿だけなのである。

にもかかわらず、実際に私たちから三重に遠ざけられているその事件は、舞台上におけるいかなる死もはるかにおよび得ないほど感動的なものである。というのも、いつもそういう舞台上での死は虚偽性の穴だらけだからだ。だからこそ私たちは舞台で死を提示されると、見ているあいだ、演技の質についてとか照明の微妙さについてとか、とにかく何でもいいが、私たちの目の前で起こっているとされること以外のことについて考える。これはそれがあまりにも痛ましいからではなく、私たちの中の何かが、立ち会って見るようにと私たちが要請されている対象《もの》の虚偽《うそ》性に対して反抗するからなのだ。虚偽性というのは、いくぶんかは死があまりにも明らかに今生じてはいないからで、何といっても死は一回的＝唯一的で不可避なものであり、この死が今日以後の夜も同時刻に同じようにしてくり返し起こることを私たちは知っているからである。が同時にまた、たとえそれが実際に起きているのだとしても、自分の席に坐って見るしかない私たちは自分がその死に対し充分な資格がありえないこと、自分が本当にそこにいるのではないことを認識しているからでもあるのだ。

殺戮はひとつの事件であるのに対し、死は違う。だからこそ私たちは殺戮のニュース映像を見ても――ぞっとすることはあるだろうが――当惑させられる気持ちにはならないのに対し、ある個人の最期の瞬間がフィルムに撮影されているのを見ることには深く落ち着かない気持ちになるのである。一方、自殺はひとつの事件であり、それゆえシェイクスピアがオセローの偉大なる最期の言葉を書いていたとき感づいたように、本来的に劇的なものである。けれども、死、普通の死は、演劇化されえず、語られることができるだけである。アブラハムやヨブについて聖書が、「そして老いて年満ち、死にて、・・・葬らる」などと語る通りなのである（『創世記』二五・八―一一、『ヨブ記』四二・一七参照）。

一方、『コロノスのオイディプス』がその主人公の手を放すやり方は、ある解放する力で私たちを感動させる。私たちの前の舞台上で盲目のオイディプスがあちこち手探りで進むのを目にしてきて、アガメムノンの体やまだ王であったときのオイディプス自身の体についてはついぞしないような形でオイディプスの体のなかに自分が今住まっているのに気づいた私たちは、今や自分が彼から、そして、だから私たち自身から、自然でかつ把握することができない仕方で、分かれる（別れる）のに気がつくのである。しかしポイントは、私たちがそれを把握するよう求められているのではないことである。ソポクレスは、最後においてオイディプスを私たちの視線の貪欲さからだけでなく、私たちの想像力の働きからも守ったがゆえに、これはこうなるしかない事柄だと私たちが受け入れられるようにする方法を、発見したのである。それによって、喪失の恐ろしい必然性が耐えられるものになるのである。しかしその必然性は決して飼いならされたのでも偽造されたのでもない。なんとなれば、『ゴドーを待つ』についての有名な評言を換骨奪胎して言うならば、ソポクレスは、オイディプスにとってと同じく、私たち一人ひとりにとって、いかにすべてが一度しか起こらないかを私たちが認識させられる劇を書くことに成功しているのだから。

9
Praesentia《プラエセンティア》——その場にいること、在《いま》し

初めてロサンジェルスに行ったとき、わたしは海に連れていってほしいと言い出して、迎えてくれた人たち——そしてわたし自身——を驚かせた。フィリップ・マーロウが歩いた通りとか、呼んでくれた人たちがわたしに見せたがった町の大博物館のどれかに行ってみたいとかでなく、それより自分の手を太平洋に浸したいと自分が思っていることに気づいたのである。私たちは車で町を出、ゲティ美術館の方向に海岸沿いを走った。車をとめてくれてわたしは外へ出、汚いビーチを横切って波が浜辺にひたひたと寄せるところでかがみこんだ。

その水はいつの時のイギリス海峡の水よりもあたたかかった。地中海の水よりあるいはいくぶん冷たかったかもしれないが。浸した手を上げ口にもっていってみると、むろんその水は塩辛かった。わたしは額と両の頬に軽く水をたたくと、最後に一度目をやり、待っている車へとぼとぼ戻った。

なぜこんなふうに触《ふ》れる必要があったのか。なぜわたしは太平洋を単に見るだけでは満足しなかったのか（いや、そもそもなぜ見たいなどと思ったりしたのだろう。太平洋がどんなふうな様子をしているかはかなりよく知っているし、大都市のはずれに広がる海ならどこでも大差ないと分かってもいたのに。）

わたしには分からない。わたしに分かっているのは、ロサンジェルスにたどり着いて、私は、単にその町を訪れる以上のこと、単に大洋を目にする以上のことをしなければならなかったとい

うことだけである。自分の手をその大洋につけることによって、自分がそこに来ていることが、ある形で確かめられたのである。写真よりも永続的でないが（いったい、ひとつの感覚が体に起こる場合、どのくらい持続するものか）、にもかかわらず、自分の手を太平洋につける行為は、写真には決してなしえないことをしたのである。それはわたしがそこに確かにいたこと、「わが身で」そこにいたことを、確かなものにしたのである。もちろん、あっという間に、もうわたしにはその瞬間のことは何も思い出せなくなっていて、ただ自分が急いで砂を横切った感覚、その水がどんな意味でも特に変わった水ではないと思われたがっかりした感じだけが残った。

従って、それは、今やわたしの意識的記憶がその出来事＝事件を消し去っているがためにわたしの手がその感じを失わずに保っている、ということではない。これはプルースト的な経験、どこかほかの海に手をつけるときに再活性化される経験ではまったくなかった。それにどうしたらそんなことがありうるだろう。なにしろわたしがそこにいたのはほんのつかの間だったし、すべてのわたしの行動は、プルースト的なよみがえりを可能にするためにはあまりにも意識的であり意志されたものでありすぎた。わたしに確かだと思われるのは、これが自分がしたいと駆り立てられた事だったこと、そして自分が世界の向こう側に行ってきて、世界の大洋のひとつに接触してきたと、何らかのはっきりしない形で今わたしに分かっているということ、だけなのである。もちろん、自分の手を太平洋につけるためだけにはるばるそこに行くいかなる特別な努力もわたしはしたわけではなかっただろう。けれどもそこにいたとき自分がそうするのは正しいと、重要だとさえ感じられた。どうしてそれが重要なのかはわたしにとって一個の謎だ。でも実際この通りなのである。

最近思春期以来初めてローマを訪れたある友人が、とにかくただ触《さわ》りたいという欲望をこれほど感じた都市にこれまで行ったことがなかったと、わたしに語ってくれた。なぜかと訊くと友人はあっさり答えた。「そこに古代の感じがあるからじゃないかな。何もかもがあそこでは後ろ向きにずっと広がっているみたいに思えるんだ。」でも、なぜ君は単に見るだけじゃ満足しなかったんだい、なぜ触る必要を感じたんだ、とわたしは訊いた。「本当に分からないのさ」と友人は言い、こう続けた。「何かに触ることでそれがその場にあることが確かになるんじゃないかな。」

あなたにとってそれがその場《プレゼンス》にあること、が、また、それにとってもあなたがその場《プレゼンス》にいること。この二重性が決定的なのである。

福音書において聖ヨハネは復活したイエスが弟子たちのところに戻ってきたときのことを語っている。

・・・十二弟子の一人デドモと称《とな》うるトマス偕《とも》に居《お》らざりしかば、他の弟子これに言ふ『われら主を見たり』。トマスいう『我はその手に釘の痕を見、わが指を釘の痕にさし入れ、わが手をその脅《わき》に差入るるにあらずば信ぜじ』。八日ののち弟子等《たち》また家にをり、トマスも偕《とも》に居りて戸を閉じおきしに、イエス来り、彼らの中に立ちて言ひたまふ『平安なんじらに在れ』。またトマスに言ひ給う『なんじの指をここに伸べて、わが手を見よ、汝の手をのべて、わが脅にさし入れよ、信ぜぬ者とならで信ずる者となれ』。トマス答えて言ふ『わが主よ、わが神よ』。イエス言ひ給う『なんじ我を見しによりて信じたり、見ずして信ずる者は幸福《さいわひ》なり』。(『ヨハネ伝』二〇・二四―二九)

疑い深いトマス、とこれ以後彼は呼ばれることになる。トマスが欲していることは、今そこ、自分の前に立っているのが十字架に架けられたイエスで本当にあるのを自分が確かめることであり、イエスの傷に触ることによってでしかトマスの疑いは晴らされないだろう。けれども、触わる物に対するトマスの態度は、ロサンジェルスにおけるあの日のわたしの態度やローマにおける友人の態度とも、いやそれどころか、時代から時代へと長いあいだずっと聖ペテロ像の足に触りたいと聖都エルサレムを訪れてきた無数の巡礼者たちの態度とも大変異なっている。（幾世紀にも渡って巡礼者たちに触られることによってああもすりへってしまったあの足は、友人自身の語るところによれば、彼が触る必要を感じなかった一つの物《オブジェクト》であった。友人がそれがほかの記念物《モニュメント》よりもいささかでも古くないと感じたというのではなく、その像がカメラを首にさげた観光客の群れによってすでに触られているという光景が彼にその気をなくさせたのである。物がそのアウラを失っていたのだ。）

　しかしイエスの答えの方もまた、福音書の語る話によれば、信仰と世界のあいだにあまりに鋭利なくさびを打ちこむ。無数の巡礼たちを、その昔ギリシアや小アジアの各地の英雄を祀った廟に駆り立て、そしてくだっては同じように聖者たちを祀った廟に駆りたてた欲望《のぞみ》は、確証をえようとする疑い深いトマスの欲望とは大変異なるし、またここでイエスが疑い深いトマスに負わせる不信（信仰の不足）とはまったく別物である。いくぶんかは、巡礼たちの欲望《のぞみ》は、ピーター・ブラウンが見事に示したように、人間の仲立ち者と話をしたいという望みだった。『聖人信仰』の中でブラウンはこう書いている。「そのような陶酔的熱狂の焦点になった*Praesentia*《プラエセンティア》（存在すること、在すこと）とは、目に見えないひとりの人間がその場にいることだった。大挙してローマから聖ロレンツォ廟へ、聖ロレンツォ（ローマのラウレンティウス）の慈悲を求めて、また自分たちの死者を聖ロレンツォの墓の近くに置いてやりたいと願って、やってきた帰依者たちは、単にある場所に来ようとしていたわけではなかった。彼らはあるひとりの人に会いに——*ad dominum Laurentium*（主ロレンツォのもとに）——ある場所に行こうとしていたのだった」。さらにブラウンは続ける。

目に見えない人間がすっかりその場にいるようになることは、その人の遺体《なきがら》のほんのかけらがそこにあるのでも可能になるし、また聖ペテロの *brandea*《ブランディア》［巡礼者たちが、降ろして墓にふれさせてから引き上げた小さな布切れ］のような、こういった、遺体と接触しただけの物でも可能になるのである。結果としてキリスト教世界は、本物の聖遺物の小さなかけらや、聖ペテロの場合同様、遺体に負けないくらい聖人の *praesentia*（在《いま》し）に満ちているとみなされる「接触遺物」で、おおわれるようになった。

要するに、使徒トマスは自分で目にし得ないものや、触《さわ》れないものを信頼する気になれない近代的懐疑主義者なのである。一方巡礼たちは、自分の旅の目的地《ゴール》である物の中に御利益があるということをけっして疑わなかった。けれども、初期巡礼行についての議論の最前列にブラウンが腐心して置いている、「ある人に会いにある場所に行く」という決定的な考えが明らかにするのは、巡礼地は単に神聖さと力の地であるだけではなく、むしろ遭遇の地であることだ。巡礼を行うことは、宗教改革以後の私たちの世界においてどう遇されてきたかといえば、原始的な民族すべてに共通しているが私たちは幸運にももう成長して抜け出している、本質的に「魔術的」な世界観の一つの相として、片付けられ顧みられないことがこれまであまりにも多かった。しかしながら、最近ピーター・ブラウン、リチャード・サザン、エイモン・ダフィのような歴史家たちや、クリフォード・ギアツ、メアリー・ダグラスのような文化人類学者たちが、「魔術的」という語を解凍し始めていて、そうすることによって私たち自身が持つ前提の性質をあばき、その一方で、私たち自身のものでない諸文化の働き方についてさらに多くのことを私たちに理解させてくれた。しかし同時に、彼らが明らかにしたことは、私たちが諸文化のあいだにあまりに鋭利な区別を立てることに用心すべきだということである――「私たち自身のものでない」ものは、私たちが最初に想像していたよりも、私たちがしたり考えたりすることと共通点が多い、と判明する場合があるのだ。畢竟《ひっきょう》、ブラウンの *praesentia*（その場にいること・在《いま》し）の概念は、ロサンジェルスでのあの日のわたし自身の混乱した感じをわたしが理解する助けになってくれるのではないか。

確かに、わたしは誰かある人に会いに海のところまで行ったわけではなかったが、わたしはそれが本当に海の水であることを試してみるために水に手をつけたのではなかった。中世初期の巡礼行についてのブラウンの議論は、二つの経験のあいだの途方もなく大きな違いにもかかわらず、私たち皆がもっている、自分のまわりの世界に触りたいという不思議な衝動の性質を私たちが理解する助けになってくれるかもしれない。しかし私たちは注意しながら彼の言うことを理解する必要があり、彼が扱っている事柄を、中世に存在していたことが分かっている、触れることに対する、ほかの、かなり違う態度から区別することから始めてみなくてはならない。

10 御手触れ《キングズ・タッチ》

イエスが病を治す奇跡を行い始めたとき、

爰《ここ》に十二年、血漏《ちろう》を患いたる女あり。多くの医者に多く苦しめられ、有《も》てる物をことごとく費やしたれど、何の効《かい》なく、反って益々悪しくなりたり。イエスの事をききて、群衆にまじり、後《うしろ》に来りて、御衣《みころも》にさわる、『その衣にだに触《さわ》らば救はれん』と自ら謂えり。斯《かく》て血の泉、ただちに乾き、病のいえたるを身に覚えたり。イエス直ちに能力《ちから》の己より出でたるを自ら知り、群衆の中にて、振反《ふりかえ》り言いたまう『誰が我の衣に触りしぞ』。弟子たち言う『群衆の押迫るを見て、誰《た》が我に触りしぞと言ひ給うか』。イエスこの事を為しし者を見んとて見回し給う。女おそれ戦《おのの》き、己が身になりし事を知り、来りて御前《みまえ》に平伏《ひれふ》し、ありしままを告ぐ。イエス言ひ給う『娘よ、なんじの信仰なんじを救へり、安らかに往《ゆ》け、病《やまい》いえて健やかになれ』。(『マルコ伝』五・二五―三四)

聖人から病を治す力が放たれるという考えはほとんどの社会に見出されるはずだ。いわゆる信仰療法を行う者は、今日の西洋に依然としてあふれるほどいる。とはいえ、これほど大変直接的かつ力強く表されている例はまれである。もっと普通なのは按手による治療や聖なる文句を唱えることによる療法であり、実際、福音書においてはイエスが盲目の人や足が不自由な人の患部に触れ、言葉によるはげましを与え、元の体に戻って再び元気になった彼らを送り出す。おそらく誰もが驚くことになるのは、病気の治療法としての聖なる人に触れることへのこの信仰が、西洋において十八世紀初めまでずっと続いた、と知るときである。もっともその頃までには、治す力をもっていると信じられるのはもはや殉教者とか司教ではなく、君主になっていたのではあるが。

英文学において多分読者が最初にこの現象に出会うことになるのは、シェイクスピアにおいてである。『マクベス』第四幕第三場においてシェイクスピアは話の筋《アクション》をスコットランドからイングランドのエドワード告解王の宮廷へと、そしてエドワードの宮廷人二人の間の会話へと移す。一人が言う。

あわれな者どもがつめかけまして、陛下のご治療を
待っております。彼らの病は医術ではどんなに手を尽くしましても
治りません。それが、陛下のお手が触れますと
天から神聖な力をお授かりになっているのでございましょうか
たちどころに全快いたします　(一四一―一四五)

たいていの注釈版『マクベス』には、この箇所で、この宮廷人が話しているのは王の病つまり瘰癧のことだと記されているだろう。その病は、フランスやイングランドの王が触れることによって治すことができると信じられていた。通例、註釈はさらに、そのように王の手で触れられた有名な人物の最後がサミュエル・ジョンソンだったと記している。ジョンソンは一七一一年、

三歳のとき、ロンドンに連れてこられてアン女王に触ってもらったのであった。

ナチスに殺された偉大なユダヤ系フランス人歴史家マルク・ブロックはその現象に本を丸ごと一冊献げた。『王の奇跡』（一九二三　原題は『奇跡を行う王たち』）がそれだ。ブロックがこの本で、いつもながらの博識とエレガンスをもって立証しているのは、いかにその観念が、フランスとイングランドにおいてまさに支配王朝の正当性を強化することが死活問題となった瞬間《とき》に初めて起こったのか、そして、いかにそれが、幾世紀にもわたって君主を、司教や大司教ら宗教的指導者とあらゆる点において同等な者として確立する必要により補強されたのか、である。

王は、とフランス宮廷のひとりの廷臣が一四九三年に書いている、「触れるのみにて病人を癒す（*ad solum manus tactum certos infirmos sanare dicuntur*）」。またモン・サン・ミシェルのステンドグラス窓についての説明にはこう書かれている、「王は、右手で順次病人の額から顎へと、そして頬から次の頬へと触れていく」。とはいえ、十字を切るその仕草は本質的なことではなかった。何と言っても、本質的なのは按手、手を置くことだったから。

ブロックは、いかにフランス王の癒しの力を求める新たな声が起きるたび、間髪を入れずイングランド人が自分たちの王による奇跡への求めを強めたか、を示している。かくしてブロックの本は本質的に中世政治の研究になっている。この本は、研究対象とするこの信念の及んだ範囲と力を明るみに出して見せたが、それらを説明しようとしているわけではない。しかしながら、それが実際に明らかにしているのは、世俗的また宗教的指導者から放たれる癒しの力という観念が、巡礼行という考えによって生み出される一連の複合的な期待とはたいへん異なっていることだ。というのも、肉体の苦しみを癒すことが巡礼の旅の動機のひとつであることが多いのは明白で、今日の西洋においてはおそらく唯一の動機であろうが、過去においてそれは決して主たる動機ではなかったのである。巡礼行は、ピーター・ブラウンが示しているように、ある聖なる「presence《プレゼンス》（在《いま》し）」に立ち入るためにある場所に行きたいという欲望でつねにあった。これはまたヒンドゥー教の巡礼の伝統にとっても中心的なものである。ヒンドゥー教の伝統において、それは *darshan* と呼ばれている。「聖人的人間、寺院、聖なる川、神の像等々のダルシャナ *darśana*（垣間見、顕現、瑞験）をもつということは」と、人類学者E・A・モリニスが書いている、「聖なるものが放つ何らかの形の光輝が在る場所にいる経験《プレゼンス》をしてきただけの力《おかげ》＝功徳によって御利益を得ることである。この概念はヒンドゥー教のあらゆる巡礼伝統において、巡礼者による巡礼行にとっての十分な動機として重要なものである」。かくして、聖なる存在による癒しの触れ《タッチ》によってというより、むしろ巡礼行との関係においてこそ、私たちは、異国の地に旅行したときいつも生じる私たち自身の現代的でかつ純粋に世俗的で本能的な「触れる必要」、の背後にあるものを理解することが一番うまくできるようになる。

11 距離の治療

まずはじめに私たちは、巡礼行に必然的に伴う場所の移動が、それを企てた個人に対し、何をなしたか理解しなくてはならない。ピーター・ブラウンは、アルフォンス・デュプロンが巡礼行を説明するのに用いた言い回し、「空間による治療（une thérapie par l'espace）」を取り上げて、こう説明している――「巡礼者は、自分が思いこがれるものが手近の環境においては得られないことを認識することにより、距離の治療に専念した。距離は満たされていない必要を象徴する。だから、デュプロンが続けて言うように、「巡礼行は本質的に旅立つ行為であり続ける」」。

これはチョーサーが明らかに『カンタベリー物語』を書いている過程で理解するようになったことである。もともとチョーサーは、カンタベリーの聖トマス廟へ詣でる巡礼たちが、途次、行きに二つの話を、帰りに二つを語る作品を構想していた。それが総序で披露されている計画である。しかし今ある作品が未完のものとはいえ、私たちは、書いている間にチョーサーが心を変え、カンタベリーへの旅だけを扱おうと決心したことが分かる。さらに――そしてこれこそが彼の天才のひらめきのひとつだったわけだが、彼は巡礼者たちが、カンタベリーがもう視界に入ってきているものの、いまだその外側にいるところで終えようと思ったのである。そこで示される巡礼者たちは、依然として、「至福に満ちた聖なる殉教者をさがして（the hooly blisful martir for to seke）」カンタベリーに行こうとしている状態なのである（「総序」一七。ここで、その殉教者が、死んで長くたつのでなく、一個の生きる在し《プレゼンス》であるという含意に注意のこと）。そしてカンタベリーが見えるところにきて牧師が自分の前口上を言うころには、これで旅が切り上げられてしまうという感じはなくなっている。それどころか、こう牧師は言う。

この話の饗宴を締めくくって終わりとするのに
わたしがひとつ楽しい話を散文でお聞かせするとしましょう
どうかイエス様、その恩寵により、わたしにこの旅路で
天なるエルサレムと呼ばれる
あの完全で栄光ある巡礼の道を
皆さんに示す知恵をお与え下さいますよう（「牧師の話・序」四六—五一）

巡礼の目的地よりも巡礼という行為が、現在私たちが手にする形のこの作品の焦点であり、それによってチョーサーは自分のフィクションを、人間の生活と人間の想像行為の隠喩として使えることができるだけでなく、初期キリスト教世界において発達した巡礼の旅の力学《ダイナミクス》に背かずにいられるのである。というのも、さらに続けてブラウンが示すように、もしも「距離がそこでは克服されなければならない」としても、もしも「巡礼行の経験が親密な近さへのあこがれを活性化させる」のだとしても、その克服は決して達成されることがなく、その親密な近さはつねに延期されるのである。というのも、長い旅のあとたどりついた巡礼たちは、

廟自体の性質によって同じ「距離の」治療を受けることになるのである。巡礼の旅の大幅な

遅延を小型版《ミニチュア》で実演することによって、「規模逆転」効果のせいで、距離の感覚と熱望《あこがれ》が先鋭化された。というのも、古代後期において廟の技は閉じた表面の技だからだ。その表面の奥《うしろ》に聖なるものがすっかり隠されて眠っているか、狭い開孔部を通して垣間見えるかだったのである。表面の不透明性が、巡礼たちがそのような広大な距離をこえて触れようと旅してきた対象である人に、この世ではついに到達できないことの意識を高めたのである。

モリニスの方は、西ベンガルのタラピスにある巡礼センターの報告において、こう説明している。

巡礼が寺院の神聖所に導き入れられて、目にする像は、高さおよそ三フィート、金属製で、衣類で分厚くおおわれている。顔と姿勢は、昔から伝わるイコノグラフィ——四本の腕をもち、舌を垂れ、頭蓋骨の花冠をかぶっている等々——でよく知られるターラー Tārā（ヒンドゥー教の女神）を表している。しかしそれがターラーの真の像《すがた》でないことは寺院の僧たちの力説するところである。毎夕、サンジャー・アラティ *sandhyā ārati*（サンジャーは夕方の意。アラティは会衆が火に手をかざして身を清める儀式）に続いて、巡礼たちはもとのその像《すがた》の「ダルシャナ *darśana*（前章最終節参照）」を得ることを許される。ところが実際には、昔からよくあるこの金属像はうつろで、うしろがあいているのである。

この像を見たいと願う巡礼たちは並んで順番を待ち、小さなグループごとに聖なる部屋に入ることになる。しかしここでもまた境界がある。というのも、「ターラーの石像にはそれとわかる特徴が何もないのだ。その像で描写されているはずの出来事が何なのかは簡単には分からない」。僧が石像をおおうサリー sārī をとり、それから「石のさまざまな突起、くぼみ、その他の不規則な形の部分の意義を巡礼たちに指摘する」。モリニスはこうしめくくる。「そこにあるはずのニーラカンタ Nīlakaṇṭha（ヒンドゥー教の主神のひとつシヴァの別名）とデーヴィー Devī（ヒンドゥー教で女性のあらゆる相を持つとされる神）も、導《ガイド》きを受けない者の目にははっきり分からないだろう」。

モリニスは、巡礼たちが、タラピスに着いたならば、どのようにして寺院へそして聖なる部屋へと進んで行くかを説明している。一方で、ブラウンの方は、巡礼の旅が現実のその場所で、ある意味において二重化されていたと論じている。

テベッサでは、廟に近づく道は、らせんを描くように高い壁をまわり、アーチをくぐりぬけ、中庭を横切り——をくりかえして最後に半分埋もれたひとつの小部屋におりて行くのだが、その道程は巡礼の長い旅自体の一個の縮図《ミクロコスモス》となっていた。ローマの聖《サン》ロレンツォ廟においては、キリスト教徒の皇帝によって最初の庇護を受けたしるしが、距離の効果を強めることになった。その皇帝コンスタンチヌスはこの聖者の墓所へののぼりおりの階段を設置し、墓所自体を千ポンドの重さの純銀の格子戸で「隔離した」のである。こうしてロレンツォの墓は巡礼たちからなお少し距離をおいたところに設けられていたのである。

聖ペテロ廟においては、ブラウンいうところの「接近の儀式丸々一式」が演出されていた。というのも、ブラウンが引いているトゥールの聖グレゴリウス（五三八？—五九四。フランク王国の司教・歴史家）の言葉によるなら——「ここで祈りたいと思う者は誰であれ、その場所をとりかこんでいる扉の錠をあけて墓穴の上の地点《ところ》まで進んだうえで、小さな窓を開けて頭をさしこみ、そうして自分が必要としている嘆願を行わなければならない」。扉をあける小さな金色の鍵があったのだが、もちろんそういう鍵は、「聖ペテロの祝福で重くなっている」とブラウンが説明する「*brandea*《ブランディア》（9章参照）」に劣らず、ローマに巡礼の旅をする者たちによって宝物として大切にされたのだった。

むろん、近接と距離とのあいだにある緊張関係のこのような儀式化は、時に功を奏さないこともあったが、とは言え、そのような事例が実際に幾度も生じたということは、基底にある距離の治療の原理を一層はっきりと浮かび上がらせるだけである。たとえば、ブラウンの挙げている例では、カルタゴの貴婦人メゲティアが、「家族から離れて近くのウザリスにある聖ステファヌス廟へ旅することによって「距離の治療」に身をゆだねた」。しかし、そこに着くと、ことは自然の成り行きをたどった。昔のメゲティア伝作者の記述によれば、

> 聖遺物廟の場所で祈るさい、メゲティアは廟にうちかかった。心の熱望《あこがれ》をもってだけでなく、全身の体当たりで。それで、その衝撃で遺物正面の小さな格子が開いた。メゲティアは神の国を強襲しようと頭を中に押し込み、そこに置かれている聖遺物に顔を当て、それを涙でびしょぬれにした。

ブラウンはこうしめくくる。「距離と近接とのあいだの注意深く保たれている緊張関係によってひとつのことが確実なものにされた。すなわち *praesentia*（その場にいること・在《あ》ること）で

あり、この聖なるものの物理的存在が、・・・古代後期のキリスト教徒が享受しえた最大の祝福だった」。西ベンガルの三つの廟で今日にいたるまで行われている事柄についてのモリニスの詳細な調査検討を読めば、それが古代後期キリスト教徒の生活にとってのみ中心的だったのではなかったことがうかがえるだろう。

　巡礼たちによって引き起こされる距離の治療は二重のものだった。巡礼は出発し、知っているもの、なじみぶかいものの安全圏をあとにし、そしてヴィクター・ターナーが「閾的《リミナル》」もしくは「閾状的《リミノイド》」経験と呼んだもの、通過儀礼に従事した。しかしこれはAからBへの通過・移行というよりはむしろ、距離そのものの経験への旅だった。巡礼がその長い旅の最後で廟にさわるとき、それは自分を聖なる者から隔てる距離に架橋する試みというよりはむしろ、その距離を手で触れられようにする本能的なひとつのやり方だったのだ。それ以上の必要はなかった。握ったり、つかんだりする必要はなく、聖人を自分のものにしようと努めたり、聖人から「御利益《ちから》」を無理にとり出そうと頑張る必要もなかった（少なくとも理屈ではそうだった。実践においては、メゲティアの場合に見られるように、私たち人間は常により多くをほしがるのである）。使徒トマスがキリストの傷に手を差し入れようとしたとき、それは疑いの気持ちを起こさないようにするためだった。女がイエスの衣に触ったときそれは全健康の源と接することによって自分の患いを治すためであった。しかし、巡礼が聖ロレンツォ廟や聖トマス（トマス・ベケット）廟に旅するとき、それは着いたとき巡礼する行為自体によって聖人が自分にやさしい目を向けてくれることになるだろうと信頼してのことだった。聖人を「探し」にはるばる来たことで、巡礼は自分がこの場所にいることが、自分と聖人とのあいだの距離をいきづかせたことを感じるだろう。そしてこれ、「*darśana*」、 「*praesentia*」——その場にいること・在《あ》ること——で十分だったのである。

十七世紀までにはその信頼は消えうせていて、距離は敵になっていた。デカルトは仲介なしで、直接知ることによって確実に知りうるものを相手にすることに決める。バークリーは、次のようなぞっとするイメージで実在《リアリティ》（すなわち神、というのもバークリーにとって神というものは〈私たちが知覚するがままの実在《リアリティ》〉であるのだから）が、痛みと同じくらい身近なものであることを求める。「生まれつき盲目の者が」とバークリーは書く、「目が見えるようにされたとしても、最初は、視覚による距離〔遠近〕の観念を全く持たないであろう。・・・視覚によって介在された諸対象も、彼にとっては（そして真実そうなのだが）、新たな一連の思考や感覚《センセーション》としか思えないであろうが、その思考や感覚のそれぞれが、痛みや快さの知覚、あるいは自分の魂の内奥の情動《パッション》と同じくらい彼にとって身近な〔近くにある〕ものなのである」。

私たちは皆十七世紀を継承する相続人である。皆、真理を相手にするとか、混乱の雲を払うなどということをごく自然に口にする。まるで真理が朦朧たる物質の下にうもれているかのようで、その朦朧たるものは真理が輝き出るためにはとりのぞくしかない。しかし、西洋中世における巡礼実践の発展をもたらし、今日《こんにち》に至るまでヒンドゥー教巡礼行を賦活する諸前提が、単に文化的なものでなく、また、単に、哲学的・民衆的態度の諸変化によって洗い流されてなくなることもない、という可能性もあるのではないか。その諸前提は、私たちが認めたがらないほど深く、世界に対する体の関係に根ざしたものであり、西洋中世とヒンドゥー教の文化の方が私たちより自分の根本的必要に対して受けいれる力が高かっただけ、という可能性があるのではないか。それというのも、もしも、巡礼行の目標《ゴール》が、距離を手で触《さわ》れるようにすることでかつてあり、今もあるとすれば、それは私たちにとって今日でもなおひとつの本能であるのではないか。それは私たちがすでに見た、コールリッジがリンデンのあずまやで発見したものではないのか。ローマやロサンジェルスを訪れて古い石や大洋に触《ふ》れる世俗者は、本能的にあのいにしえの身ぶりを繰り返しているのではないか。触れることによって、自分とそういった力の宝庫《いれもの》とのあいだの距離に架橋するというよりはむしろ、それら宝庫の他者性（自分とは別なものであること）を認識し、それらの在り処《か》で感じられる畏れを認識しているのではないか。

しかし、どのようにしてそれは可能になるのか。中世の巡礼者にとってそれは聖人から発せられた。私たちがもはや聖人への信仰をもっていない場合、私たちは単にその力を石の記念物《モニュメント》とか、太平洋やヴィクトリア滝のような自然現象とかに移動させるわけなのか。明らかにそれではピンとこない。ロサンジェルスにおけるわたしも、ローマにおけるわたしの友人も、突然何らかの形のアニミズムに圧倒されたのではなかった。私たちが二人ともに感じた畏れ――そして触れる行為によって認識する必要があると感じた畏れ――はむしろ、大洋の想像不可能な大きさと古さに関わりが、あの石がローマで立っていた時間の長さそのものと関わりが、あったのだと思う。思うに、触れることによって私たちは、自分の個人的歴史よりも長く広いひとつの歴史の中における自分の掛かり合いの感覚を経験するのである。わたしがいて――そしてそれがあって――そして、触《タッチ》ることがその事実をどのようにしてか確認できる。これがその触《タッチ》れるという行為の意味あいなのだとわたしは思う。

偶然プルーストが、またしても私たちを助けてくれる。ラスキンの『胡麻と百合』の翻訳に付す序として書いた、読書についての優れたエッセイの最後で、プルーストは、今わたしが探究してきているまさにこの不思議について、思いを凝らすに至る。私たちにとって自分が愛する古の本において自分を心動かすものの在り処はどこにあるかといえば、それは語《ことば》自体だけにでなく、語と語のあいだの沈黙にもある、という事実についてプルーストは語ってきていた。特に彼は、福音書の棹尾文の実際の内容よりも、その棹尾文のあいだを分割するコロンの方に自分が心動かされると言っていいくらいなのはどうしてなのか、ここであれこれ考えをめぐらせている。私が察するところでは、二つの点でできているこのコロンのイメージがプルーストを結論に導く。古典作品が、とプルーストは言う、私たちの心を動かすのは、語るべき深遠な事柄を持っていて、人の心を動かす美しい言語でそれを言うからだけではなく、それらが、過去のかけらを現在——私たちが読んでいるとき——の中にもたらすからでもあるのだ。「これまで幾たび」と彼は言う、

わたしは、『神曲』やシェイクスピアの中で、いくばくかの過去が、現在の時間、いま現に流れつつある時間に挿入されるのを目のあたりにしている印象を受けたことだろう。それはまた、ヴェネツィアのピアツェッタで、あの二本の、灰色とピンク色の花崗岩の円柱、ギリシア風の柱頭の上に一方が聖《サン》マルコの獅子をのせ、一方は足で鰐を踏みつけている聖テオドーロをのせた二本の円柱、を前にして感じる、あの夢のような印象でもある——そしてこれら二人の異邦の者たちは、自分たちが見つめる遠くにあり、またその足許まで寄せても来る海を渡って、オリエントから渡来したのだが、二人とも、放心した微笑をまだ輝かせながら、今いるこの公共広場で、自分たちの国の言葉ではない言語で交わされる周囲の会話も理解できぬまま、私たちにまじって、十二世紀の日々を引きのばして生き続け、私たちの今日

のなかにその世紀をはめこんでいる。

プルーストを魅了しているらしいのは、この二つの円柱が、その時間的地理的起源から引き抜かれていて、あたかも何事も起きなかったかのように存在しつづけていること、まるで時代錯誤にも、異邦人扱い＝疎外にも気づかず、自分たちの、コロンのような分離的挿入のあり方にも気づかないかのように存在しつづけていること、である。二つの円柱は、まさに自分たちの距離を認識することを拒むがゆえに距離を保っている。プルーストはさらに続ける。「幅広い柱頭に向かって噴き上がるこれら二本のピンク色の円柱の周囲に、今の日々が群がり、ざわめいている。しかしそれらの日々のなかに置かれた円柱は、その現在の日々を押しのけ、過去の侵されていない場所をほっそりとした堅牢な胴体でもって保持している・・・」。この経験を伝えるのは石である必要はない。思うに、向こうにあの別な海があり、そしてロサンジェルスにおけるあの日のわたしの（実際の感覚の記憶というよりむしろ）行動の記憶が、今のわたしからのその海の距離を、その他者性を、その理解不可能な広大さと古さを確かなものとする助けになってくれ、そうしてその記憶が、わたしもまた住まっている一つの世界におけるその海の存在をわたしにとって現実のものにしてくれ、その海がわたしの想像する一切と全く別ものでありまたあり続けるだろうということを確証してくれるのである。

12 距離の治療（二）

「表面の不透明性が」とピーター・ブラウンは書く、「巡礼たちがそのような広大な距離をこえて触れようと旅してきた対象である人に、この世ではついに到達できないことの意識を高めたのである」。巡礼センターや廟の設計は、距離の効果を高めるように設計されていたが、距離の効果を高める一方で、距離は恵み深いものでありうるというメッセージ、*praesentia*（在《いま》し）の顕現には距離を完全に克服する必要はないというメッセージを補強してもいる。ここにおいて私たちが出会うのは、昔のもっと伝統的だった文化においてはよく見られるものなのだが、人生の基本的かつ不可避の一事実の儀式化であり、その事実を耐えられるもの、理解できるものにするために、ひとつの形式とひとつの形をそれに与えることである。巡礼行の儀式は、ブラウンもモリニスも説明しているように、公共的意味をおしつけられやすい環境のなかで、どの子供も自分の母親の手を持つときに経験することを上演しているように思われる。貴婦人メゲティアの誤りは、心許ない子供がやる誤り、触ることをつかむことにしてしまう誤りにすぎなかったのである。軽く触れるか単純に持つ（手にする）だけにすべき物を、つかみ所有しよう（自分のものにしよう）とする誤りだったのである。

しかし中世後期の教会権力は、巡礼行が誤った利用のされ方をしているのではないか、聖人と接触すれば体の患いが治るだろうとの誤った信念を抱いて、さもなければ自分の好奇心を満足させるためだけに、また配偶者や隣人たちの詮索する目から遠く離れて恋愛遊戯にふけるためだけに、巡礼行に出かけようとする人があまりにも多すぎるのではないか、と恐れて巡礼行に対する管理を強めようとし、さらにそれを制限したり全面禁止したりしようとさえした。〈新しい信心 *Devotio Moderna*（トマス・ア・ケンピスが属した修道院の、中世末から近代へかけての改革運動の精神）〉つまり原形的新教《プロテスタンティズム》を奉じる者たちは、精神的巡礼行で現実の巡礼行の代わりにすればよいとまで主張するに至った。家にいて瞑想すればよいのだと彼らは論じた。かなり面白いことだが、ここでもまた、ヒンドゥー教とイスラム教の伝統に、よく似たものがある。モリニスは、詩人＝神学者のカビールの、次のような言葉を引用している。「東方にベナレス（ヒンドゥー教の聖地）、西方にメッカ（イスラム教の聖地）あり。されど汝自身の心を探れ、なんとなればそこにラーマ（ヒンドゥー教で、Vishnu 神の六、七、八番目の化身、特に七番目のラーマチャンドラを言う。ラーマーヤナの主人公）もアッラーもともにおればなり」。

クレイグ・ハービソンは、ファン・エイクについての本のなかで、こう指摘している。「〈新しい信心〉によって唱道された種類の精神的巡礼は、長きに及ぶ、きちんとした方法に則った事柄だった。それは、慣れ親しんだ地元の廟への想像によるお手軽旅ではなく、聖地までの、キリストの足跡をたどりながらの、とりわけ受難の解消をめざしての、長く、骨の折れる精神的な旅であった」。そしてハービソンは、ファン・エイクの絵画の中には、他の十五世紀オランダ画家の絵と同様、そういう精神的巡礼行を奨励する目的を第一義とする作品があったのではないか、と言っている。これと似た論を、ドナルド・ハワードが、『カンタベリー物語』に関して行っている。

しかし、そのような考えは表面的には魅力的なのだが、たいへん人を誤らせるものだとわたしは思う。というのも、その〈新しい信心〉の者つまり宗教改革者たちが必要としていたのは、彼らにとって何か御し得ない、そしてそれゆえに宗教にもとると思われるものを制御することだったのだから。宗教改革者たちが見落としていたのは、濫用をとりのぞくことによって同時に自分たちが宗教の源泉そのものを貧困化しつつあるということだった。しかしこれは宗教史にあってはおなじみのエピソードのひとつである。

距離の治療に代用品はない。実際のその巡礼の旅を廃止すること、その旅に付随する危険や魅力の一切、その誘惑と蠱惑の一切もひっくるめて現実の旅をやめてしまうことは、同時にまた、治療をやめてしまうことでもあった。エイモン・ダフィが中世後期の巡礼行について、それに付随して呪術や頑迷さや迷信が増えて行ったことも含め書いている説得力のある言葉によれば、

旅への渇望や純然たる帰依や免罪を得たいとの望みによって廟にひきつけられる健常な巡礼者にとってさえ、沢山並んだ松葉杖、足枷、舟や脚や心臓の模型、それに千差万別の度合いの希望と焦慮をかかえて待つ病人たち自身の姿は、天国には神が存在し、悪魔がつねにとどめの決定を下すのではないことの確証なのであった。

ダフィはボーバラの、架空の聖人ウォルスタンに献げられた短い祈祷のへぼ詩を引用している。この聖ウォルスタン崇拝は十三世紀後期から十六世紀はじめの間にノーフォークにおいて並外れてたかまったもので、その廟は聖人の祝日である五月三十日に毎年行われた巡礼行の焦点であった。

キリストの騎士、聖なるウォルストン（ウォルスタンのこと）よ
あなたへ呼びかける従順な声を私たちはあげる
私たちを、日々あらたに生まれ起こる
危害、悲しみ、愚考からお守りくださいと。
不幸に満ちたヨブは心から言う。私たちを
イエスの右の手で祝福された健やかさに導きたまえ
永遠の地でイエスを愛し知るために

「中世後期の宗教の諸目的について、そしてその宗教の中における聖人崇拝の地についての要約としてはまあまあのものではないか」とダフィはコメントしている。

対照的に、〈新しい信心〉の指針に敬虔に従う者たちは、巡礼行を黙想によって自分の頭の中でだけ、ひとりで書斎の中でだけ経験していたのだが、孤独な閉じこもりの囚人になる状態一歩手前のところまで来ていた。その囚人とは、現代の都市生活の〈アノミー＝没個性状態〉のえじきになっている、神や仲間から、そうして最終的には自分自身から切り離された、孤立した個人のことであるが、鏡の中ではないとしても、少なくとも古典的な社会学者の著作の中において、私たち皆が出会ったことのある人間なのである。

ある魅力的なロラード派（十四―十五世紀におけるウィクリフ派宗教改革の先駆となった）のテクストが私たちの手に伝えられている。これは一三九〇年代後半のいつごろか、ということはつまり、チョーサーが『カンタベリー物語』を書いていたころであるが、ウィリアム・ソープ某なる人物を、アルンデル大司教が尋問した記録

ということになっている。ソープは巡礼行には二種類、真実のものと偽りのものがあると弁じる。真実の方は、有徳な生活を送ることによって、「天国の至福に向かって旅する巡礼者」のことである。しかし今巡礼行に出る者の大半は全くそのような者ではない、とソープは言う――「この大半の巡礼者たちこそ、多くの男女がなぜあちこちに巡礼に出るかの理由を物語っているのだが、それは彼らの魂をたすけるためにというよりは、彼らの体をたすけるためになのである」。彼らは歌いバグパイプを演奏するのだが、どうやら、

カンタベリーまで、通り抜ける町ごとに連中が歌う騒がしい声やらバグパイプを吹く音やら、乗る馬につけた巡礼鈴がたてる音やら、彼らを追いかける犬が発する吠え声やら、それらがあわさって、王がラッパ隊やその他大勢の歌手たちを引き連れてやってくる場合よりもっと騒がしい音をたてるようにしているらしい。もしもこういう男女がひと月も巡礼の旅に出ていれば、その多くの者は半年後にはたいした騒がし屋、金棒引き、うそつきになることだろう。

ここまで聞いて大司教はソープの言葉をとめ、音楽は傷つき倦んでいる者たちに前に進みつづける力になってくれるのではないかね、と指摘する。それに、と大司教は聞く、ダビデ王のことはどうだね？王は琴を弾き、契約の櫃の前で躍ったのではなかったかね？　これに対してソープはただ、私たちは聖書の文字ではなく魂《こころ》を読むべきなのです、とだけ答える。アルンデル大司教が、神をたたえるオルガンが教会にあることは正しいことなのかどうか尋ねると、ソープは答える、「人間のしきたりによれば、そうです、大司教さま。けれども神のお定めによるならば、

人間の理解力《あたま》にとってよい説教の方が・・・ずっと神がお喜びになるはずです」。

この二つの精神《こころ》が出会うことは決してないだろう。ソープが巡礼行や詩や音楽や歌によって提供される罪への誘惑に焦点を合わせるのに対し、アルンデルはそれらを宗教の一助として弁護する伝統的な答えで応じる。どちらも自分が議論に勝っていると確信しているが、今日の私たちには問いの提起のしかたが間違っていたのだと分かる。〈文字〉対〈魂〉、〈真の巡礼行〉対〈誤った巡礼行〉という問題ではないのである。二つの間に単純な区別などありえない。巡礼行は詩や音楽や物語りと同様、よかれあしかれ両者にかかわっているのである。さもなければ全く何でもなくなってしまうのである。

私たちのうち巡礼に出かける者はもはやほとんどいないが、依然私たちは芸術作品に反応する。もっとも、魂と文字についての古い論争が、用語は変われど、依然美学を迷わせてはいるものの、絵画であれ詩であれ芸術作品というものは能動的に関与されるなら、見る者なり読み手なりに、実際の旅に劣らず、不注意な者や誘惑されやすい者を待ち受ける落とし穴が空けられている旅を経験させるものであることは明らかである。というのも、結局のところ、いったん見るプロセスや読むプロセスが始まってしまえば、芸術作品は何にも従わず何の支配も受けないものなのだから。例を挙げるならチョーサーは、このことに充分気づいていた。『カンタベリー物語』は巡礼行の代替物ではなく、類似物《アナロジー》である。チョーサーの牧師もドラード派のソープ同様、ほかのさまざまな話をずばりそこしかない場所にはめこむような説教をすることによって、最後に「すべての材料をまとめあげ」たいと願ってはいようが、そうは問屋が卸さない。牧師の説教が『カンタベリー物語』の最後に来ることはあっても、牧師は『カンタベリー物語』を閉じることはできない。読み手は、牧師の話に至るずっと前に、終わりなどないこと、赦免状売りの語《ことば》が牧師の語より権威がないわけではない（むろんあるわけでもない）し、粉屋の語も騎士の語と同じくらい（それ以上ではないにしても）私たちの注目に値するものだ、と感じさせられている。巡礼行に出ることは、チョーサーにとって、騎士や法律家や牧師だけでなく、粉屋や赦免状売り、船長や刑事とも出会わないわけにいかないことを意味する。それは商人や尼僧院侍僧の話について私たち自身が自分のスタンスを決めなくてはならないことを意味し、尼僧院長の序と彼女が語る反ユダヤ的な話に内在し、バースの女房の序と彼女が語る辛辣で混乱した告白に内在する矛盾の一切に応じなければならないことを意味するのである。いやそれどころか、『カンタベリー物語』における「距離の治療」は、私たちがこの作品を読み出すや働き始めるのであり、それは巡礼者たちがカンタベリーの見えるところ、探し求めている「祝福を受けた聖なる殉教者」を祀る廟が見えるところに着いたことによっても、根本的には変わらないのである。この本によって、巡礼行自体によるのと同様、私たちは神秘に触れることができるが、神秘を完全に自分のものにすることは決してできないのである。

宗教改革はヨーロッパの北半分における巡礼の旅に実質的な終焉をもたらした。ちょうどそれが、旧来の教会祭日においても、また十四世紀以来共同体内や野外で全キリスト教徒共通の歴史を寿いできた一連のコーパス・クリスティ・サイクル劇上演期間においても、大都市の通りを練り歩く行列を終焉させたのと同様に。ヨーク自治体記録に当たれば、一五六一年五月に次のような決定がなされたのが分かる――「旧コーパス・クリスティ祭については、今年はこれまでの習いだったようには聖日として行事をおこなって祝いはしないため、コーパス・クリスティの日にはわが町の市長および長老参事会員は恒例の布告を出すさいに、深紅の大礼服でなく地味な衣裳を着て出かけることに意見が一致している」。このくだりを引用しているエイモン・ダフィによれば、これはほかの多くの町でも反復された規定だった。「その世紀の終わりまでにはコーパス・クリスティ劇は、ほとんどの共同体において思い出以上のものではなくなっていて」、とダフィは書いている。

若き日のシェイクスピアが、一五七〇年代半ばまで残っていたコヴェントリーのコーパス・クリスティ劇群《サイクル》の最後の上演のひとつを見た可能性はあるが、『ハムレット』の観客のなかで、「ヘロデ的にヘロデにまさる」（「暴虐を極める」の意。『ハムレット』三幕二場）のが実際にはどういうことなのか目の当たりに知っていたのは、彼より年上の層だけだったろう。二世紀にわたる宗教劇が、そして伝統的な宗教劇と信心の世俗的専有《アプロープリエイション》＝流用のひと幕全体が終わりを迎えていたのである。

公の行事に参加する代わりに、キリスト教徒たちは今やキリストの受難《パッション》に心の内で思いをこらすようしきりに求められた（その一方で、好奇心を満たすには、安価な小冊子《パンフレット》で、近時をにぎわす発見航海の報告《はなし》や犯罪者連中のならわし《モーレス》についての報告《はなし》を読むという手が彼らにはあった）。そのような風潮のなかで、「距離の治療」が延命されていたのは、唯一芸術の領域においてだけだった――シェイクスピア自身の芝居はむろんのこと、彼の劇作家仲間の芝居のなかに、そしてまた、もっと静かな抒情詩の領域のなかに――。

聖イグナティオスの瞑想練習がジョン・ダンとその追随者たちに与えた影響がどれほど強いものであったかは、これまでたびたび指摘されている。その練習は実際のところ、〈新しい信心〉が十五世紀に奨励したあの「内的巡礼」そのものを、精緻化し体系化したものであった。それがトリエント宗教会議以後のカトリック教会が有していた一番強力な手段のひとつであったことは驚くにあたらない。何と言っても、十五、十六世紀の宗教的論争に関するキーポイント的な事実のひとつは、新旧二つの陣営が多くの前提を共有していて、古代後期から十五世紀までのあいだヨーロッパで支配的だった態度との接触を両者とも事実上失っていたこと、なのだから。

しかし、もとカトリック教徒にして、トマス・ベケット以来のイングランド最大の殉教者トマス・モアの末裔でもあるダンが、イグナティオス的瞑想方法によって深く影響されたことに疑いはないのであるが、一方、ダンの詩をその方法に還元することは決してできないのである。彼はこのことを分かっていて、このことを嘆き、と同時にこのことを楽しんでいる。重篤のとき書いた偉大な詩のなかで、彼は恐怖と喜びの入りまじった状態で自分の名前をもじり、名前に掛けて駄洒落を言っている。この入りまじった状態は、詩の還元不可能性と、詩の暫定的で制御できない本質を受け入れていることとを指し示すものにほかならない。

わたしが始まるもととなったあの罪をあなたは許してくれるだろうか
以前になし《ダン》た罪とはいえわたしの罪でもあったそれを
わたしが今経験しなおもやめないでいるあの罪を
あなたは許してくれるだろうか、わたしがいまだに嘆いているとはいえ

あなたがなしおえ《ダン》てしまっても、あなたは
なしおえていない（ダンを手に入れはしない）
わたしはそれ以上《モア》をもっているのだから

わたしがほかの者たちを口説いて犯させた罪
わたしの罪をその者たちを誘い入れる入り口とした
あの罪を、あなたは許してくれるだろうか
わたしが一年か二年は遠ざけたが、多年その中でのたうったあの罪を
　あなたは許してくれるだろうか
あなたがなしおえてしまってもあなたはなしおえていない
わたしはそれ以上《モア》をもっているのだから

わたしは恐れの罪をもっている。自分の最後の糸を
つむいでしまったときわたしがこちらの岸辺で消滅するだろうという
けれどもあなたの口で誓ってください。わたしが死んでも
あなたの息子《サン》が今と同じように
　これからも輝くようにきっとすると
そしてそれをなしおえ《ダン》るときあなたはなしおえ《ダン》（ダンを手に入れ）
わたしはもうそれ以上恐れることはない

高らかな結びは勝ち誇ってのしめくくりだと思わせもするが、それは真実のほんの一部でしかない。なんと言っても、シンタックス的に言って実質的に最終連そのものである最後の一文は、完全に開かれたままなのである。ダンは言う、「最後において自分が救われないことになるのをわたしは心配する、だからわたしは神にこい願う。そうはならないと、あなたがあなたの御子《みこ》を通してわたしを救うと、誓ってください」。「こう誓いを立ててくだされば」とダンは締めくくる、「あなたはわたしがあなたにお願いできるすべてをしてくださったことになり、わたしの心配は消えるでしょう」。しかし、最後の二行が始まる前に神がダンの求めに本当に応じているのか否かについて詩行は未決定にしている。実際の瞬間《とき》が来るまでは自分の望みがかなえられるか否か全く分からないでいる、この病気の詩人の熱いのぞみでそれが終わるしかないのか否かについて未決定にしているのである。ダンの場合にたいへんよくあるわけだが、この詩を作っているのは、気の利いた逆説《パラドックス》ではなく詩の心臓部分にある深い両義性《どっちつかずさ》なのである。

　ここにおいて距離は治療でもあり、苦悶でもある。何度この詩を読んでもどちらが勝利するか私たちは決して言うことはできない。つねにそれ以上《モア》がある。人は決して終えられ《ダン》はしない。ダンもしかり。決して完全にダンであることもないし、出来上がりになることもない。そこまでの限りにおいてキルケゴールとデリダは正しく、増補＝代補を排除しようとした、ロラード派から構造主義者に至る連中は間違っている。それを聖人や聖なる殉教者たちの埋葬の地への巡礼行の経験という形で儀式化することが、初期キリスト教や（おそらく）他の宗教的伝統の持って生まれた特性だったのである。歴史的な理由で巡礼行が西欧において終焉を迎えたとき、そのたいまつを掲げることは芸術家たちに任されたのである。

13　聖遺物

「聖遺物の頻繁な盗みを伴う商売熱は、中世キリスト教世界における、一番悪漢小説《ピカレスク》的な要素とは言わないが、一番目覚し《ドラマティック》い要素のひとつに入る」と、ピーター・ブラウンは書いている。その理由は聖人の遺体や衣服のかけらを動かす方が、大勢の人間をそこまで行かせるよりも簡単だったからである。要するに、「巡礼行――聖遺物へ向かっての人間の運動――ではなく、移送――人間のところへの聖遺物の運動――が、古代後期および中世初期の信仰において中心の位置を占めるのである」。しかしここでもブラウンは、私たちが、聖遺物に対して宗教改革論争者たちがとる否定的態度をあまりに安易に受け入れてしまわないよう心配していて、ヨーロッパの人々の生活において千五百年近くのあいだ聖遺物が果たした微妙で複雑な役割をぜひともあらためて意識してほしいと記す。

　聖遺物は、もとあった相対的に近寄りがたい場所から、ある共同体の中の容易に手の届く場所に移されることもあっただろうが、その際もとの場所の感じを携えてやってきた。聖遺物を与えてくれたのが神であることを忘れる者はいなかった。まず発見されるようにし、ついでそれを動かすのを許してくれることにより、与えてくれたのである。かくて聖アウグスティヌスは、キリスト教最初の殉教者聖ステファヌスにまつわる奇跡の数々について、次のような注解をすることになる。「彼の遺体はかくも長く隠れたままであった。神が望んだときそれが現れた。それはすべての地に光をもたらし、そのような奇跡を行ったのである」。ブラウンはこう結ぶ、「したがって聖遺物の発見は、敬虔な考古学の行為にとどまるようなものではまったくなく、それを移動することも、キリスト教「通《つう》」の新奇版にとどまるようなものではまったくなかった。この発見と移動の両行為が、特定の時と場所において、はかり知れないほど大きな神の慈悲を誰の目にも明らかなものにした。・・・それらは救出救済とゆるしの感覚を現在にもたらしたのである」。

このことが示唆するのは、聖遺物の移動によっても「距離の治療」が廃止されなかったということである。聖遺物の発見、移動、設置が神の慈悲を具体的なものにした。ブラウンが言うように、重要だったのは聖遺物自体ではなく、むしろ、「聖遺物をそもそも人が利用できるようにした、神のゆるしの見えざる身ぶりだった。だからその共同体におけるその聖遺物の力は、自分たちが聖人の *praesentia*（在《いま》し・その場にいること）にふさわしいと神に判断されていたと信じる、その共同体の凝縮された決意そのものにほかならなかった」。言いかえれば、聖遺物の発見という出来事＝事件自体と、その聖遺物が運ばれてきて、設置されるさいの儀式こそが、ある特定の共同体にその聖遺物があるという単なる事実よりずっと意味のあることだったのである。

聖遺物と、それに関連した儀式とは、同じ重要性をもっていたのであり、ちょうど、イスラエル人による紅海横断やイエスの受難が、ユダヤ教徒やキリスト教徒の間におけるその出来事＝事件の祝賀と分かちがたかったのと同様に、互いに分かちがたいものになっていた。両者において、物語や儀式の力は二重焦点に依拠している。つまり、神は慈悲深かったが、恐ろしいことも起こったのであり、どちらの面も忘れてならないのである。ブラウンがいうように、

聖遺物が発見され、移され、設置され、そしてその聖人の毎年の記念日が、紛れもなくよき出来事と連想づけられる、高貴な儀式の雰囲気のなかで祝われもする一方で、聖遺物自体は

その起源《でどころ》の暗い影を依然ひきずっていた。その起源である目に見えていない人物はといえば、キリスト教共同体の中におけるその*praesentia*（在《いま》し）は、神の混じり気なしの慈悲のしるしではなかったのであり、その人物は禍々しい死をかつて遂げただけでなく、この禍々しい死は禍々しい権力行為によって科されたのである。殉教者たちは、迫害者たちによって処刑された。・・・したがって、殉教者たちの死には、肉体的苦痛を超える勝利というにとどまらないものが必ず伴っていた。彼らの死は、不正な権力との対話やそれに対する勝利の記憶にあふれてもいたのである。

十六世紀までには、こういうことはすべて忘れ去られていた。少なくとも権威側の人間には。一五三五年、トマス・クロムウェル（一四八五―一五四〇 イングランドの政治家。ヘンリー八世の最高政治顧問）は、ブリテンのあちこちの修道院に配下の者たちを、ある実地調査の使命を帯びさせて派遣した。彼らの任務が、修道院を改革するのではなく、それをつぶせるだけの実弾（攻撃材料）をクロムウェルにもたらすことであったのは火を見るより明らかであった。訪問――と呼ばれたわけだが――の調査目的である禁止令が一般に定めていたのは、修道院《しんこうのいえ》では「金銭的利益を増やす目的のいかなる聖遺物も架空の奇跡も展示してはならない」ことであり、訪問者たちが、それが実地に行われている証拠を見出すことは難しいことではなかった。そのうちの一人、たとえばバース修道院に遣わされたリチャード・レイトンは、こう書いている「聖ペテロの「紐」をいくつかお送りいたします。これは、女たちが分娩のさい肌身につけるものです。・・・聖マグダラのマリアの櫛と称する大型の櫛ひとつ、ならびに聖ドロテアの櫛、聖マーガレット（マルガリータ）の櫛もひとつずつお送りします・・・」。ベリー・セント・エドマンズの地からジョン・アプライスが行った報告にはこうある。「私たちが見つけた大変空なる迷信である聖遺物は以下の通り。聖ロレンツォ（ローマのラウレンティウス。二二五―二五八）が火炙りにされたとき用いられた石炭、聖エドマンド（聖エドマンド殉教王。伝八四一―八六九）の爪の切りくず、カンタベリーの聖トマス（トマス・ベケット。一一一八―一七〇。カンタベリー大司教）の鵞ペン用ナイフとブーツ、合わせると完全な聖十字架一つになるかけら・・・その他の・・・」。

しかし、証拠をどのように解読するかは、解読する者の前提に左右される。クロムウェルとその配下たちにとって、これが一般民衆のだまされやすさと、強欲な教会による民衆搾取の明白なしるしであったことは、疑いの余地がない。しかし、ダフィが指摘するように、

> 訪問の記録に踏み入ればどこを向いても、・・・癒しと助けの中心施設《センター》としての修道院霊廟へ人々が大勢訪れていることが分かる。・・・修道院の「迷信」を攻撃するにあたってクロムウェル配下の者たちが対象にしていたのは、民衆の宗教的実践――ひょっとして一番思いがけなかったのが、妊娠と出産という人目につかない家庭内の出来事だったのかもしれないが――を中心的場所とする諸制度だったのである。しかしながら、民衆宗教の生地《きじ》への修道院霊廟の組み込みがそのように広く起こっていた証拠を目の前にしながら、この訪問者たちが見た、あるいは見ようとしたのは、信じやすい信仰者を大規模に搾取している証拠にほかならなかった。

教会と修道院の丸裸化《ストリッピング》、偶像破壊、典礼の改革はすべて、宗教的闘争の場合のお決まりとな

りそうな、例の正義心と貪欲さが混じり合う形で遂行された。中世から近世への移行は、十六世紀イングランドにおいて特にはっきりと見られるが、むろんそれは、その国に限られていたわけではなかった。『祭壇のストリッピング』におけるダフィの次のような言葉は、イングランドに特定しての言葉ではあるが、実際はそれにとどまらず、一千年の間ヨーロッパで栄えていた（そして世界の他の諸地域では私たち自身の時代まで栄え続けた）一つの文化の死に対する挽歌である。この文化の消滅がもたらす諸帰結に、私たちは自分で理解していようがいまいが、依然として今日も折り合いをつけようと努力している最中なのである。「そのような適応化［いわゆる「エリザベス朝宗教解決」のこと］の代償は」とダフィは書いている。

それが保とうとした過去の死であった。・・・毎週毎週、読み上げられるクランマー（トマス・クランマー 一四八九―一五五六イングランドの宗教改革指導者。カンタベリー大司教）の重々しく壮麗な散文が、彼らの精神《あたま》に入りこみとらえて放さず、彼らの祈りの生地に、彼らの一番厳粛で一番傷つきやすい場の発話《ことば》に、なった。そしてもっと辛辣で耳障りな語も彼らの精神《あたま》と心に入ってきた。すなわち、論争の言葉の数々であり、ボナーの『説教集』、ジュエルの『弁証』、フォックスの『殉教者列伝』、それに無数の「反《ノー》カトリック」説教などだが、これらが容赦ない奔流となって、一千年の期間を特徴づけてきたランドマーク（歴史的出来事）を流し去った。一五七〇年代の終わりまでには、年長者たちがどんな本能をもちどんなノスタルジアをもっていたにしても、ほかのことは何も知らないまま教皇は反《アンチ》キリスト、ミサは虚礼と信じる世代、カトリックの過去を自分たちの過去として顧みず、別の国、別の世界として見る世代が育ちつつあったのである。

14　帯と川

中世における聖遺物崇拝は、それが埋め込まれていた社会的宗教的世界と切り離すことができない。ところが今や、その世界こそが、肉体的精神的病をたちまちにして治してくれるはずの物体《もの》＝対象《もの》を集め、所有し、近くに置いておきたいという自然な人間の性向に待ったをかける。むろん、巡礼行や聖遺物をはじめ、中世後期における聖人信仰全体に対する、宗教改革者たちの敵意はもっともなものである。そういう崇拝の相当部分は、教会の貪欲さや民衆のだまされやすさを反映しているものだった。しかし、例えば初期に対してブラウンの、後期に対しダフィの、この時代に共感を寄せる研究が明らかにしているのは、「だまされやすさ」のような用語が完全には透明なものでない、ということである。単にちょっと触っただけで治すことができると考えられる物体《もの》など何もなかった。むしろ、あらゆる物が、探し求める者の世界観に依存し、その世界観は、社会全体がもつ世界観から切り離せない。疫病《ペスト》、飢饉、圧政的君主、乳幼児死亡がはびこっているところでは、世界が完全に邪悪で禍々しいものでも理解不能なものでもないと感じること、聖人たちはたとえ死んではいても、いまだそこにいて自分たちのことを気にかけていてくれると、その死と復活を毎日ミサで讃えている神の御子《みこ》を通して神自身と接触することがいまだ可能であると感じることが、そのころどんなに大事なことであったか。この問題は、同時代の論争家や後代の観念史家たちが示唆したがるほどには輪郭のはっきりしたものではない。だからこそ、曖昧さを糧に栄える詩人や画家たちの方が、通例神学者や法律家たちよりも、過去の生活についてもっと多くのことを私たちに語るのである。たとえば、『真珠』や『サー・ガウェインと緑の騎士』といった、中世後期イングランドのあの驚くべき詩の書き手は、「魔術」と「宗教」の間の、手にする（持つ）ことつかむことの間の、微妙な相反対立と不可避の重なり合いとに、深く興味をもっていた。そして、人間たちは、自分の自然な信頼にプレッシャーがかけられると、どう反応するのか、この詩人は多くのことを語ってくれる。

『サー・ガウェインと緑の騎士』を左右する蝶番《かなめ》になるのは、片や、ガウェインの楯に刻まれた五芒星形とマリアの像、片や、絶体絶命の危機の折に一人の美しい貴婦人から差し出され、その婦人の言葉によれば身に着けた者を死から守ることができる魔法の性質《ちから》をもっているとされる帯《ガードル》、この二者の間の違いである。書き手である詩人の説明するところでは、五芒星（☆）すなわち「永遠の結び目《はてのない》」が表しているのは、なかんずく、キリストの五つの傷、そして、「fraunchyse（雅量）」、「felawschyp（交友）」、「clanness（純潔）」「cortasye（礼節）」、「pite（憐れみ・敬虔）」の五つの徳である。五芒星形は、コールリッジなら、目を向けさえすれば意味（互いにゆるみなく結びつき均等にバランスがとれた五元素）が察せられるという意味で「自然の象徴」と呼びそうだが、それは同時にまた、古代において、社会によって支持される意味をソロモン王が与えたという意味で、ソロモンによって「設定された」ものでもある。一方帯は、ガウェインが知らない婦人のもので、この婦人が彼に、生命《いのち》を守ってくれる性質《ちから》をもつものだと請け合って与えるわけだが、あらかじめ私たちの注意を喚起できるような外観も社会創設のいかなる物語もそれにはない――結局のところ、それは単に彼女の衣服の一品目《アイテム》にすぎない。詩は、この二つの物のうちどちらがより力を有しているかに、そしてそれぞれが有している力の種類に、関心を向ける。

物語は、例によってであるが、曖昧さのうちに幕があく。アーサー王の宮廷はクリスマスを祝っている。一年のうちのこの暗い時期は救い主の誕生のおかげでしのぐことができる期間になっているわけだが、この救い主の言ったことのうち重要なひとつに、幼子のごとくになる者のみが天の王国に入ることになるという言葉がある。しかし、もしもクリスマスが私たちすべての中にある子どもを祝う儀式であるならば、子どもらしさと子どっぽさとの間の線をどこに引くかという問題が常に残る。一種のグレーゾーンであり、詩人はそこをうまく利用して、アーサー王と宮廷の面々が、このクリスマス祝日を浮かれながら祝い、さて何か冒険《おたのしみ》が起きないものかと、暗い短い昼を照らしてくれるはずの何らかの予期せぬ出来事を今か今かと待っているさいの、この王と廷臣たちの性質について、私たちにはっきり分からないままにしている。彼らは楽しませてもらうのを待っているだけなのか、中世版の奇術師が現れるのを待っているだけなのか、それともキリストの誕生と類縁の奇跡、キリストの復活が暗黙裡にもう含まれている奇跡を目のあたりにするのを待っているのか。そもそも、この二種の出来事ははっきり分離できるのか。

緑の騎士、立派な馬に乗って登場。宮廷一同に次のような挑戦をする。「汝らの騎士の一人をして今ここで我が首を落とさせよ。しかし、一年ののちに返しの一撃を受けるようその者に覚悟させておけ」。ガウェインがこの挑戦をうけ、騎士の首を切って落とす。騎士は切断された首を拾い上げると、ガウェインと宮廷一同が仰天して見つめるなか、今度は首が口を開き、ガウェインに、今から一年後に再び相まみえることの念を押すと、馬にまたがり、切り離された首を手にしたまま走り去る。私たちが目にしているのは奇術なのか奇跡なのか。後者なら、それはキリスト自身の復活の恵み深き類比《アナロジー》なのか、それともその悪魔的パロディなのか。

ガウェインは鎧を身につけ、五芒星形と聖母の像《すがた》を刻んだ楯を体の前に掲げて、未知の世界に馬を進める。必ずや来るはずのその時機が来るとき、彼を守ってくれるのにこの二つのもので足りるのであろうか。この精妙で洗練された詩人によって与えられる答えは、そうなるでもなければそうならないでもなく、いざという時そうならないのではとガウェインが恐れる、というものである。実のところ、緑の騎士との出会いの期日が迫ってくると、ガウェインを迎え入れてくれている主《あるじ》の魅惑的な妻が、彼に自分の帯を差し出し、これがあなたを死から守ってくれるはずと言うのであるが、そのとき、その主に嘘をつくのを意味することになるにもかかわらず彼はその誘惑に屈するのである。聖母マリアと五芒星に何の不満もないのであるが、帯と同等の即効のお守りになってくれると一体誰が請け合えよう。しかし、今必要とされるのは、一個のシンボルではなく、実効性のある、実践的な助けであり、まさにそれを目の前の婦人が差しだそうとしてくれているのではないか、と思えるのである。それで、ガウェインはその帯を身につけるが、主にも（毎日、その日に奥方からもらったものはその晩すべて主に返すという約束を彼はしていたのである）、緑の騎士にまみえるべくいざ出発する前に告解しに行く司祭にも、そのことは何も告げない。*

黙っていたことは、緑の騎士も、またガウェインが最後に戻って参内したさいアーサーも、両者ともがガウェインに対して言う通り、非難されて当然であるにしても、充分理解可能な人間的弱さである。けれどもガウェインは、自分のとった行動が露見するや、誘惑に屈したことに対する罪の念と後悔で圧倒されてしまう。自分は誰もが思っていた完全なキリスト教的騎士などでないと世の人が知ることになるという事実に、ガヴェインは面と向き合えないらしい。ましてや、自分は自分が想像していたほど完全な者でないという事実に彼は面と向き合えないのではないか、と私たちには察せられるのである。彼を正し、今一度仲間たちの共同体に戻してやるには、アーサーが見事で精妙な政治的手腕をふるうことが必要になるだろう。

　アーサーは、どのようにしてそれを行うのか。緑の騎士との出会いののちガヴェインは宮廷に戻るのであるが、出会ったそのさい、命は救われるものの、彼が何もいわぬまま帯を自分のものにしたことに対するこらしめのため、騎士によって一度きり首に一筋の「切り傷」をつけられ、今や罪のしるしに他ならない帯を、誰の目にも明らかに綬章のようにかけての帰還となる。大変感情的な調子で彼は自分の誘惑と堕落と悔恨の物語を詳しく語る。応じてアーサーは、宮廷中の者に、似たような帯を似たようなかけ方で身につけよとだけ命じる。この単純な行いによってアーサーは、ソロモンがかつて五芒星形に対して行ったとされたことを、帯に対してなす。すなわち、アーサーは、それに公的な意味を与え、それを「設定する」のである。しかし、それはどんな種類の意味だろうか。アーサーの行為は、自分がガウェインのことを、他の宮廷人同様罪がないと考えているのだと、ガウェインに知ってほしいと望んでいる、と言っているように思われる。ただし、同時にまた、アーサーの行為はガウェインへの無言の非難になっていて、その含意

＊詩人は、第一場におけるアーサーの子どもっぽさについてと同様、ガウェインの告解についてはわざと曖昧にしている。ガウェインが実は司祭に帯のことを告げるという可能性はあるだろうが、そうだとしても、帯をその持ち主の手に戻そうとなどまったくしない以上、そのような告解は実質のない告解なのである。『『サー・ガウェインと緑の騎士』の一つの読み方』（二〇〇頁）におけるジョン・バロウの優れた議論を参照。

するところは、ガウェインも、宮廷の他のどのメンバーとも同様特別ではない、ということであり、また、自分が特別に汚れていると主張するならば、彼は絶望の罪——高慢の罪の鏡像にほかならない罪——を犯している、ということでもある。というのも、高慢な者が他人すべてより自分を高く定める者だとすれば、絶望する者は自分を他人すべてより低く定める者なのであり、要するに、自分だけがキリストの慈悲に値しないと主張しているわけである。しかし、誰一人としてそういう慈悲の届かない者はいない、とアーサーの行為は言わんとしている。私たちは皆、ひとつの仲間の一部である、ということである。それゆえ、ガウェインに対するアーサーの無言の命令は、フョードル・カラマーゾフに対するゾシマ長老の静かな言葉に通じている——「そんなに自分のことを恥しく思わぬがいい。恥しさこそがこの一切の根っこにあるのだから」。

この詩人はこのことを詳しく論じはしない。それどころか、この豊かなクライマックスシーン全体が占めるのは、二十行足らずである。けれども非凡なほどの洗練をもって詩人は、人間のナルシシズムの源泉を暴いている。私たちが自分について抱いているイメージを守るためにどんな具合に嘘をつくのか、そしてどんな具合に、極端な自己苦行という犠牲を払ってもそのイメージを維持しようとするのか明らかにしている。というのも、ドストエフスキーが大変よく理解しているように、自己苦行は通例、自分のリアルな姿に面と向かうことへの拒否のしるしであり、この拒否は、翻って、私たちを許してくれる人など一人もいないと感じた結果でもあるのだ。

この詩人はまた、私たちが生きるさいの手段である象徴のシステムが圧力をかけられると、何が起こるのかを私たちに示してくれる。緑の騎士との出会いが突如間近に迫るという危機の瞬間が訪れると、ガウェインは、たとえば占領下で多くの者が敵との協力を選んだように、本能的に魔法の帯を選ぶ。彼が学ばなくてはならない教訓は、自分がその価値を信じていると公言していた、その価値を信じていると自分で想像していたに違いない、世界のシンボル、すなわち五芒星形とマリア像を信頼しているべきだったということであり、また、その信頼を放棄したときに初めて彼の真の危険が生じた、ということである。しかしこの詩は、道徳主義的なスタンスはまったくとらず、ちょうどプルーストが、マルセルが母を放さないでいようとすると何が起きるのかを示すだけなのと同じように、ガウェインが実際に選んだ行為の帰結を示すだけなのである。二人の書き手のどちらも、自分の主人公がその人生である密な織物を生きて経験して行くさい、それ以外のやりようがありえたのではないかなどと言おうとはしていない。もっとも両者とも、自分の主人公にとっては、やったことをやらなかったならばその方がよかっただろうということは認識している。そして今、やった以上、もう主人公たちは残りの生涯その帰結とともに生きていかねばならないことになる。

もうひとつの主要な詩作品である『真珠』において、この十四世紀イングランドの非凡な無名詩人は、私たちの信仰のシステムを私たちの体の感性的反応と折り合わせる困難にまたしても関わった。ただし今回は、ロマンスというプリズムを通してではなく、直接的に扱う。主人公は、子どもに先立たれた親で、子どもの死を受け入れることができない。こう言ってよければ、子どもの死と折り合いをつけることができない。彼は自分の娘のことを「わたしの大切な真珠」と呼び表す。彼は言う、彼女はある夏の日、彼の指のあいだをすべり抜けて大地に落ちて消えた。小さな娘は夢の中で彼の前に姿を現し、長く話を交わす中で、自分が天国で今幸せで満ち足りていること、だから嘆く理由など何もないことを彼に分からせようとする。しかし、彼女が言うことを頭ではとらえられても、彼女が死ねば必ず生じる彼にとっての喪失を受け入れることはできない。最後に彼は、話を交わすあいだ中自分たちを隔てていた川の、向こう岸にいる彼女のところに行きたくてたまらなくなり、彼女をつかまえようと突進する。しかし、川の冷たい水に触れた衝撃で目が覚める。ガウェインによって、自分の臆病さが、緑の騎士には初めから分かっていたのだとつらく苦しい発見がなされる場合と同様、この衝撃によって、単なる議論によってはついになされ得なかったある変化が、この父の全存在の中に生じる。アーサーが宮廷の皆に同じ帯を身につけるよう命じるのを目の前にしたガウェインのように、子に先立たれた父は今やついに子供を放してやることができるようになる。自分の身に何が起こるのか十全に理解することなど私たちには決してできないし、運命の攻撃に対してわが身を十全に守ることも決してできないことを、単に精神《こころ》でだけでなく、全存在＝全身全霊でもって、父は理解できるようになるのである。同時にまた、彼は、私たちがこの事実に憤らないだけでなく、この事実を能動的な形で寿ぐことも身につけなければならないことも理解する。ジョージ・ハーバートを強く思わせるこの詩の最後のスタンザには、毎日のミサの儀式に与《あずか》る父親の姿がある。それは日々の糧《パン》が食される場であり、そこにおいては、その場に参加する行為が、私たちが喪失を負っているにもかかわらず生（生活）は続くという認識、そしてこのことが、疑い得ない、それだけで一個のよきことであるという認識、を必ず含意するのである。

平和の君（キリストのこと）の御心にかない御心を安んじるは
善きキリスト者にはまこと易しきこと

というも彼こそ唯一の神、唯一の主、すばらしき一人の友
朝な夕なわたしはそう認めてきたゆえ
この丘の上でわたしがこの幸運を授かりしも
ここに安らかに眠るわが真珠の慈悲のおかげ
キリストの尊き祝福とわたしの祝福において
わたしが彼女《むすめ》を神の御手に委ねたのもそれゆえ
キリストをパンと葡萄酒の形にて
司祭が日々われらに証してくれるも同じこと
主がわれらを御自らの家のしもべとなし
御心にかなう貴き真珠となしてくださいますように

アーメン、アーメン

15 「木に生えているガチョウ一羽、スコットランド産」

一六三八年、ドイツ人学生ゲオルク・クリストフ・シュティルムがイングランドから故郷宛てに一通の手紙を書いた。その中でシュティルムは、園芸家ジョン・トラデスカントの、有名な家庭博物館で見たものを説明している。この手紙は、トラデスカントの博物館の内容物についてのみならず、それらの物体《もの》に関して報告する書き手の精神《こころ》についても驚くべき洞察を示している。「博物館自体の中で」とシュティルムは書いている。

展示してあったのは、サンショウウオ一匹、カメレオン一匹、ペリカン一羽、コバンザメ一匹、アフリカ産のヘビ「lanhado」一匹、白いウズラ一羽、木に生えているスコットランドのガチョウ一羽、空飛ぶリス一匹、それとは別の、魚に似たリス一匹、多岐にわたる種類のインド産の明るい色の鳥、石に変じたいろいろな物、多岐にわたる種類の貝殻、人魚の手、ミイラの手、ガラス箱に入った作り物でないような蝋製の手、多岐にわたる種類の宝石や貨幣、羽根でこしらえた絵、キリスト磔刑の十字架からとった小木片一つ・・・トルコ他の外国製の沢山の靴・ブーツ、ツノメドリ《うみおうむ》一羽、ガマアンコウ《かえるうお》一匹、ヘラジカの三鉤爪《みつかぎづめ》の蹄《ひづめ》、鳩ほどもある大きさのコウモリ、重さ四二ポンドの人骨、西インド諸島で死刑執行人により用いられるインド式の矢——死刑宣告が下されるとこの矢でその者の背中を切り開き、死にいたらしめる——数本、ユダヤ人が割礼のとき用いる道具、アフリカ産の大変軽い木、ヴァージニアの王のローブ・・・、プラムの核に繊細優美に彫られたキリスト受難像、大型磁石、ガラス箱に入った蝋《ろう》製アッシジの聖フランチェスコ像一体、同様の聖ヒエロニムス像一体、教皇グレゴリウス十五世のロザリオ、東インドおよび西インド諸島産のパイプ、西インド諸島の海中から発見された石――これにはイエスとマリアとヨセフが刻まれている――、バッキンガム公爵から贈られた、一枚の羽根に金とダイヤモンドが付けられている――それで四大が表されている――美しい贈り物、イシドールスの *de natura hominis*（『人間本性について』）稿本、シャルル五世が自らを鞭打ったときに用いたものと言われている鞭、ヘビの骨でできた帽子巻き《バンド》・・・

最初、これと、前出のクロムウェル（トマス・クロムウェルのこと。13章参照）配下の調査役たちの作成になる、イングランドの修道院がしまい持っていた聖遺物リスト――例えば、聖ロレンツォが「火炙り《トースト》」された際その体を炙っていた石炭、聖エドマンドの爪の切りくず、聖トマスのブーツと鵞ペン用ナイフといったようなもの――との間に、あまり違いはないと考えたとしても無理はない。しかしほんの少し再考すれば、違いが明らかにされることだろう。宗教改革者たちの熱意は聖遺物全てを所蔵目録一覧に還元するのであるが、すでに見たように、巡礼者たちが爪なりブーツなりを探しに行ったのは、好奇心からではなく、その聖人の「在し《プレゼンス》」に参入するためであった。石炭や爪やブーツは聖人自身を表している。それらはその聖人が「その場にいること《プレゼンス》」を喚起するのである。ローマ帝国後期の地中海諸国においてと同程度に、十六世紀イングランドにおける巡礼者も依然として、「ある人に会うためにある場所に行く」ことをしていたのである。それに対し、ジョン・トラデスカント博物館を訪れる者は、そこに収集された事物《オブジェクト》のひたすらな量、ひたすらな多様性を目のあたりにして、自分の好奇心を満足させるため、驚異の念に満たされるため、そこに行ったのである。

シュティルムの手紙のとても魅力的なところは、いかなる構成原理も働いていないように思われるそのあり方、あらゆるものがごた混ぜに寄せ集められ、相等しい魅力を見る者に振りまく、そのありようである――木に生えているスコットランドのガチョウ、「聖十字架」の小片、ヴァージニアの王のローブ、プラムの核に刻まれた受難像。シュティルムの分類法に唯一形式があるとすれば、それはリストだ、と思われる。ルーヴルの『モナリザ』が、たいていの訪問客にとっては、次に進む前に目にして感心する「レオナルドの傑作」にすぎないのと、要はまったく同断なのである。ヘラジカの蹄や人魚の手やユダヤ人が割礼に用いた道具も、そのもともとのコンテクストからもぎとられて、好奇心の対象物《オブジェクト》になるのだ。

世界における対象物《もの》の、このひたすらなおびただしさの感覚は、天地創造とキリストによる贖いという、すべてを統合する単一の物語にはもはや明瞭に結びついておらず、アメリカ――そして後には太平洋、そしてアフリカの奥地――の発見によってかき立てられ煽られて、その時代の書き物の相当な部分に反映されている。ラブレーやベン・ジョンソンの膨大なリスト、ロバート・バートンの『メランコリーの解剖』(一六二一)におけるメランコリーの、トマス・ブラウンの五点形(五の目型)の、また彼が言う「世俗のあやまり」――あやまりさえも――の、圧倒的な数の実例、これらは、世界のひたすらな多様性と豊かさに対する溢れんばかりの狂喜乱舞の表現という印象を読み手に与えるが、一方で、現実的な秩序もその基底にある秩序も欠如していることに対する一種のパニックという印象も与えるのである。そしてこの反応姿勢は、十六、十七世紀に限られはしない。例えば、クックの太平洋航海についての魅力溢れる論考の中で、ニコラス・トマスは、大英博物館《ブリティッシュ・ミュージアム》所蔵の一揃いの珍奇品《キュリオシティ》図版、ヤンとアンドレアスのファン・リムジック父子による『*Museum Britannicum*（大英博物館）』（一七八八）の説明をしている。

　これらの図版に描かれているものには、次のようなものがある。裁縫鳥《サイホウチョウ》およびスズメバチの巣、オクルス・ムンディ即ち世界の目――これは、水中で透明になる中国産の小石のこと。錬金術師が奇術に用いる、黄金の刃先のついたペンナイフ一丁。バベルの塔の材料だったレンガ一個。「自然によって、人間の手つまり手袋の形に成形された、きわめて奇妙な珊瑚《サンゴ》一枝」。ピット総督のまばゆいダイヤモンド。チャールズ王時代のアイルランド人虐殺において広く用いられたと言われている違法な道具。鞭《フラジェッロ》を含む武器数点。念のために言っておくが、真実でないものを提示しようなどという気はわたしには毛頭ない。

　トマスは、近年の相当数の学者と同様、こういう著作における学問的な面と好奇心をくすぐる面との落ち着かない同居をあとづけ、私たちに、少なくとも十八世紀イングランドにおいて「curio」、「curious」、「curiosity」という語が使われる背後にあった緊張状態に注意するよう意を用いている。たとえば、ジョンソン博士にとって、その『英語辞典』（一七五五）においては、「curious《キュリアス》」であるのは「探求に淫する」ことであるのだが、他方『スコットランド西方諸島の旅』（一七七五）においては、ネス湖の正確な差し渡しを確かめなかったある作家のことを、「きわめて無関心である《インキュリアス》」であるといって彼は難じている。そしてこの緊張状態は、トマスが大変な博識と感受性をもって示すところによれば、十九世紀への変わり目においても、ジョン・バロウ（一七六四—一八四八。イングランドの政治家）やムンゴ・パーク（スコットランド生まれ。一七七一—一八〇六）といった最初のアフリカ探険者たちによる報告の中に（とおそらくはその精神《あたま》の中にも）依然として存在している。彼らは自分の航海が科学的なものなのか植民地主義的なものなのか、単に好奇心に駆られているだけのものなのか、依然としてはっきりしていなかった。

この時期はまた、私たちがすでに見たように、ジャンルの観念が最初に空虚に響き始めた時代でもあった。というのも、「ジャンル」は、どのものに対してもひとつの場所があり、すべてのものは自分の場所に収まっているという感覚、世界は秩序づけられていて、芸術《アート》がその秩序を反映することができるという感覚に、究極において依存しているからである。ジョンソン博士の『リシダス』批評に代表されるジャンル崩壊が、小説の興隆と同時に起こること、小説という、自分が究極的には「真実《トゥルース》」に訴えるのか好奇心に訴えるのか心を決められない、ジャンルなき形式の興隆とジャンル崩壊が同時に起こることは、偶然の一致などではないのである。スターンは、『トリストラム・シャンディ』（一七五九—六七）の最初から最後までずっとこのことを（そして読者を）相手にプレイして（もて）遊んでいる）——特に、女性読者に前の章に戻ってほしいと命じておきながら、そこで言葉をストップして、「わたしがこのご婦人にこんな悔い改めの苦行を課したのも、気まぐれからでも残酷な気持ちからでもなく、最善の動機からなのです・・・——それはこの婦人だけでなく何千もの方々に忍び込んでいる、ある悪しき趣味、もしもしかるべくくまなく読まれるならば、この種の本が必ずや伝えるはずの深い学識や知識ではなく、ひたすら前へ前へと先を急いで、珍しい事件《アドヴェンチャー》ばかり追って行く悪しき趣味を戒めるためなのです。・・・でも、ほら、さっきのご婦人が戻って来ました。奥様、わたしがさきほどお願いしたように、前の章をもう一度読み返されましたか？」（第一巻第二〇章）

イタリア初期の収集家《コレクター》や収集《コレクション》についてのクシシトフ・ポミアンの先駆的研究に続いて多くの研究者が、国立の博物館が個人のまた教会のコレクションからどんな風にしてまたなぜ生まれたのかを探り始めていて、また、それらすべてのコレクションの底にあった、学問・科学を進歩・振興させようとする要求と、好奇心への迎合と、国民的誇りの高まり、との間の緊張関係も明らかにし始めている。最初、収集をしたのは、学問のある富裕な個人であった。人文主義者の教皇が、古典古代の彫像の収集を十五世紀に始めていた。写本や絵画を集める者も出始めた。ルネサンス絵画の一部（『女官たち《ラス・メニーナス》』がその最後で最高の部類に入る）は、絵の真ん中に所有者を実際に描いていて、その絵は持主を囲む壁にかけられたり、飾られたりしているのである。しかし、十九世紀までにそういった個人の大コレクションは民主化されていた。パリでは、古のフランス王宮であるルーヴル宮殿がナポレオン博物館《ミュゼ》になり、マドリッドでは、王室コレクションが、美術館を容れる最初の近代的建物に移されプラド美術館が出来た。一八三〇年にはベルリンでアルテス博物館が開館し、それに、ミュンヘン（一八三六）、ロンドン（一八三八）、ドレスデン（一八五五）、アムステルダム（一八八五）、ウィーン（一八九一）、モスクワ（一九一二）が続いた。

しかし、もちろん、十九世紀までには、収集《コレクション》熱は富裕な学識層から、皇帝や統治者から、中産階級の子供すべてに移っていた。十九世紀は、子供用の百科事典が出版され始めた時代（最初の大人用百科事典は前世紀に遡る）であった。そして化石、蝶、貝殻、押し花など、人が思いつける限りのあらゆる物が、親に励まされて子供たちによって収集され始めた。西側世界の外縁に位置するエジプトにおいてでさえ、二十世紀の中頃、わたしはこの熱中《マニア》の最後のそよぎに呑み込まれていたのであったが、それは、『冒険の城』、『ツバメ号とアマゾン号』、『鉄道の子どもたち』、『こども自身』、『鷲』、『ワールド・スポーツ』といった、わたしが読んだ英語の本や雑誌によって促されたものだった。わたしは子供時代を、サッカーやテニスをするか水泳や陸上競技の試合に参加する時をのぞけば、写真や絵をスクラップブックに貼ったり、いろんな物を箱に入れてラベルを貼って分類したり、特製の入れ物に並べたりして過ごしていたように思う。わたしの持物群の一番の宝物は、先史時代の燧石《ひうちいし》のコレクション——これは、わたしが育った小さな町のすぐ外にある砂漠に徒歩や自転車に乗って出かけた際に途中で拾ったもの——、そして一九五二年のオリンピック大会に関してわたしがこしらえた一冊のスクラップブック——これは、全種目の全競技の全結果をうまく収めたもの——であった。

切手収集や鉄道車両探求《トレインスポッティング》についてはよく分からないのであるが、おおむね収集熱は、その誘惑に屈した子どもたちにとっては教育的栄養に富んだ熱狂であったと、わたしには思われる。一人ひとりが、ある意味で自分独自のものをこしらえていたのであり、その過程において、それぞれが考古学や植物学や歴史、地理、その他数えきれない主題について学んだのである。不幸なことに、その他多くの子ども時代の情熱と同様、収集に対するこの熱狂は、それが減じないままに成人期に移る場合、相当不気味な含みを帯びる場合がある。二十世紀の後半において大人たちがはまっているひとつの収集熱がこのことを如実に示している。

16　所有する力

聖遺物を所有することは、力を所有することである。ピーター・ブラウンが示すように、起源《はじまり》においての聖遺物崇拝は、まさしく、聖遺物のアウラを保持するべく、そして「*praesentia*（その場にいること）」にとって距離が不可欠な構成要素であることを認識するよう巡礼者を導くべく、注意深く管理されていた。そのように巡礼者は聖遺物を、一つの物語——中心に最初の殉教者イエス・キリスト、人類が救われる可能性があるように死んだ神の御子、の死がある物語——のコンテクストの中に位置づけるよう導かれるものなのである。宗教改革の頃までに、聖遺物と免罪符について書かれた、貪欲な聖職者と信じやすくだまされやすい購入者について書かれた多くの諷刺詩から分かるように、あのアウラの感覚はほとんど消えてしまっていた。本物の十字架のかけらや聖人の衣服の切れ端ならば、ガウェインがああも感謝して受け取った魔法の帯と同程度に自分を死や病気から守ってくれそうだ、と考えられても無理はない。けれども、わが身を移動させてそのような聖遺物を探しに出る必要にも、依然としてある程度までは「*praesentia*」の感覚が保持されていたし、廟に置かれた聖遺物に関連している奇跡や治療の証拠も、たとえ他には誰も気にしてくれなくとも、今もなお神が貧しい者や締め出された者や病気の者たちのことを気にかけているという感覚を、依然として力強く伝えてくれたのである。それから数世紀たつと、トラデスカントのコレクションや、そしてそれに対するドイツ人の訪問者の反応を見てみれば、「キリスト磔刑の十字架からとった小木片一つ」が、空飛ぶリスや人魚の手と同様、単なる博物的《ナチュラル》好奇心の対象になってしまっていることが分かる。フランスの歴史家たちが言っているところの「日常生活の歴史」において起こるらしいのは、ある社会的慣行や前提が誤った非現実的なものとして見捨てられる場合、それらの慣行や前提がそれまで満たしていた諸々の必要は残ってしまい、ところがその必要を文化変容させるものは今や皆無なので、諸々のその必要が苦痛や不安の源になるとともに、危険な夢や欲望の発生装置ともなる、ということである。

　このことがどこで一番はっきり目にし得るといって、第二次世界大戦終焉と第三帝国崩壊以来衰えることなく続いてきた、ナチス記念物《メモラビリア》のおぞましい売買《しょうばい》を措いてない。贋作ヒトラー日記についての奇々怪々なエピソードをめぐる本を書くための調査をしているさい、この汚水溜めに深く探りを入れたロバート・ハリスは、いささかびっくりする数字（少なくともそれはわたしを仰天させた）を提出している。「世界中でナチスゆかりの品を収集している者は、約五万人と推定されているが」と彼は書いている、「その大部分は、米国人であり、彼らが関わっている取引は年間五千万ドルと見積もられている」。合衆国では、月刊誌『デア・ガウライター（ナチ党における地方の大権力者であった役職名「大管区指導者」から）』は、五千人にのぼる収集家《コレクター》や取引業者《ディーラー》に、展示会や競売の最新情報を提供し続けている。ロサンジェルスのある収集家は、リッベントロップの外套を羽織って秘かに悦に入っている。カンザスシティーでは、ヒトラーの使ったパンチボウルで飲み物を供している人がいる。シカゴでは、自宅地下にコンクリート製の保管室《ヴォールト》を作って、ナチスの武器コレクションを収めている開業医がいる。アリゾナのある中古車販売業者は、ヒトラーがエーファ（エヴァ）・ブラウンに贈ったメルセデス・ベンツに家族を乗せて走り回っている。イングランドでも、先祖伝来の地ロングリートでバース侯爵が、ヒトラーが描いた絵画の最大のコレクション、ある推定によれば一千万ドルの値打ちがあるという代物を蔵している。それらの絵が飾られた部屋では、そのほかに「黒の革コートを羽織り、鉤十字の腕章をつけたヒトラーの等身大の蝋人形、・・・ヒムラーの眼鏡、・・・ベルゼン収容所長のテーブルクロス」も目にできたはずなのだ。

この本の中でハリスは、相当数の取引業者やそのコレクションを紹介している。コンラート・クーヤウのコレクションには、「第三帝国の勲章のほぼ完璧な一揃いをはじめ、鉄兜百五十個、制服五十着、旗三十流、さらに、クーヤウによると、西独最大の軍用水筒コレクションが収められていた」。ジャーナリストのゲルト・ハイデマンは、購入してあったゲーリングのヨットに、ゲーリングの正餐用食器類一式、紅茶茶碗、脚付酒盃《ゴブレット》、灰皿を陳列した。食器戸棚には、ゲーリングの軍服が入っていて、クッションカバーは、ゲーリングが羽織ったバスローブの布でできていた。ヒトラー日記の代金として『シュテルン』誌から支払われた金でハイデマンが買ったものは、ヒトラーが描いた油彩画、スケッチ、水彩画三百点をはじめとして、ナチスの制服、軍旗《バナー》、旗、絵葉書、それにヒトラーが自決に用いた輪胴式拳銃《リボルバー》の現物もあった。その大半が、後日、ヒトラー日記の贋作者クーヤウがハイデマンに売った偽物と判明した。しかし、言うまでもなく、二十世紀のもっと早い頃の、ミノア文明・エジプト文明古代遺物ブームの場合同様、マーケットが出来上がっているときには、偽物が横行するものなのである。

自決する前にヒトラーは、自分の私文書が残らず確実に破棄されるよう手配を怠らなかった。しかし、その時すでにヒトラーの周りにいた者たちが、収集を始めていたのだった。一九四五年八月二十四日、アメリカの対防諜部隊（CIC）がオーストリアのシュラートミンクにある一軒の家（親衛隊将校フランツ・コンラートの弟の家）を家宅捜索したとき、エーファ・ブラウンの個人アルバム、彼女がヒトラーに宛てた手紙について記したメモ、ヒトラーの軍服一着、を見つけた。十月にはまた、もう一軒（フランツ・コンラートの母の家）家宅捜索し、二十八巻《リール》のカラー映画を見つけた。エーファがヒトラーとの生活を撮ったホーム・ムーヴィーだった。

　以上のすべてから分かるように、どこからどこまでがヒトラーへの傾倒で、どこからどこまでが単なる貪欲なのかを区別するのは難しい。中世後期の聖遺物の場合と同様、この場合も、どちらとも言えないグレーゾーンがあり、自分たちがこれに手を染めているのは、金のためなのか、あるいは、つまるところ、歴史の一部であるものを自分が扱っているという感覚のためなのか、どちらだと嘘偽りなしに言い切れる取引業者やコレクターはおそらくわずかだろう。そしてまた、戦後の芸術ジャンルのうちでも、ことに映画で利用された感覚、侵犯のスリル感も、このコレクションには存在している。それは、プルーストが大変明晰に分析した、あの芝居がかったフェティシズムの感覚である。キャンプとかキッチュとか呼ばれてきたのもうなずけるところだが、モンジューヴァンのヴァントゥイユ邸そばであの日若いマルセルを不意打ちしその目を釘付けにしたものよりもかなり公共性と危険度の高い種類のフェティシズムなのである。

　コンラート・クーヤウは、偽造されたナチス記念《ゆかり》の品での金になる商売を、長年にわたってまんまと続けていたが、ヒトラー日記という大計画によって無理な背伸びをする羽目に陥り、ついにつかまった。ハリスはこの本をしめ括るに当たり、「人はなぜ、真偽のほどが怪しい髪の毛幾房かに三千五百ドルも払ったりするのだろう」という問いを投げかけ、こう答える。

　それは、思うに、「彼」がその髪に触ったかもしれないからである——半端な紙切れに、絵画に、制服に、彼が触ったかも知れないのと同じように。つまりそれらは、伝えられ、売られ、秘蔵されてきた、護符なのである。そして秘蔵されているが、あたかもその人の本質《エッセンス》が何らかの形でその中で生き続けているかのように、ときたま取り出されては触られるのである。あさましい偽物であるヒトラー日記も、・・・その点何ら違いはなかった。「君がそれを今手にしていることが、大変特別なことなのだ」と、日記の第一巻が届けられた時、マンフレート・フィッシャーが、その時自分と同僚を包み込んだ感動を説明しようとして言っている、「この日記を「彼」が書いたものだと考えることが——そして、まさに今これがわたしの手に載っていることが・・・」。

しかし、これは結局のところ、とハリスは付け加えて言う、「チョーサーが六世紀前描いた、聖母のヴェールこと枕カバーと、聖骨こと豚の骨を携えて売り歩く「免罪符売り」であったなら、たちどころに実態を見抜いてしまったはずの現象であった」。

ただし、私たちはナチスの聖遺物と中世後期の聖遺物とをあまりに直接的かつ無媒介的に同一視するのには慎重でなければならない（ちょうど、一部の博物館史家の言葉に同調して、現代の博物館の展示品を「世俗的聖遺物」と呼ぶことについて用心すべきなのと同断なのだ）。チョーサーの物語においては、キリスト教教会やそのやり方のあれこれの弊害がもう分かっているにもかかわらず、依然として、キリスト教が宇宙と同一境界内にあると信じている世界に、いまだ私たちはいるのである。免罪符売りは、クーヤウとは違って、悲劇的人物である。なぜかと言えば、ひとつには、免罪符売りが提供するために持っているものが、結局のところ、癒しと贖いの約束だけだからであり、またひとつには、自分の唯一の信条は貪欲さ（キューピッド＝エロス性）だという事実を彼が言い張る言葉が、繰り返される文句《リフレイン》「*radix malorum est cupiditas*（諸悪ノ根源ハ貪欲サナリ）」によって常に翳りを帯びさせられているからである。言い換えれば、免罪符売りは、自分自身が地獄落ちの者だということを分かっているのだ。クーヤウが全く分かっていないのとは違って。

　クーヤウが取り扱う聖遺物の力は、幾分はその遺物に連想づけられている恐怖に依存し、幾分は遺物を扱うことによって、ある巨大な劇《プレイ》に一役買っているという感覚にも依存している。いっとき現実を圧倒しかねなかった劇、他者と自分自身の破滅に向かう衝動がやりたい放題をいっとき許されたものの、常にうつろな見せかけだけのものであったその本性が暴かれて久しい劇に、自分も出ているという感覚に。それとも——そしてこのことこそが、そのような物を手で取り扱うことで体中に走るぞくぞくするような興奮の究極的源泉であるのに違いないのだが——見せかけだけだったのか？

17　ユダヤの花嫁

ふたりはこちらに目を向けているが、考えているのはお互いのことだ。ほかでもない折なのに、それに両者めかしこんでもいるのに、ふたり――特に女の方――は、ユダヤ人の顔に浮かんでいることがきわめて多いかすかに憂鬱な表情をしている。

男の方は上品な長椅子《ディヴァン》の木の肘掛に腰掛けて、彼女を自分の方に引き寄せている。右腕を彼女の腰にまわして頭を彼女の肩にもたせかけ、それで頬が、わが身をかばってと言えそうな一歩手前くらいに彼女が上げている手袋をした手に、ちょうど触れているように見える。左手で彼はグレーのトップハットを持ち、左足はこちらに向かい前にぐっと出されている。彼女は彼の脇に立っているが、完全には身をゆだねきっていないように見える。彼の椅子ののりかたがとても不安定なのがその一半だ。しかし、同時にもっと深いもっと複雑な理由のせいかもしれない。ただおそらく彼女はそれを口にすることはできないだろう。彼女の白いドレスはふわりとたれ、足もとで白のたまりをなして男の右足をおおっている。右手で彼女はかなり無造作に花束《ブーケ》を持っている。ブーケの頭は床の方を向いていて、平行して彼女の体の左側を下に伸びている長い帯《ガードル》の端とあいまって、全体としてはこのかなりフォーマルな（あらたまった）結婚写真に、ファンタジーと自然さの要素をもたらしている。

ふたりはわたしの祖父母で、この写真の日付は十九世紀から二十世紀への変わり目である。これはその頃の何百万とは言わないが何千もの結婚の写真と似たものであるに違いない。けれども、

2　アレクセイ・ラビノヴィッチとネリー・ロッシ、1907（カイロ）
Alexei Rabinovitch and Nelly Rossi. 著者所蔵

3　レンブラント・ハルメンソーン・ファン・レイン『ユダヤの花嫁』1665－69頃（アムステルダム国立美術館）
Rembrandt Harmenszoon van Rijn, *Het Joodse Bruidje* (*Portrait of a Couple as Isaac and Rebecca*, known as '*The Jewish Bride*'). © Rijksmuseum, Amsterdam

このかすかにこわばった様子の中でさえ、何をおいても、触れながらも互いからかすかに離れたままでいるこの二人の人間のあいだの信頼を、この写真は記録している。姿勢は少し異なるが、これはレンブラントの名画『ユダヤの花嫁』とそうかけ離れたものではない。レンブラントの絵もやはり、形式性の感動的な組み合わせ——形式的《フォーマル》であるにもかかわらず、形式性の結果としてのやさしさ——を伝えてよこす。そこでは男の手は守るように女の胸のすぐ下に置かれ、女の手が彼の手にそっと重ねられていて、四本の指だけが触れている。かすかきわまりない接触《タッチ》である。一方、写真の方にあっては、彼の手が、守るように彼女の胴をまわって、優美にカーヴした腰のすぐ上に出ていて、彼女の体が彼の方にかしいでいる。しかしメッセージは同じである。つまり、この二人の人物は信頼しあって互いに身をあずけていて、ともかくこの瞬間《しばし》においては自分たちが成し遂げたことの大きさにかすかに気圧されている。そして長い一瞬のあいだ、接触《タッチ》と距離が結びつけられる。

言うまでもないが、それは長い瞬間なのである。写真技術におけるいろいろな変化のせいで、このような映像——現代的なスナップショットというよりは絵画に多くの点で近い——は、まったくもってもはや可能なものではなくなっている。私たちのこのもっと形式性の減った世界においても、結婚写真は、現実の生活というよりは一つの劇とか芝居とかシャレード（ジェスチャーゲーム）を思い起こさせる。スーツやドレスがその折のための貸衣装でない場合でさえ、その衣裳はジーンズやプルオーバーを着ることに慣れている者がぎこちなく着ることが多いし、これが当事者にとっての重大な意義のある折であるというよりは、ほかの人のために上演される一幕の喜劇であるという感覚が常にある。しかし翻って、ここには遊びはない。あるのは過ぎ去ったことこれから来ることとの或る連続性だ、と私たちは感じる。たとえその瞬間自体が何にもまさる重要性をもつものであるとしても。この服は彼ら自身のものであり、エレガントな長椅子と、背景をなす重いひだのカーテンも写真師のスタジオのものではなく、花嫁の父の居間のものである。ふたりの表情が、カメラにさらされる一切のことを認め、その責任を引き受けている。その表情が私たちの目に見えるすべてであり、ふたりが明かすことを受け入れたすべてなのである。世俗的になっているが、にもかかわらず依然として聖餐《サクラメント》の伝統のリズムに合わせて暮らしている時代にあって、この写真は教会かシナゴーグの機能を引き継いでいると言えるだろう。ふたりの人間が終生にわたって互いに相手に関わり合うことを、今ここで公にする、という機能を。

アンドルー・グレアム＝ディクソンはこの『ユダヤの花嫁』について最近こう書いている。

これは西洋美術における、愛を描いた、衒いのない愛を描いた名画の一つである。この絵は、理想化されたり、芝居がかったりしていない。レンブラントの人物たちは美術における愛する者の月並みな演劇的ポーズをとりはしない。ここで愛は顔と肉体のこの上なく微妙な言語を通じて表れる。感情とそしてまた、重大性の独特な感覚とで充溢している——まるでこの結びつきの結果が祝い事というよりむしろ懸念の原因であるかのように——と思われる表情を通じて。男の体の傾き、垂直からのわずかな、しかし途方もなく大きな愛情をこめた傾きを通じて。男の手と女の手の接触《コンタクト》、そしてかくも巧みに（説明できない具合に）絵の具で表現されたその接触の軽さを通じて。

これはまったく正しいように思われる。たとえ写真の方が不可避的に充溢度が低いとしても、たとえ花嫁と花婿の顔があるいはほんのわずか淡白に、表現性にわずか欠けるところがあるように見えるかもしれないとしても、それは写真術と絵の具の違いにすぎない。それは、無名の写真師とレンブラントの違いというだけではなく、写真にとられることと描かれることに対する私たちの相異なる反応でもあるのだ。どんなによく分かっていても、やはり捕食的なところがあるといつも感じられる写真師の行為から本能的にわが身を守ろうとして、少しばかり身をすくませかたくしてしまう私たちの反応。しかし、この二つの画像《イメージ》において、接触《タッチ》が絶対的に自然でしかも同時に、グレアム＝ディクソンが言うように、重大《モーメンタス》なものなのである。接触は、近さに劣らず遠さ（距離）も設ける。それは、私的領域と公共の領域との関係、他《ほか》への還元が不可能な単独性（特異性）ともう一人の他者への掛かり合い《コミットメント》との間の関係を示す。何といっても、両方のカップルとも夢見る者からはほど遠い。両組とも前途に待つ有為転変がはっきり目に映っているように思える。しかし、両方の場合とも、触れる（触れた）ことが、二人の信頼と信用の指標である。接触が互いの領域と、そして互いに対する依存を確かなものにする。永続する孤独でも永続する融合でもなく、自分たちの生涯（生活）をともにしようという自由な決断において違いを受け入れることを、それが確かなものにする。

18　最初の歩み

西洋世界のあちこちで新婚のカップルが、わたしの祖父母の場合に似た衣裳と格好で写真をとってもらっていたちょうどその頃、私たちは「不信＝疑いの時代」とのちにいみじくも呼ばれることになる時代に入った。それというのも、十九世紀後半最大の芸術家・思想家たち――マルクス、キルケゴール、ドストエフスキー、フローベール、ニーチェ――と、二十世紀のその一群――プルースト、ヴィトゲンシュタイン、カフカ、フロイト、エリオット、ピカソ、シェーンベルク――を一つのものが結びつけていたのである。それは、自分たちが啓蒙とロマン主義から受けついだ観念――進歩、理性、想像力、芸術、栄光、人間的自然（人間の本性）等々――に対する彼らの疑い、また、偽りの正面《おもて》をひっぺがし、自分に生じていた必要と動機を白日のもとにさらしたいという彼らの欲望、これにほかならない。

けれども、少なくとも芸術家のあいだでは、この欲望はある気づきと相携えたものであった。それは、疑いのエートスには、偽りで見せかけだけのものとひと括りに、大切で真正なものも一掃してしまう危険が常にあるという深甚な感覚であり、世界に対する私たちの関係が断固とした疑いの関係であるとすれば、私たちは自分で理解している以上に深く自分を傷つけてしまっていることになるという、おおむね本能的な気づきである。

ヴァン・ゴッホも、彼らしいやり方でニーチェにほとんど負けないくらい偶像破壊的だった。にもかかわらず、「画家の中でひとりレンブラントだけがもっているもの、まなざしの中にあるあのやさしさ、・・・あの悲嘆に暮れたやさしさ、そこにあってはとても自然なものに思える、人間を超えた無限を垣間見る目」について、弟宛てに手紙を書くことができた。センチメンタルなもの、偽善的なもの、抑圧的なもの、見かけだけのものの仮面をはぎとることが、真実で真正なものを認めることとともにありうる、いや、ともにあらねばならない、のである。

ピカソは、ヴァン・ゴッホほどロマン主義的でなかったが、わたしたちの生において仮面をはぎとる必要がある側面に対してと同様、寿ぐことを求める側面に対してもゴッホに劣らず鋭く反応した。この二十世紀作家は、私たちに一連の信頼の像《イコン》、とくに母親と子供のあいだに存在する信頼の像を残しているが、同時に、この主題を扱った十九世紀芸術作品の描写の底に存在することあまりにしきりな衒いと背信《バッド・フェイス》＝不誠実とを、機知《ウィット》をもって侵食している。具体的には、二点の彫塑が頭に浮かぶ。

ひとつは、あまりに有名なものなので、今や私たちがそのことを読みとるのが難しいくらいである。一九五二年に、ヴァロリス（フランス南部の陶芸の町）で七十歳の芸術家はおもちゃの車を見つけ、一瞬のひらめきで、それを一匹の猿の幅広な鼻をした顔と見た。しかしながら、完成した塑像が私たちに与えるものは、その一瞬の認知《みなし》に具体化されている単純な機知の働き《プレイ》にとどまりはしない。というのもそれは、「一台の車／一匹の猿」の像《イメージ》ではなく、一組の母と子の像だからである。母親のたくましい胸にしがみつく小さな赤ちゃん猿が、その上の位置にある「車／顔」の意味をすっかり変えている。どんな聖母子像ともまったく異ならずこの塑像が言おうとしているのは、子の側のたよりとする必要であり、母親の側の優しさと不器用さと誇りである。デュシャンの作品であったならこのようなことはまったく生じなかっただろう。デュシャンならば、車と猿の顔のつながりをつけてしまえば、その機知のひらめきを具体化して満足したはずだ。それどころか、何であれそれ以上やったりすれば最初に胚胎した考えの純粋さを壊すことになる、と多分感じたことだろう。ところがピカソにとって機知のひらめき――「この車は、上の方から見ると、一匹の猿の顔だ」――はほんの始まりにすぎない。

その二年前、ピカソは発見物《オブジェ・トゥルヴェ》を材料にもう一つの彫塑を溶接により作っていた。やはり母子像だが、こちらは、背の高い堂々たる母親が、小さな赤子が坐っている乳母車を押している。母親の両手は、乳母車の、異様に長く引き伸ばされた取っ手に軽く触れていて、長い首に乗った頭部は上に目をぐっと向けているが、今度もまたこの作品は、遊びに満ちた陽気な離れ業《トゥール・ド・フォルス》にはまったくとどまっていない。乳母車の子供と、その上に誇らしく立つ母親とのあいだに火花が飛ぶ――この母子がいかに「非現実的」であろうとも、私たちから共感《エンパシー》（相手の身になること）と理解を導きだす火花が。ピカソの場合、達者な技巧と機知の光る洞察とがあるのはいつものことだが、それらは、それら自体のためにあるのでもなければ、認知や芸術についての一般論を表明するためにあるのでさえなく、人間的な内容のためにあるのだ。

けれども、一九四三年の絵『最初の歩み』にはまったく機知に富んだところなどない。そこではひどく歪められた母親が、同様に歪められた子供の上におおいかぶさり、息子の両手をとり、歩き方を学ばせている。

この絵に関してホックニーはかつて、偉大な芸術家でさえ、西洋絵画の伝統を支配してきたモチーフのレパートリーに新たな項目を追加することはめったにないが、ここでピカソはまさにそれをしている、と述べた。子供の最初の歩み、歩み始めというテーマは、結局のところ一つの普

4　パブロ・ピカソ『猿の母子』1951（ピカソ美術館、パリ）
Pablo Picasso, *La Guenon et son petit.* Photo © RMN – Grand Palais (musée national Picasso – Paris) / Mathieu Rabeau. © 2017 – Succession Pablo Picaso – SPDA (JAPAN)

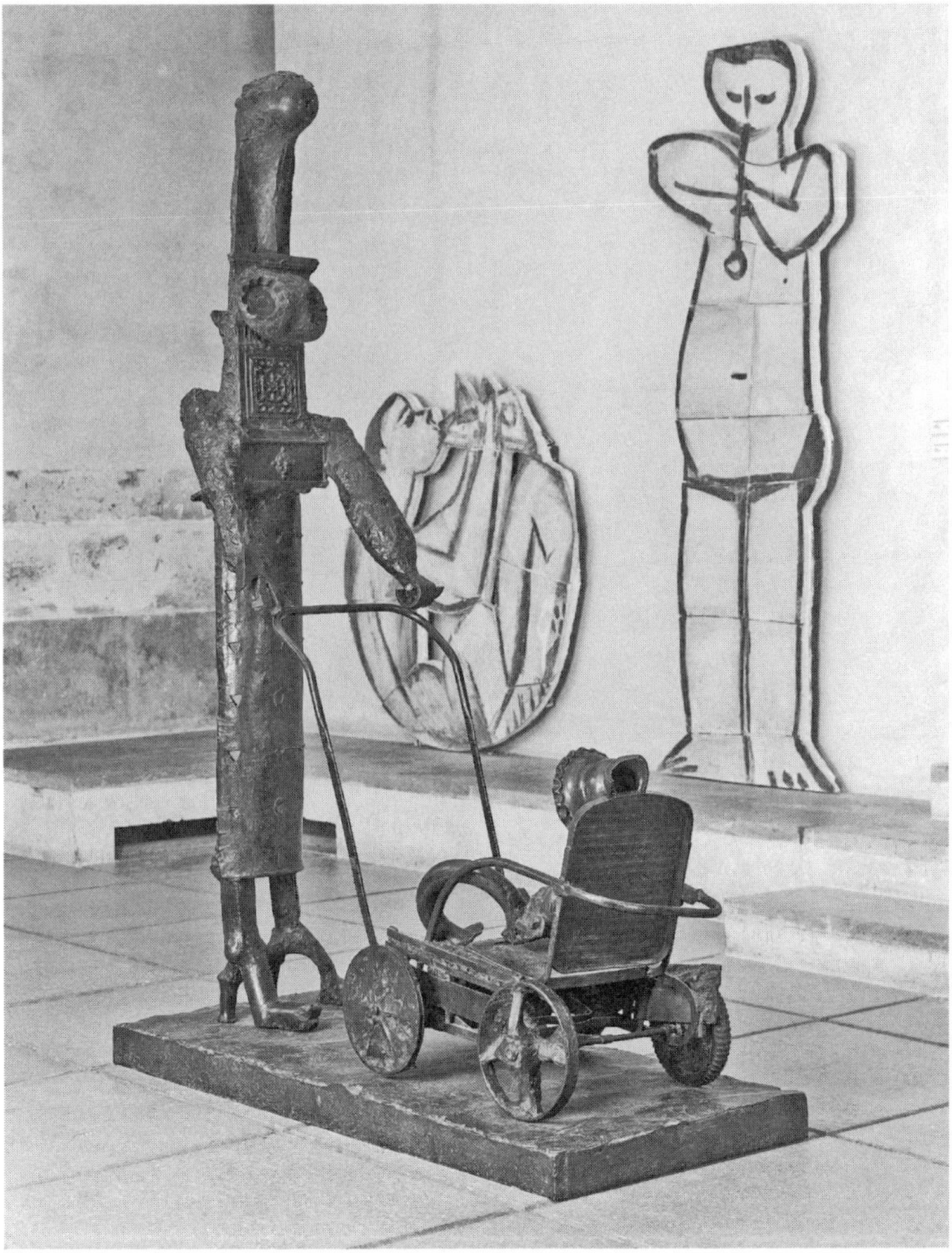

5　ピカソ『乳母車を押す女』1950（ピカソ美術館、パリ）
Pablo Picasso, *La Femme à la poussette*. Photo © RMN－Grand Palais (musée national Picasso－Paris) / Michèle Bellot. © 2017－Succession Pablo Picaso－SPDA (JAPAN)

6　ピカソ『最初の歩み』1943（イエール大学アート・ギャラリー、ニュー・ヘイヴン）
Pablo Picasso, *Les premiers pas*. Photo © Yale University Art Gallery, New Haven; Gift of Stephen Carlton Clark, B.A. 1903. © 2017 - Succession Pablo Picaso - SPDA (JAPAN)

遍的なテーマである。というのも、自分がひとりで歩けるのを子供が発見する瞬間は、誰しもの人間生活における重要な瞬間の一つだからだ――けれども、一体幾度それが芸術において描かれたことがあるだろうか、とホックニーは問う。（大英博物館所蔵のレンブラントの素描の中に、一六三五―三七年に描かれた一枚で、コミカルな感じの直立したひとりの幼子に、二人の女が歩くのを教えているところを表すもの、そして一六五〇年代の一枚で、わが子に同様なことをしている最中の一人の母親を描いたもの、があることをホックニーが知らなかったとはわたしには考えられない。それでも、ホックニーが言いたいことは依然間違っていない。つまり、最初の歩みの図像は、芸術において極めてまれなものである、ということだ。）

　このピカソの絵において、キュビスム以後的な歪みは、具象的リアリズムが決してできないやり方で、母の愛と心配を、母の希望と怖れを、そして子の恐怖と興奮の同じく強力な混在を、伝える。母は子のことと子がうまくいくこと以外考えない。子は自分の体と、さあおいでと自分を招く自由のことしか考えない。母は自分の手に持っている二つの手を今にも放してやろうとしている。その一方で子の常識外れに大きく描かれた足はすでに自由に向かっている。左足は上げられ、下側から足の指と足の裏の大部分とが見える。偉大さにおいてキリスト復活の奇跡にも劣らない一つの奇跡が起ころうとしている。さあお行きと私たちが手を放され、そうしてみたら実際に自分ひとりでやってのけられたとき、手を放してやることに自分の折合いをつけ、そうしてみたら私たちが育ててきた者が実際にひとりでやってのけられたとき、そのとき誰しもの人生において生じる奇蹟が。もし躓いたら母の手が支えてくれると信頼し、すると、子は自分が体のバランスを保てることを、自分の両脚が自分の体をまっすぐに支えてくれることを、もはや自分が母

7A　レンブラント『幼子に歩みを教える女たち』1635－37頃（大英博物館、ロンドン）
Rembrandt Harmenszoon van Rijn, *Women with child.* © The Trustees of the British Museum, London

7B　レンブラント『あんよはじょうず』1656 頃（大英博物館、ロンドン）
Rembrandt Harmenszoon van Rijn, *A child being taight to walk.* © The Trustees of the British Museum, London

にくっついてはいないことを、発見する。子の足と脚が子の体を運んでくれることを信頼して母は、誇り——ほら、あの子が何ができるか見てあげて！——と悲しみの入りまじった気持ちで子の手を放す——これが、起こることの総目録だ。

その凝縮された瞬間は、子が、自分が世界の中心ではないこと、自分の母さえ一つの生活と母自身の関心を持っていること、を発見し、その一瞬《せつな》母への自分の深い依存を発見する瞬間を描くプルーストの、同様に凝縮された記述にも入りこんでいる。ピカソの場合、しがみつく本能は、出発する必要によって克服される。プルーストの場合、どんな時でも親は頼れるものだと確かめる必要のせいで、落ちつきをもたらす「触ること《タッチ》」が、不安に駆られた「つかむこと」に変えられてしまい、必然的に悲劇的な結果が生まれる。私たちはだれもこの両方の感情を経験している。そして両方ともが生涯私たちを特徴《しるし》づける。どちらの方がより深いのか、どちらの方がより私たちを特徴づけているのか誰が言えよう。

19　運動メロディー

「不信＝疑い」の巨匠たちが仕事をなしたやり方の一つは、私たちがそれまで自然＝当然のものと、「所与の」ものと思っていたことが、実は人間の手によって作られたものであること、個人や制度によってなされる選択や決定の結果であることを、私たちに暴いてみせることだった。かくしてマルクスは資本の働きの仮面をはぎ、ニーチェは道徳の働きを、フロイトは性の働きを暴いてみせた。十八世紀の啓蒙の時代が、すべての人間を本質的に不変なものと見、人間性を普遍的なものと見たのに対し、十九世紀の不信の巨匠たちは、道徳と社会的諸制度の系譜学を探ることを始めた。それは人間を、自分ではそれに従っていることさえ知らない束縛の形式から自由にするためであった。

オリヴァー・サックスの仕事は、そういったすべてに対して一風変わった角度から向かっている。彼もまた暴き手であり、彼もまた、私たちは、自分が当然のものと思っているうちのかなりな部分が批判的検討の必要ありと理解すべきなのだ、と案じている。しかし彼の目的はむしろ、暴かれたものの尋常ならざる性質を私たちに意識させること、私たちの生活においてあまりに沢山あるので私たちが当然と思ってしまいがちなものがもつ、ほとんど奇跡的なまでの性質に対する驚きの念で再び私たちを満たすこと、であるように思われる。次々繰り出される才気煥発で啓発的な論考や本において、彼は私たちに、人間の精神と体が機能する仕方の複雑さ、歩くことと話すこととかといった一見とても単純な事柄がもつ複雑さを、私たちが理解するのに力を貸してくれている。

それを彼は陰画《ネガ》の形で行っている――私たちがふつう当たり前のものと思っているものが、もはや機能しなくなっているらしい場合、どうなるのか、何らかの理由で私たちが部屋を横切ったりできなくなる場合や自分の夫や妻がどんな顔なのか思い出せなくなる場合、どうなるのか、を探ることによって行ってきた。必死に駆け出すのか、あるいはその場でぴたっと立ち止まるのか。思い出せないまま一貫性のない語をしゃべり続けるのか、あるいは見つかる勝算のないまま一番無難な語を探し続けるのか、いずれにあってもそうせずにはいられないらしい患者を、小説家の能《よ》くする共感《エンパシー》（他人の身になること）をもって彼が描写するとき、私たちは、それについて考えることすらせずに階段を上がることができたり、友人とコミュニケーションをとる際、言われたことを理解してそれに対応して行動できたりすることがどんなに驚くべきことか、分かるようになるのである。

もちろん、これは彼の第一目的ではなかった。第一目的として目論まれたのは、医学論文という昔ながらの形において、そういった症状を知ることになった病気を説明し、治療法を提案することだった。もちろん、人間に影響を及ぼす神経学的問題に、共感と想像力と細部への鋭い視線とを注ぎ込んだのは彼が最初ではなかった。彼の師でもある偉大なロシア人神経外科医A・R・ルリア、そして、手の機構《しくみ》についての有名な本を著したサー・チャールズ・ベルをはじめとする十九世紀後半から二十世紀初めの医学専門家たち、さらにまた『神経学研究』（一九二〇）の著者で大きな影響をもたらしたヘンリー・ヘッド、彼らがすでに道を示していた。しかし、サックスの、他に例のない書き手としての才能が、この医学分野を一般の人に気づかせることになった。

最初に一九一九年のインフルエンザ大流行の余波についての非凡な研究『目ざめ』によって、それから非医学雑誌に発表されたあとで『妻を帽子とまちがえた男』（一九八五）や『火星の人類学者』（一九九五）といった本にまとめられた、おびただしい症例研究によって。

しかし、彼が自己受容性感覚と「運動メロディー（ルリヤによる造語）」という考え方を、私たちの注目の的にしたのは、一九八四年に出版された、自分自身のある経験についての一冊の本『左足をとりもどすまで』（一九八四）によってであった。休暇中に、とあるノルウェーの山で片足を折ったサックスは、神経障害のせいではなく、神経と筋肉の損傷のせいで、当の足を自分の足ともはや認識できなくなっていることを発見した。足を感じることができないだけでなく、足があるということがどういうことかを忘れてしまっていたのである。そのとき彼は自分が以前に受け持った一人の患者のことを思い出した。その男は、うつらうつらしているときに、ある異常な存在をベッドの中に感知し、あわてふためいてそれと格闘し、やっとのことでそれをベッドから放り出した——ただし、それは何と自分の足だったのであり、今や彼は床の上にのびていたのである。当時の医者や看護婦にとってそれまでずっとこれは不可解きわまりないことだったが、サックスはそのとき自分の身に起こっていることを懸命に理解しようと努め、医学では昔から知られていながら適切な理解がなされていなかった、身体のイメージあるいは自己受容性感覚の観念について、今一度よく考え始めた。

自己受容性感覚は、自分自身の体についての私たちの完全に直観的な感覚である。それがないと、私たちは全く機能できない。私たちの他の諸感覚を、互いにバランスのとれた関係に保ってくれる一種の第六感であり、ガウェインの楯に付いている五芒星形にかなり似ている。セックスやあるいは欲望すらよりも基本的なもので、この自己受容性感覚は、空間を占めているものとして、またその空間の中で活動しているものとしての体の自己感覚である。この感覚を奪われると私たちはよるべなく感じるだけではなく、動くはおろか、立っていることさえままならない。けれどもその感覚があまりにも深く私たちの中に埋め込まれているので、あまりにも私たちの存在の土台《グラウンド》になっているので、私たちはそれをすっかり当たり前のものと思っていて、それがどこかおかしくなったときしか、それの決定的な機能を意識することはない。運動メロディーは、この自己受容性感覚——書いたり歌ったり踊ったりするなどの、いちいちの手や足の動きを考え抜いてからしなくてはならなかったら決してなし得ないはずの諸々の活動をする私たちの本能的能力——の補完物なのである。

サックスはしまいに自分の足を使うこと、自分のものとしての足の感覚をとり戻したが、この自分の見当識を失う経験について、ともかくも一貫した形で書くことができるまで十年を経ることになった。しかし、これほど幸運な者ばかりではない。一九九一年、サックスの一人の弟子、ジョナサン・コールは、ある男のことを語った一冊の本を出版した。その男は、十九歳のとき、ウィルス性胃腸炎にかかった影響で、首から下の感覚一切をなくし、二度と回復しなかった。コールによるその『誇り《プライド》と毎日のマラソン』は、イアン・ウォーターマンの——自己受容性感覚をとり戻せないだろうという事実にもかかわらず普通の生活を送ろうとするウォーターマンの闘いが語られる——尋常でない物語である。この本はウォーターマンを追う。文字通りふつうに機能せよと自分に言い聞かせる彼、とはつまり、自らの体の感覚がない自分にはすべてのことが自然には起こらない以上、実際のところ自分の周りに見える人々の動きのありとあらゆる細部を模倣せよ、と自分に言い聞かせる彼、を追う。したがって、どの一秒たりとも、彼は一から十まで全面的に警戒していなくてはならない。たとえば、私たちならばそんなものがあるなどと、意識することさえないままに調節してしまうはずの道のわずかな傾きに不意にとらえられて、つまずき倒れてしまわないように、また、紅茶カップの方に向けて動かす手が突然わきの方に飛んで、隣にいる人をなぐってしまわないように、警戒を怠ってはならないのである。体が見えていないと体が存在しているという感覚がないのであるから、暗闇は大敵である。一度、エレベーターに一人でのっているとき、照明が故障したことがあった。ようやくドアが開けられたときには、彼は床の上でぺしゃんこの塊になっていた。

イアン・ウォーターマンのぞっとするような苦境は、彼が自分の言いたいことを表現しようとする驚くべき意志と能力とあいまって、さらに、ジョナサン・コールの忍耐と共感が加わり、私たちがいつも気づきさえしないままに行なっている複合した事柄、宏大な領域をなすそれらの事柄、を理解させてくれる。たとえば、他人に話すとき、私たちは言葉を用いてだけでなく、それに劣らず体で話す。「病気以来」とコールは書いている。

イアンは、自分の無意識の身体言語《ボディ・ランゲージ》の一切を失い、私たちが意思伝達にもペテンをするにも用いる無数の体の恰好や動きを使うことがもはやできないのである。・・・イアンは、この喪失に気づいていて、いつものようにそれのさまざまな回避方法を編み出した――「ええ、わたしには分かるのですが、たとえば、坐っているとき誰かの方に体を傾けることは、愛情のしるしです。もう言いましたが、わたしは十九の時までまったく健常でした。だからそのときまでにはこういう動きのふるまいをすべて習得していたのです。だから、今もときどきそれを使いますが、坐っているときに限られていて、坐っていれば倒れる恐れなしにそれができるのです。ただ常にそのことについて考えていなければなりません。自分の言葉《スピーチ》に合わせて手を動かし、言葉を強調するために手を使おうって意識的に決めないといけないのです」。

コールはこれにこうコメントしている。

レパートリーは限られているが、彼は非言語的コミュニケーションを思い出して再習得し、今は適切な折に意識して用いている。彼にとって坐って話すということは、言った事柄を精緻化し敷衍しながら、腕と手が自分の前で上げられたり下ろされたりするのを見ることなのである。けれども、さらに詳しく調べてみると、述べる事柄を強調するのは手であって、指は相対的に動かないままであることが分かる。

イアン・ウォーターマンのことを読んでいると、カフカのことを思い浮かべないわけにいかない。それは、そうしない限り自分を必ずや待ち受けている運命を逃れるために、檻の中の生活で一生を終える運命を逃れるために、自分から意図的かつ意識的に人間のしぐさや言葉《スピーチ》を学ぶ「ある学界報告」（執筆一九一七。『田舎医者』所収）における猿だけではなく、ミレナへのある手紙の中におけるカフカ自身の言《リマーク》も、である――「わたしに与えられているものは何一つない。すべてが獲得されなくてはならない。現在と未来だけでなく、過去もだ――人間ならだれでもおそらく受け継いでいることも結局同じで、それも獲得されなくてはならない。おそらくそれが一番難しい仕事だが」。

むろんある意味では、イアン・ウォーターマンとフランツ・カフカの間には、共通点は何もないし、二人を比べようと思うこと自体、ウォーターマンにとっては、ほとんど侮辱と思われるかもしれない。カフカの方は、一連の感情、ウォーターマンの方は、一つの身体的（物理的）状態なのである。それに、結核発病まではカフカは完全に普通の人間で、ほんの少し幸運があればそれなりに幸せな人生を送ったかもしれない、とも私たちには思えるのである。カフカの絶えざるうめきは、彼の自己憐憫のしるしでしかなく、軽蔑にしか値しないとさえ感じられるかもしれない。しかしわたしは、私たちがセンチメンタルになるのを恐れるあまり、そして、イアン・ウォーターマンの恐ろしい状況《みのうえ》と、あのような覚悟でその状況と闘う彼の高貴な気概を慮るあまり、この類似《アナロジー》を考えることが封じられるようであってはならないと思う。というのも、それを考えることであらわになるのは、伝統——カフカがああも全面的にまた取り返しのつかないほど自分自身が切り離されていると感じる伝統——が、まさしく自己受容性感覚と類似なやり方で機能しているということなのだから。伝統は一連の無意識の習慣や慣例《ならわし》であり、それのおかげで私たちは機能しているが、それがなくてはならないものとしての実際の姿をあらわすのは、私たちが突然それを奪われたときしかない。病気で自己受容性感覚を奪われてみると、イアン・ウォーターマンには、他人が本能的にしていることを、そうしている感じがないまま自分が模倣することによってしか自分が機能し得ない、と分かる。複雑な社会変化により、また自分の個人的状況により伝統を奪われてみると、カフカには、生活においても芸術においても、自分が歩く一歩一歩が、意識的な一歩にならざるを得ず、いちいちの仕草や身振り、いちいちの言葉遣いや文句が、注意深く慎重に計算され選ばれざるをえない、と分かる。両方の場合とも、進み続けたいという深い欲求、自分に襲いかかっているこれに屈しまいという深い欲求があり、両者を進み続けさせるものは、どちらも、猛烈な苦境に対峙する誇り《プライド》と一種の信頼である。どちらにとっても、毎日がマラソンであり、忍耐と決意を試される場なのである。

イアン・ウォーターマンの話は、もちろん寓話《アレゴリー》でもないし教訓でもない。それは、他のものではないそれであり、彼はほかのものではない彼である。にもかかわらず、それは、エリオットやカフカやストラヴィンスキーのような人たちが、私たちの世において芸術家として生きようとした場合に出会う芸術上の困難の本質を、私たちに理解させてくれる。

同時にまた、自己受容性感覚の研究、あの運動メロディー——すなわち、体が体自身のリズムを見出す能力、意識的な思考が提供し得るどんな知識も超える体の知識を見出す体の能力——の研究は、神経学者には当たり前すぎる理由でとりたてて興味が湧かない事柄、つまり、手の不器用さ・鈍重さ（heavy-handed）と軽やかなタッチをもっていることとの違い、ピアニスト、サッカー選手、テニス選手の凡手であることと、名手であることとの違い、を私たちが理解する助けになってくれるはずだ。というのも、私たちの大半が、歩き、走り、ピアノで正しい音を出し、ボールを打つ能力に現に恵まれている一方で、中にはそれらの領域で他の者より才能に恵まれた者がいるのであり、また特別に才能に恵まれていない者でさえ、時によっては、いわば自分が走り、泳ぎ、ボールや鍵盤をたたくために生まれてきたかの如く、今走っている、泳いでいる、ボールや鍵盤をたたいていると感じる瞬間を経験したことがある。そのような瞬間《とき》、私たちは通常そうであるより以上に自分である、より能動的《アクティヴ》に世界の一部となっている、と感じるのである。

そのような瞬間においては、存在するということがどういうことなのかを、大半の時私たちが単にあたりまえのことと思っているあの奇跡を、本能的に理解している、と言えるのではないか。

20 運動メロディー（二）

サッカーは、エジプト（五歳のときにわたしはそこでこのスポーツを習った）において、南アメリカの場合と同様、タッチと技のゲームである。理由は明白だ。地面が堅くて乾燥している。ボールは常に軽い。そういうコンディションは屈強ででかい奴よりもすばしこく素速い奴に有利に働く。敵の進攻を阻止することだけに専心している重量級のタックル屋よりも、誰でも相手にする気のドリブル名手に有利に働く。その頃は、二―三―五のフォーメーションの時代だった。バックス二人、ハーフ三人、ウイング二人、インサイドフォワード二人、センターフォワード一人。トータルサッカー（全員攻守型）とか、すっきりした三角形型とか、クリスマスツリー型とか、ダイヤモンド型とかについて聞いたことがあるものなどひとりもいなかった。要はボールをできる限り素早くフォワードに渡し、フォワードにその先を続けさせることだった。私たちを見たら今日の監督ならたまげたことだろう。相手側が攻撃しているときには私たちフォワード陣はハーフウェイラインあたりを離れず、期待しつつ待っている。いったんボールが自分たちのものになるや、目いっぱい速くゴールに向かい得点をあげるのが私たちの仕事だった。わたしの記憶では、それは高得点のゲームだ。フルサイズの競技場に二十二人の小さな少年たちがいて、ちっぽけなゴールキーパーがフルサイズのゴールを守っている。全然退屈しなかった。

何をやっても間違いなしの魔法の日もあった。きわどい勝利をもたらした六、七点の得点のうち三点か四点を自分で決め、少なくとも残りのうち二点のお膳立てをする、という日。そんな日にはハーフバックをかわし、バックに切りこみ、ボールをネットのコーナーへと高く送りこむことがすごく楽々に思えた。もちろん何ひとつ思い通り行かない日、ボールをとれず、もらっても何もできない日もあったに違いない。しかしわたしの記憶は見事にそういう日は消し去っている。ちょうど、聞くところによればだが、母たちが産みの苦しみを消し去るように。

サッカーのフィールドで、「いい勘《タッチ》（a good touch）」をもっているというのは何を意味しているだろうか。それは、ボールが来たときのそのボール、そのスピード、その飛んでいく道筋、に対する本能的な感覚をもっていることを意味する。パスを一番効果的にもらうにはどこのポジションにいればいいのか、いつ速度をゆるめ、いつ加速するかが本能的に分かることを意味する。ボールが自分の足もとにあるときだけでなく、フィールドに向こうの端にあるときも、ボールが自分の体の一部のように感じることを意味する。競技場《ピッチ》を自家薬籠中のものにすること。よく言われることだが、すぐれたチェスプレイヤーが体の前にある盤にたいしてするように、ゲームを、一連の静的な位置ではなく、一連の力線として感じとることを意味する。

サッカー場《フィールド》やテニスコートに足を踏み入れるとき、自分がこれからどういうプレイをすることになるか分かっている者などいない。それがスポーツの美しさの一因である。なぜスポーツが人生の縮図《ミクロコスモス》であるのか、規則によって空間と時間の制約によって凝縮され高められた人生であるかの、それが一因なのである。いったんその場に出れば自分ひとり。コーチの指導も訓練も、チームのミーティングも、個人のアドバイスも、もはや関係ない。ゲームが進んで行くあいだに自分が（ほかならないその日）いかにいいかだめかを発見するだけ、なのである。

これはサッカーについてよりもテニスについてさらにあてはまる。というのもテニスの場合、自分がちゃんとパスをもらわなかったとか、他の誰かが調子が悪かったから、決定的なへまをしたから負けたとか、文句をいうことができないからだ。テニスにおいて、責任は自分以外にない。たとえ試合の最初から最後まで夢としか思えないほど完璧な、ミスなどしたくともできなさそうな状態の相手とたまたま対戦している場合であっても、である。

タッチプレイヤーが話題になるのも、サッカーの場合よりテニスの方である。試合《ゲーム》をフォローしている者は皆、そういう選手《プレイヤー》のリストをもっているものだ。わたしのリストには、オッカー、グーラゴング、ナスターゼ、マッケンローが入ることになるだろう。しかしすぐれたプレイヤーは皆タッチをもっている。彼らは皆コートを本能的に内在化していて、それでゲームは、観客が見ているその場所でプレイされているというよりは、どういうわけか、「そのなかで」、プレイヤーの体のなかでプレイされているのである。やることなすこと可ならざるはなしの最盛期のホードやレーバーを見るのは、夢の中に惹きこまれるような感じだった。いつも打つならこれしかないという正しいショットを選んでいるように思われたし、彼らがボールを追いかけて走るというより、ボールが彼らのラケットの中心に向かってどうしようもなく引き寄せられて行くように思われた。

けれども、する、見る、どちらの場合にしても、テニスのプレイの苦痛と相俟っての美しさは、得点《スコアリング》システムと大いに関係があり、それのせいで試合全部にわたってこの「苦痛付きの美」を保ち続けるのは誰であれひどく難しい。一九五七年のウィンブルドン決勝《ファイナル》で、アシュレー・クーパーを打ち破ったときにホードはそれをしとげた（わたしがとにかくテレビで見た最初のゲームだ）し、一九七三年の決勝でローズウォールを打ちのめしたときのコナーズはそれをしとげた。しかし、テニスの場合、競走やサッカーの試合《マッチ》のようには、ゲームの時間の大半において完全な支配権をふるうことなど誰にもできない。得点《ポイント》と得点のあいだ、ゲームとゲームのあいだに時間がありすぎるのである。どんなに考えまいとがんばっても、自分のタッチが自分を見放すことになるのか、それとも敵が敵のタッチをついに見出すことになるのか、と考えないわけに、思い悩まないわけにいかないのである。だから多くの夢が悪夢に変わってしまう。他のスポーツのように技術とスタミナの勝負というよりは、自分全体のバランスと協調の勝負になるのである。タッチのことを意識するようになり始めると、たぶんそれが、タッチがあなたを見放し始める瞬間なのである。タッチがすでに放れ出しているせいでタッチを意識するようになり始めているのか、それともまさにタッチを意識し始めるせいでタッチが放れ出すのか、誰にも分からない。しかしテニスについてよく知られた、奇妙で興味深い事実は、第一セットを六―〇で勝つのが、最終的な勝利を確実に手にする一番の方法ではないことだ。もしかすると、三ないし四―六から始めるよりも、〇―六の負けから始めて勝つ試合の方が多いのではないだろうか。

　テニスは生まの時間《リアルタイム》が重要な役割を果たすゲーム《プレイ》だ。サッカーは、逃したチャンスを悔やみはするかもしれないが、それについて考える時間がほとんどない。テニスでは、つかみそこなったわずかなチャンス、とりそこねたブレークポイントが、頭から離れなくなり、あのぞっとするような腕のこわばり、どんなに意志や努力を注ごうとも消せないあの不安感が生じやすい。そここそが、ボルグの偉大な力だった。むろん彼の非凡なバランスと足のスピードがあっての話ではあるわけだが。ボルグの場合、プレイされた分のポイントは、それがなされたとたんきれいさっぱり忘れさられてしまい、もうそれにはとらわれず次の分のポイントに絶対的に集中すべく完全にフリーになっている、といった感じだった。

ある瞬間楽々と勝てるように思えていたゲームが、わずか十分後にはとりかえしがつかないものに思えることもありうるのであり、そうして得点と次の得点のあいだで、ほんの数分前にはまったく苦もなくそこにあったタッチを取りもどすには一体どうしたらよいものか惨めに頭をめぐらすことになる。そんなふうに、アダムはりんごを食べたことについて思いをめぐらしながら、土から生活の糧を得ようと、惨めに汗水流したにちがいないし、そんなふうにマルセルは感じたに違いないのだ――目がさめて、前の晩自分がどのようにして母を言いくるめおおせ、夜のかなりな間自分のお気に入りの本を読んで聞かせてもらうようにできたかを思い出したときに。

数年前わたしは合気道を始めた。以前、六人制サッカーで、もうそろそろ試合をするのはよさなくてはならなくなってもずっと続けていた際、ひざをひねってしまい、その痛みはとまることがなかった。テニスをしようとするたびその傷が再燃した。医者たちはつついてみたりレントゲンをとったりしたがどこも悪いところは見つけられなかった。しまいにある専門医が、精密検査しかもう手はないだろうと勧めた。それはわたしにはいいアイデアには思えなかった。このことを、わたしが以前教えた学生で、日本で一年を過ごし、日本の何かの武術の類の稽古をした（したこと自体は知っていたのである）ことがある者に話してみた。「まさしく合気道こそひざにうってつけでしょう」、との答えが返ってきた、「合気道のかなりな部分はひざで行われます。ですから、やれば、だんだんとその辺りに筋肉をつけていくことになるはずです」。師の肖像画にお辞儀をしてから肩ごしに敵を投げる（それを言うなら、こちらの方が誰かの肩ごしに投げられる、のかもしれないが）という図はあんまり好ましいものではなかった。しかし、そういうつべこべをわたしが口にすると、彼はただ笑って、一度道場へ来てみてはいかがですか、と勧めた。非礼なやつと思われるのもと考え、行ってみたところ、待っていたのはなんともうれしい驚きだった。武術に分類されてはいるが、合気道はまったく攻撃的ではない。あなたは敵ではなく、相方《パートナー》とともに作業をする。そして、たしかにかなりお辞儀はするものの、肩ごしに投げるのは、わたしが想像していたよりはずっと少ないように思われた。わたしは合気道をやってみることに決めた。

合気道の数年間で学んだことは、多くの事柄をわたしに理解させてくれた。というのも、それが教えてくれたことは、身体的な面でも精神的な面でもたいていの活動にあてはまるからだ。鍵となるレッスンは、自分がすっかりリラックスしているとともにすっかり集中している状態が、理想的な状態だということである。これは西洋の私たちの大半には異質《エイリアン》な考え方である。私たちは、リラックスを集中と対立した状態と考えがちなのだ。けれども、実際そうはなっていない瞬間、二つの状態が実り多いバランスで共存する瞬間を、わたしたちの誰もが経験したことがある。たしかにこれが、わたしがうまく走ったり泳いだりしているときに起こっていることだったし、今うまく書いているときに起こることでもあるのだ。しかし、私たちの文化では、集中とは、ぎゅっと凝固することや緊張や制御されたり抑制されたり追いつめられて保持されるエネルギーのことを含意し、一方リラックスとは、その反対、すなわちゆるんだ状態、手を放すこと、何もしないことを意味するのである。ウェルギリウスとミルトンはこの対立の大詩人である。二人にとってリラックスするとは、誘惑に負けることであり、だからたゆまず油断しないことが重要なことなのである。『コーマス』(上演一六三四)におけるミルトンのヒロインは、自然の恵みへの誘惑に屈するよりは石に変わることの方を選ぶ。そしてミルトンの文体《スタイル》そのものが、意志の巨大な努力を、危険なほどに御し難《にく》い言語にどう秩序を押しつけるかを、窺わせる。ミルトンの書く文章《ライティング》の力のせいで、この対立がほとんど信じられるものに思えてしまうのだが、泳ぎや合気道や書くことの自分自身の経験が、わたしに、ミルトンが展開する二項対立が偽りのものであることを確信させる。禅に言う弓術家の有名な平然さに、合気道の師が弟子の私たちに身につけさせようとするすべてに、秘教的なところなど皆無なのであるが、同様なことのどれとも異ならず、これは学び習得するのがきわめて大変で難しい単純なレッスンなのである。

エジプトでは、わたしが子供だった頃、五月から九月の毎日、午後になると、私たちはきまってサッカー場の隣にある屋外プールでトレーニングをした。この季節の間にはいくつも競技会があって、それは十二歳未満グループから十六歳未満グループまで年齢別に分けられていた。トレーニングは時に退屈で、繰り返しばかりのように思えることもあり、また時にテクニックの面でもタイムの面でもまるで自分が後退しているように感じられることもあった。しかし適正な種類、適正な量のトレーニングを積んだ場合、そしてコーチが時機調整《タイミング》をあやまらず、選手を一番重要な競技会でピークに達するようにもって行った場合は、始まる前はどうしてもひどい気分に誰でもなるにしても、実際のレースはすばらしい機会になった。

この場合も鍵は、すっかり集中する一方でリラックスしていることだった。かたくなってしまうともう命取りだったのだが、そうならずにすんでもスタートやターンや最後の数ストロークなどで集中がとぎれたが最後、何か月にもおよぶ大変なトレーニングがふいになった。

水泳においては全身を使っている。まず、腕はかく。だからかく《ストローク》のはできる限り長くかつリラックスしているようにすることが肝心である。脚はうつ。キックにおいてひとうち《ビート》の動作は腹部領域でスタートし、腿やふくらはぎを通って足首に降りる。呼吸はできる限り規則正しいものでなければいけない。速くなればなるほど水中で体は上に上がり、腕、背中、胸が楽になり、だから、むろん呼吸も楽になる。けれども速くなればなるほどエネルギーを使いはたしつつある状態になり、したがって呼吸するのが大変になり、体の感じる苦痛が大きくなる。

ある忘れられないレースでのわたしの場合がそうだったのだが、すべてがかちっとかみ合うと、あなたはもはや自分が腕と脚と胴と首と頭でできているとは感じなくなる。そうではなく自分が一個の生きたまとまり、はっきり示せるような輪郭などないエネルギーの中心になる。あなたは速く動いていて心臓は連打しているのだが、それは頑張って努力しているせいでというより興奮のせいだ。それにもかかわらず、水をかいて進んでいるとき自分がうみ出している力を自分で感じ、また自分が見事にリラックスしているとも感じるのである。この無時間的瞬間において、体と心が、なされている努力と達成される満足感のなかで一つになる。

それは全国大会の百メートル自由形の決勝戦だった。わたしの問題は、フィニッシュまであと二十メートルのところですべてを出しつくしてもう何も残っていない状態になるのを怖れるあまり、いつもスタートを切ったあとがややゆっくりしがちなことだった。しかし予選《ヒート》を終え全選手中三位のタイムしか出せていなかった。勝つ可能性を自分に与えるつもりなら、そのフィニッシュのリスクを負って五十メートル短水路のつもりでスタートを切らねばならないだろう、と分かっていた。ターンの際（決勝戦は戸外のオリンピック級のプールで行われた）、自分が二人のライバルよりほんのわずか前にいるのが感じとれた。今回はスタートからとばしすぎていてここでそのツケが回ってくるのではないか、との思いが浮かんだが、トレーニングで何度も何度もやってきた通りにターンをうまくきめ、残り半分のビートにかかった。もうあとはフィニッシュまで自分のフォームを保てるかどうかだけの問題だと分かっていた。一番近いライバルのぼんやりとした姿が水中ですぐ隣に見えた。彼が迫っているのを感じた。しかし七十メートルのところでわたしは自分がほんのわずか先に立っていることが分かった。このとき突然どこもかしこも痛み始めた。しかし時間を重ねたトレーニングが報われ始めたのもここであった。前にもこの種の痛みには見舞われたことがあり、かたくならず、深い位置で脚のビートを続け、呼吸を規則正しく保ったまま行けると分かっていたのだ。呼吸のために顔を回すたびわたしにはプールサイドの群衆が見え、喚声が聞こえるというより感じとれた。ライバルたちに実際のところ抜かされていないのは分かっていたが、自分がまだ彼らをリードしているのかどうかはっきり判断するのは不可能だった。そしてプールの端の暗いかたまりが前方にぼんやり現れ、ここぞとばかり、とっておきの最後の力まで——流れて触《さわ》るのでも、半端な短めのひとかきになるのでもなくストロークの伸びたところで壁に触るのであってほしいと願って、肺が今にも破裂しそうに感じられようが残りの幾かきかのあいだ息継ぎをしないで——振り絞るだけだった。

そういうあとは誰であれ、結果が分かるまで数分かかる。呼吸し心臓の激しい動悸や波うつ胸をしずめることしかしたくない。それから、計時係と審判たちが話しこんでいるのに気がつく。少なくともきわどいのだ、とわたしは思った。少なくとも二人に対し前回よりいいレースをした。運がよければこの距離の自己ベストを更新しているかもしれないし、ひとはそれ以上は望めないんだ、と。ただしかし、ひとは望めるし、望む。タイムがどんなによくても勝つことには代えられないのである。

しかしなぜ、どうしてもそんな具合なのだろう。たしかに、うまく泳ぐこと、自分の能力の最大限まで泳ぐこと、体が生きているのを感じ、力まず肩に力が入っていない感じがすることで充分報われていると考えてもよさそうなものなのに。結局のところ、そのような折にはひとは孤独な閉じこもりの囚人の対極、耽溺と倒錯の曖昧な快楽の対極にいるのである。そのような折には、もしも体に定められた運命があるのならまさにこれがそうだと思えるのである。しかしながら、それでも、自己ベストタイムを結局出したではないか、全力を出し切って自分より優れた者に負けただけのことではないかと、どう自分を慰めようとも、ああもいいところまで行って勝たなかったことはどうしても苦い失望となったのである。もちろん、自分が特にうまく泳いでいなくて勝ったり、自分の敵たちが調子がよくなかったために勝ったりすることも、これまた特にうれしいことではない。それに対し、何か月ものトレーニングや犠牲が充分に報われるように思えるのは勝つときだけなのである。その点に疑いはない。それは、負かされた場合、自分がたとえ体の準備は充分できていても、心的状態の方がその挑戦に適うものになっていないと、暗示されることになるからなのだろうか。わたしには分からない。分かるのは、これまでの自分より速く泳ぎあるいは走り、そして勝つというのが、どんな競技者にとっても究極の満足なのだ、ということだけである。そうして、レースを振りかえって、どのようにしてそういう結果になったのか、一瞬ごとにどのように感じたのか、あとになってみればどれが転換点だったのか、思い出すことが喜びになる。そうして、レースがその結果になるのに必要であったほんの一瞬《つかのま》を、それまで言いたいと思っていたことの一切をどうにか口に出して言ったつかの間のごとく、思い出す。レースがそのつかの間とともにもたらす喜びは自分のもとに永遠にとどまる。たとえそのときはたちまちその喜びは過ぎ去ってしまい、次のレースに向けての準備に早速舞い戻るのではあっても。

21　歩く人と世界

空気にそよとの動きもない強烈な暑さの中を歩くのは、意志を鋼《はがね》にすることが必要である。わたしはエジプトの日々を思い出す。朝九時を過ぎると単に家から出て日差しの中に足を踏み入れるだけのことに本当の決意が必要だった。とはいえ、イングランドではしょっちゅうやらざるを得ない、土砂降りの雨や暴風の中を歩くことも、これまたあまり面白くない。歩き終わって元気が出たりとか、あるいはもしかして自分が立派だと感じたりとかはあり得るかもしれないが、その歩き自体は、楽しむというよりは、乗り切る事柄なのである。わたしは、その種の天候の中、イングランドを、犬たちを、そしてそもそも犬たちを飼っている自分自身をのろいながら、幾たび丘陵地帯《ダウンズ》に犬たちを散歩させなければならなかったかしれない。そんなとき、犬たちでさえみじめな様子で、たぶん犬もわたしも皆、一つのことしか頭にない。どれだけ早く家に戻れるか、だ。

しかし、イングランドで、空気が爽やかでおだやかなそよ風が吹いているだけのとき、夏の数か月かの間、ブリテン諸島の数多ある美しい石灰岩の地域や南丘陵地帯《サウス・ダウンズ》の場合がそうだが、足の下に弾力のある芝生があるとき、一、二時間すると、ひとは、特にこれといった何かを考えるのをやめ、運動メロディーの化身となる。スピードを出して動いているときのみ体が十分に協働している水泳とは違って、歩く場合、時間がいくらでもあるときにのみ体は自分の真のリズムを見出す。私たちは、何らかの毎日の日課をするエネルギーが足らないと思うか、どう使ったらいいかよく分からない持て余した分のエネルギーがあるか、ふつうこのプラスかマイナスのどちらかである。しかし、イングランドで天気のいい日にある程度の距離を歩くと、そういった欲求不満《くすぶり》はすべてまるでなかったかのように消えてしまう。

歩くとき、万一足が地面に触れないのだとしたら、そよ風が自分の顔や腕に触れないのだとしたら、歩くことが一体どんなものになるか、考えてほしい。もっとも、言うまでもなく、今日《こんにち》はもはやそういう状況を想像する必要がない時代になっている。私たちは、宇宙船内や月面上にいる宇宙飛行士を写した映像を見られるし、重力を欠いた環境の中で動くことがどんな風な感じなのかについて、宇宙飛行士たちが語ったことを読めもするのだ。どうやらそれは、とらえどころのない、さしてうれしくない経験のようである。

言うまでもなく、人間はいつも飛ぶことを夢見てきた。しかし、私たちは足を持っているというのに、どうして翼を必要とするのだろう。

厳しいアルプス登山、三、四百メートル、時に千メートルものまっすぐ中休みなしの登攀は、必ずしも楽しいものではない。しかしその登攀はある全体の一部をなしているのであり、頂上からの眺め以上にいいのは、やっと頂上に着いて尾根伝いに歩き出すときの体の感覚である。あたかも、歩くことが十分に満足行くものとなるためには、やさしい所々《ぶぶん》だけでなく大変な所々が、下りだけでなく上りがなければならない、というかのようだ。イタリアのドロミテ・アルプスに最初に行った際、スキーリフトを使ってその辺りの最高峰の頂上に行き、それから逗留先のホテルまで歩いて戻ったときのことをわたしは覚えている。あれは悪夢だった。あの時のわたしと同じくらい山に無知な者でなければ、あのような歩きを計画したりはしなかったはずだ。戻るころまでにはつま先とくるぶしがひどい状態になっていて、やりとげたという満足感をもつことさえなかった。

歩く（散歩する）ことの喜びは、何かを習得《マスター》したこととか、自分にできると思う以上に無理をして頑張ったとかいうことには存在しない。散歩（歩き）はどの二つとして同じものはない。この無二の出来事が今起きているという感じ、自分がその一部であり、しかもたっぷり歩くことにより生み出された、健康で幸せであるという単純な感じが大切なことなのである。「もっと」とか「もういい」とか感じるのでなく、また、目的《エ》＝終《ンド》りが、ありえないほど遙かに遠いとかばかばかしいほどすぐ近くだとか感じるのでもなく、散歩の続くあいだ、欲望と満足が一つのものになっている感じだけがあるのである。

数年前アルプスでわたしは杖《ステッキ》を一つ手に入れた。木製の地味な一本で、一方の端は曲がり、小枝を払ってどうにか滑らかな握りになっていて、全体は濃い褐色にニスがかけられ、金属の先端がついている。以来山で実際にどのくらい役に立ってきたかは怪しいが、わたしにとっては、ほとんど犬と同じくらい欠かせないものになっている。イングランドの、足の下にやわらかな白亜《チョーク》しかない、おだやかなサウスダウンズでさえ、今や、歩き出してから自分の杖を置いてきてしまったと分かると、何かさみしい気がする。何か物足らない自分に気がつく。

散歩の杖の使い方、その展開術というものがある——おろす、くるくる回す、一、二、三、四、おろす、一、二、三、四、歩くことと同じくらい杖が自然に出てくる。杖が第五の肢《てあし》となり、回すことが、散歩者に、歩き、空気を呼吸し、足の下の大地に感応する行為をさらに確信させるのである。

杖をおろして、回して一、二、三、四、おろして、回して一、二、三、四、おろす、と歩きながら、『トリストラム・シャンディ』のあのページをよく思い出す。言い換えるのは不可能で、複製することができるだけのあのページを。

人間は自由な間が花ですよ――とトリム伍長は叫び、手にした杖をこんな具合に振りまわした――

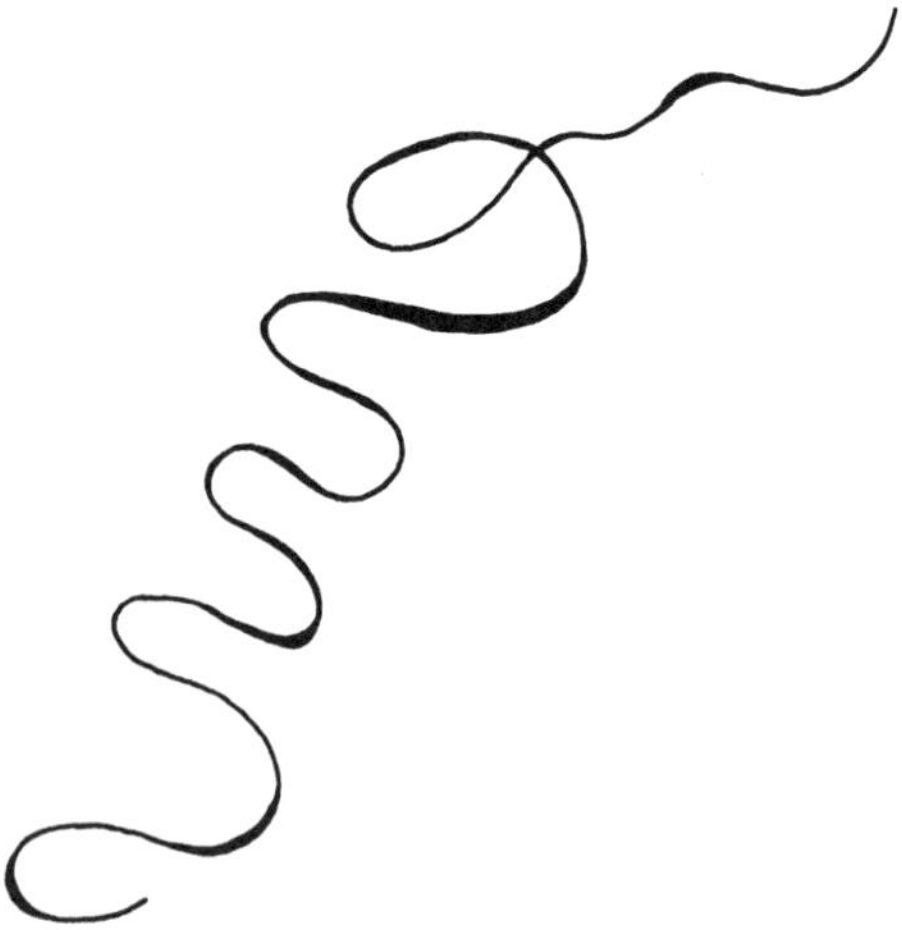

たとえ父が絶妙な三段論法を千ぐらい考え出して並べても、この一振り以上に独身の弁護は不可能だったろう。（第九巻第四章）

ここで問題となっている事柄は、トウビー叔父のウォッドマン後家に対する欲望と必要が、不幸な結婚に閉じ込められるのを恐れる気持ちより強いかどうかということである。トリムの杖での答えが、トウビーが自分の兄に対して行う口笛での答えと同様、絶対的に非言語的なものである一方で、それに続く語り手トリストラムの説明《コメント》がどういう意味なのかは、読者は了解に苦労しない。トリムの杖の振り回しの方はと言えば、それはアルノルフィーニ夫妻の肖像画の中央における、ヤン・ファン・エイクの署名の大文字「J」の字における回転運動のように、自由と個人性――トリムの、トウビーの、そしてむろんこの小説の書き手スターンの自由と個人性――を主張している。というのも、スターンが伝えようとしているこのメッセージを、読者がとらえるのに苦労はしないからで、それはつまり、小説家スターンの文法と統辞法《シンタックス》による束縛は、トウビーが、ウォッドマン後家と結婚した場合の結果として思い描く束縛と大変よく似ているのであり、スターンの場合、たとえほとんどいつもその束縛に屈せざるを得ないとしても、フランス語で話すという安易な選択肢を拒んだパニュルジュと同じく、小説的語りの約束事《コンヴェンション》に順応するのでなく、自分の空想という杖を振り回す欲望を、自分の本質的な自由を、主張し続ける、ということなのである。

独身であることは、自由を意味するが、それはまた孤独をも意味する。小説を書くことの約束事に対するスターンの（ドンキホーテ的でもある）尊大不遜な態度は、自発的なるものの解放を意味するかもしれないが、それはまた、スターンが、恣意性の――無意味性ですらある――深淵《ならく》のふちを、落ちてはしまわずに、たえず歩み続けていることをも意味するのである。トウビーの不安定さ、選択肢の間をトウビーが揺れ動くこと、兄の独断・教条主義と自信をトウビーが欠いていることこそが、トウビーをすくい、トウビーを人間にし続けている。まったく同じようにして、自由が無意味さへと容易に変わり得るのをスターン自身が意識していることこそが、彼の本を生き生きとさせて、それを頭のよさの単なる展覧会になることから救っているのである。トウビーの口笛、トリムの杖振り、本へのスターンによる真っ黒のページや大理石模様のページの挿入――これらすべてが勝利と絶望の交差する点に置かれていて、そしてそれらは、まさしくなぜか両方を意味するがゆえに感動的で興味深いものであり続ける。スターンの技《アート》（芸術）は、ラブレーの技（芸術）のように絶妙なタッチを必要とするものであるが、それはまさしく、二人ともが、伝統によって築かれていたジャンルと境界とが死を迎えた今、技（芸術）は、進む際には自分自身のルールを作らねばならないという事実を、真剣に受けとめているためにほかならない。

22　境界（二）

背を丸めてノートにかがみこむ格好でわたしは坐っている。タイプライターに向かう場合だと、もう少し背を立てて。わたしの手がページの上で動く。わたしの指がキーをたたく。わたしは書いている。

しかし書いているこの「わたし」はどこにいるのか。仕事をしているあいだ強く搏つわたしの心臓の中か。思考がうずまいている頭の中か。わたしの心配性のおなかの中か。力が入っているわたしの手か。タップしているわたしの指か。

そのどこでもないことは明らかである。自伝を書こうとすればきまってその企てがばかばかしいと感じるわたしの感覚、なぜわたしが今のわたしなのか、わたしはどこから来たのか、これからどこへ行こうと思うのか、それを自分に説明しようとするといつもそう感じるわたしの感覚が、「わたし」はわたしの記憶の中にも、時間を通じてのいかなる連続性の中にも宿っていないことをわたしに証明してくれる。

けれども、わたしにはまた、作者の死について語る説得力ある批評家や理論家たち、書くこと《ライティング》が書くのであり、「わたし」が書くのではないと言う者たち――こういう者たちもやはり間違っていることも同時に分かっている。というのもわたしが机に向かっていないとき、背を丸めてノートにかがみこんでいるとき、タイプライターに向かってもう少し背を立てているとき、苦しんでいるのは他の誰でもないわたしだからだ。そしてそれについてわたしが何かすることができるということ、その苦しみ、そのフラストレーション、その混乱した欲望を、少なくとも自分がサッカー場やスイミングプールで経験したことがあるのと同じくらいには楽しい状態にわたしが転じることができるということ、それもわたしには分かっているのだ。

しかしどのようにしてか？　どうやら単なる決意によって、意志の山なす努力によって、ではなさそうだ。日々のこつこつとしたトレーニングによってでもない。それが芸術《アート》の奇妙なところである。芸術が非常に多くの点でスポーツにとても似ていながら、それ以外の非常に多くの点でまったくスポーツには似ていないということが、である。というのも、ある素質、ある身体的特質、自分の能力への信頼とハードワークを行いうる力量を与えられているならば、誰でもかなりうまくテニスをしたり泳いだりできる。芸術にはそれに匹敵するものがまったくない。

かつてはおそらくあったのだ。画家や作曲家は弟子として師から自分の技《クラフト》を学びとった。自分の技術《スキル》を教会とか貴族といったパトロンの要求に合わせなければならなかった。そういった一切はもうなくなってしまった。いくぶんかは徒弟制度とパトロンの制度がなくなったからであるが、それはもっと深いある変化の徴候《あらわれ》でしかない。今はもはや、与えられた形式に肉付けするという問題ではないのだ。形式そのものが発見されるか発明されなければならない。しかも一度発明されるや新しい一作ごとに発明し直されねばならないのである。

ロマン主義とポストロマン主義の偉大な芸術家たち——キーツ、ヴァン・ゴッホ、カフカ——の手紙を読んで感じとれるのは、自分自身を適切に水路づけしてやることがほとんど不可能だと気づく際の、その気づくことに必要な巨大なエネルギーと欲望である。水泳者や走者なら、プールかトラックでエネルギーを燃やしつくすことができ、一日一日の努力＝仕事《ワーク》が、先に待つレースに向けての準備を少しずつ前に進ませてくれると分かっている。しかし芸術家がそういった者の向こうを張ってか見習ってか、いかにまねしようができはしない。なにしろ芸術家の場合トレーニングが何を意味するというのだろうか。

芸術家は何のためにトレーニングをすることになるのだろう。

もちろん、振りかえってみると偉大な芸術家がたどった道にあるパターンが見えることはよくある。一八九七年から一九〇七年までのあいだ突発的に生まれたプルーストの未完の作品群は、『失われた時を求めて』に向けての手探りにほかならなかったし、同じ頃のピカソのあわただしい活動は、『アヴィニョンの娘たち』（一九〇七）に向けてピカソを導いていた。しかし当時のプルーストにとって事態は失敗に次ぐ失敗、自分は作家ではまったくないのだという確認の連続以外の何ものでもなかった。また、たとえ途方もない才能とエネルギーのおかげでピカソが絶望に襲われずにすんでいたとしても、自分がいまだ自分の本当の声を見つけてはいないという事実を、ピカソの目から覆い隠すことはできなかった。

しかしその声を見出すにはどうしたらよいのか。自分がこの地上に置かれたのはこれをするためだと感じていることをするには、どのようにしたらよいのか。リルケのように霊が来てくれる日を待って忍耐強く自分を抑えるのか。あるいはカフカのように、何をそしてどのようになさねばならないかが突如分かるのではというあてなき望みを胸に、スケッチや断片という、蓄積を拒む仕事＝作品《ワーク》、満足させてくれることなどないしあり得ない作品を、次々と吐き出し続けるのか。それとも、コールリッジのように、十分に自己実現できないことを、自分の詩の主題材料にするのか。

また、何が満足なのだろう。満足が生じたとき、そもそもそれが満足だと認識されるのだろうか。自分がめざしてトレーニングしてきたレースに勝てば、自分で登ろうと自らに課した峰に登れば、自分がゴールに到達したことが分かる。しかし芸術におけるゴールはもっと無形で触《さわ》り得ないゴールである。そもそも到達したのかどうかがはっきり分からないような場合も多い。ワーズワースとコールリッジは、意気消沈した折には、郷愁をもって自分の子供時代を、当時はどんなに違っていたかを、思い起こした。エリオットは、自分の作品が最善の意図にもかかわらず自分の手もとで砕け断片化するのを目にしたとき、その二人に劣らない郷愁をもって、かつて一つにまとまっていたが今や永久になくなってしまっている文化を思い起こした。カフカは後年、楽しみと絶望をもって一九一二年九月二十二日の夜のことを思い起こした。そのとき、十時間かけてひと息に「判決」を書き、それが一個の有機的全体としてわが身から現れるのを感じ、「いかにしてすべてのことが言われ得るのか、いかにして、すべてのものが、奇妙この上ない空想すらが、待ち受ける大きな炎に包まれて滅び、そしてふたたび立ち現れることか」を感じたのである。

何かを作りたいという欲望で満たされている、これまでにないくらい一所懸命仕事をするエネルギーで満たされている、なのに、自分が作りたいものは何なのか、どんな種類の仕事に携わったらよいかを見出すことができない――これが、あらゆる芸術家がいずれの折にか必ず餌食となる――そして十九世紀が始まって以来餌食になってきた――おそろしい欲求不満《フラストレーション》なのである。しかし、むろんそれは、芸術家に限った欲求不満ではない。フランス革命が起きアンシャン・レジームが崩壊したあと生じた、解放された西洋人すべての身に起こった胴枯れ病なのである。* 十九世紀のヨーロッパ文学はこの沈滞＝士気低下を反映しているのであり、この時代は、ナポレオンであることを夢見ながら結局自分が卑小《けち》な殺人者か欲求不満の事務員であるのを発見するという作品に満ち満ちているのである。というのも、もしも誰であれナポレオンになり得るのだとしたら、問題は「なぜわたしはいまだに事務員でしかないのか?」になるからである。わたしの中で沸き立っているあの全エネルギーをもってしても、世の中をあっと言わせて注目を集める何かをしたいというあの野心をもってしても、なぜわたしは自分が何をする必要があるかを見つけられないのか。十九世紀の小説のああも多くの主人公たちの前にぶらさがっている誘惑は、情念《パッション》の誘惑である。つまり、すべてをくらい尽す大きな情念が、最後には、わたしをとりまく周囲の卑小さからわたしを解き放ち、わたしの人生に意味を与えてくれるだろう、ということである。しかしダンテがずっと昔に分かっていたように、無関心よりは情念の方がましかもしれないとはいえ、最終的にはその情念は蜃気楼でしかないかもしれないのである。

　言うまでもなく、虚構《フィクション》の形でラスコーリニコフやアンナ・カレーニナやエマ・ボヴァリーのような人物の犯罪性や愚かさを描くことは、ちょうど意気消沈を描くことがコールリッジに慰め・癒しをもたらしたように、そういった人物を創りだした者になにがしかの慰め・癒しをもたらした。しかしこの慰めは局所的で一時的な緩和剤であり、私たちは、酒や麻薬に避難所をもとめ、溺れたあげく、自殺に至ることもよくあった芸術家の数を聞いても驚きはしないはずだ。そ

＊思想史家がこしらえる端正な図式を挫折《フラストレート》させる反証が常に存在する。ここでのその一例は、ディドロの『ラモーの甥』（執筆一七六二頃）であろう。フランス革命のかなり前に書かれたものでありながら、その主人公はわたしがフランス革命期以後に属するものと考えている徴候の多くを示している。

れを、ジョン・ベリーマンが『ドリームソングズ』（一九六九）のうちの最上の一篇、一三五番で要約している。これは、彼の友人、作家デルモア・シュウォーツの死に応じての一篇である。

この世代をめちゃくちゃにした神にわたしは腹を立てている。
最初に神はテッドをとらえ、次にリチャード、ランドール、そして今度がデルモア
そのあいだに神はシルヴィア・プラスをのみこんだ
あれは第一級の獲物だった。神はわたしが
キッチンの包丁のように番号をふることだってできる馬鹿は生かしておいた
ただ、ロウエルには手を触れなかった

どこかでこの企ては続いている、ただそれは――
お日様は赤ん坊のブラウスの上に黄色く注いでいる――
ヘンリーの覚束ない足取りの考えの中ではない
私たちは屈するしかない、口にするならその言葉はこうだろうと思う
モットアトデネ
わたしは宙ぶらりんだ。わたしはこの一部にはならないだろう
ヘンリーの友人が神の経歴をモーツアルトの経歴に
対比した。それでヘンリーはぴったりの言葉をさがしても

ほめ言葉しか口にできなくなった
私たちは耐えつづける、一日、一日、一日と
平手打ちされた男もかくやだが、もう二度と来ることなどあり得ないのだ
　こんな知らせは

しかしもちろんそれは来た。ベリーマン自身の数年後の自殺を告げるそれが。それによって、ベリーマンが友人たちに別れを告げたときのこの殷殷たる響きをもって当のベリーマンを悼む詩人はひとりも残っていないことになった。

けれども、あらゆることにもかかわらず、現実にその沈黙の飢餓が癒されることがある。わたしはもはや世界からあるいは自分自身からいなくなっているなどとは感じなくなる。わたしの目にはもはや自分がノートやタイプライターの上にかがんでいる姿はうつっていない。閉じこめられたエネルギーが出口を見つけるのだ。

どのようにしてこれは生じるのか。

それは境界の発見から生じるのだとわたしには思われる。わたしが手をのばして一端に触ることができるがまだその一端が譲らないとき、全境界が触られている状態になるのは時間と忍耐の問題にすぎないとわたしには分かるのである。そして境界が存在するとき、一つの作品があるのである。

わたしが文字通り手をのばして何かに触るわけではないのは明らかだ。しかしこれが単に比喩にすぎないのでないことも同様に明らかである。わたしは境界を想像するのではなく、わたしは

それに触れて感じる《フィール》のである。どのようにしてか？

わたしがその境界を越えるとき、何が起こるかを発見するからだ。

わたしは境界がどんなものか知らないし、それがどこにあるのかもわからない。しかし自分がそれを越えたことは分かるのである。というのも、向こう側には何もない。何の意味もなく、何の足場もない。境界を外れるとわたしは今一度空虚と恣意性の世界の中にいる。書き始めることによって逃れようと思っていた世界の中に。

その場合作品を作ることは、この境界——越えるときに感じ触《さわ》れるに過ぎない境界——がすっかり地図にされてしまうまで幾度でも手探りで進むことにある。

境界の存在を発見することは仕事《ワーク》をすることの可能性、ある作品《ワーク》の可能性を発見することなのである。

その作品＝仕事とはその境界の内側にある何かなのだ。その作品＝仕事とは境界を地図にすることなのである。

耽溺の誘惑——耽溺は誘惑する。自分が携わるべきはどんな仕事なのかを見つけられないことから来るフラストレーションを癒してあげましょうと。

耽溺の論理——耽溺は言う。わたしの無益《いい》な孤立をとり除くべく、わたしと世界との間の境界を解消するのだと。しかし境界はなくならない。わたしが進むと境界が後退するだけなのである。

耽溺の憂鬱——それが一種の解決だとしてもそれは一時的で不十分な解決でしかない。それは私たちを世界へと立ち戻らせてくれるのでなく、世界からさらに遠くへ連れて行くのである。

タッチの夢――触れることを夢見る。わたしを他者に、ともにいきづかせることによって結びつけるタッチを。

しかし、仕事をしないでいる限り、それは夢であり続ける。境界に向かって進んでいない限りは。それはつまり、境界を越える覚悟ができていない限りはということを意味する。すなわち空っぽの部屋に戻る覚悟が。そこにあるのは黙ったままの鏡、耽溺の誘惑、耽溺の憂鬱。

想像する状態でいる限りは、あの「つかむこと」、つまり「最終性＝決着」、がタッチの代わりになっていられる。

わたしが境界を生じさせたとき、わたしが完成する仕事＝作品は、主として言葉ではなく身ぶりで出来ている。あとに言葉をもたらす一連の身ぶりで。

満足をもたらすある秩序をなす一連の身ぶりで構造ができる。

構造は決して最終的なものにならない。それが満足のいくように完成されてしまうやいなや、それはどうでもいいものになる。境界探しがまた始まる。それはいつもまた始まることになる。シジフォスが石を丘の上にくり返しくり返し転がして上げるようにではなく、太陽が毎朝昇るように、ひとが息を吸いこんではは き出し、また吸いこんではは き出すように。

けれどもそれは呼吸ほど自然なことではない。泳ぐことやボールをけるほどにも自然なことでない。というのも、境界がどこにあることになるのかを、また存在するのかどうかさえも、あらかじめ言うことは決して可能でないからだ。

それに終わりはない。しかし「終わり＝目的地」などもはや問題ではない。

23　部屋（二）

静かな部屋の中。少年はテーブルの上にかがみ、左手にトランプの札を一枚持っている。その身のこなしはとても繊細だ。右腕がひじで曲がり、体にしっかりとした支えを提供している。左腕はもっとそっと緑色のベーズ（トランプ台天板を覆う粗いラシャ）の上にのっている。だから、しまいにその札が、すでに築かれているきゃしゃな構造の建物の上におろされても、ただちにそれがくずれることはないだろう。

少年は緊張してはいないし、弛緩してもいない。頭は上に保たれ、首はぐらつかない。黒の〈三角帽子《トライコーン》〉は頭にしっくりとはまり、上方のものをさえぎっている。少年の大きな目はまぶたがややおりていて、前にあるあやうい建物を見おろしている。

すべてが静かだ。テーブルの小さな引出しが少しあいて、画面のこちらの私たちの方にせり出している。けれども少年はそれには気づかず、自分のさしあたってやること以外一切気にとめていない。じきに少年は手にしている札を、前にあるきゃしゃな建物の上にのせることになる。そうすれば、全体が崩れてまた最初からやり直さなくてはならなくなるか、あるいは、この段階は完了《クリア》となって、前にある小さなひと塊りからもう一枚とって、その一枚で何ができるか見てみようという態勢になるか、どちらかになるだろう。

今のところ、しかし、少年は何がどうなるかなど考えていない。少年の存在すべては、自分が軽く持っている札に集中されている。

私たちがいるのは、さきほどとは別の部屋である。今回あの少年は帽子はかぶらず、うしろでエレガントな黒いリボンで結わえられたきれいなウィッグをつけている（もしかすると、あるいはもう少し若く生意気盛りの別な少年なのだろうか）。左側からテーブルにもたれて私たちに右横頬を見せるのではなく、テーブルの右側に立っていて、私たちは左斜め前からの横顔を見ている。テーブルも前のより小さく、見事な鵞ペンがさしてあるインクつぼや二冊の本や丸められた羊皮紙でけっこう混んでいる。そういったものは、明らかに今少年が回したばかりのこまが動きまわれるように、一方の側に押しやられている。ただしそんなこまなど我関せずとでも言うかの風に、少年の手は今テーブルに控えめに置かれ目は小さなこまを見ている。回されて力を与えられたこまはテーブルの端にかなり近くまで来ていて、引出し――またしてもあいているが、こちらはけっこう物でいっぱいである――の上に舞いかかっている。背景の赤と緑の縦じまの壁紙がこの画面に垂直の方向性の感覚を与えているが、それを、少年の直立の姿勢、きれいな鵞ペン、黒々としたインクつぼ、そして、今ほんの少しだけ垂直から傾いているこま、がさらに強めている。

たちまちこまは横倒しになり痙攣しながら止まるだろう。しかし今の今はまだ回っていて、その求心的運動でほとんど静止している。少年がそれをこれほど嬉々として見つめているのも不思議はない。そういう子供らしい唇に浮かんだかすかな笑みが少年の顔に与えている瑞々しさと自然さは、エレガントな上着とシャツ、ふっくらしたボタンのついたきれいなチョッキ、髪粉をつけたウィッグと、まったくそぐわない。しかしその両の手がこれは機敏な子供だと私たちに告げている。着飾りすぎた母親っ子ではないと。

さらにまた別の部屋。もう一人の少年。前の二人より少し年上で、二人と同じくエレガントな

8　ジャン＝バチスト・シャルダン『トランプのお城』1736－37（ナショナルギャラリー、ロンドン）
Jean Baptiste Siméon Chardin, *Chateau de Cartes*. © The National Gallery, London.

9　シャルダン『独楽をまわす少年』1736 頃（ルーブル美術館、パリ）
Jean Baptiste Siméon Chardin, *L'Enfant au Toton. Auguste Gabriel Godefroy (1728 – 1813).* Photo

身なり、頭には黒い〈三角帽子〉。しかしこちらは長い一房の髪が首の後ろで上品な蝶結びで束ねられ、背中に垂れている。この少年は、飾り気のないテーブルに、右から左の方に寄りかかっている。少年の左の肘が体重を支え、左手に鉛筆を持ち、わずかに見えている右手で持つナイフで今けずっている。テーブルの大半をおおっているのは大きな書類挟みで、リボンで結わえられ、リボン両端はテーブルの縁から垂れさがっている。この少年もまた、集中を必要とはするがやっている最中に夢想しても構わないくらいには機械的に行える課題に取り組んでいる。少年のまぶたのおりた目は、あたかも自分はこの神秘にただ立ち会っているだけで満ち足りていますとでもいうように、下に向けられ自分の手を見ている。

私たちは今度は戸外に出る。一人の若者が石の手すりにもたれている。葉の生い茂った枝が若者をとりかこんでいる。コップが一つ、ミルクっぽい液体が五分の四ほど入っていて、スプーンらしき物がそれから突き出ている。コップは若者の隣の手すりにのっている。若者は身を乗り出していて、肘を曲げた左腕で体を固定し、左手首に右腕を乗せている。右手の指先で一本の麦わらを持ち、麦わらの一端は若者の口に入っている。シャボン玉を吹いているのである。実際に巨大なシャボン玉が麦わらの端にできていて、手すりと同じ高さにあるのだが、巨大な玉の透明な膜を通して手すりが見えている。

若者の上着は右肩のところが破れているらしい。長い髪は後ろでまとめられているが、両の鬢からこぼれ出、何がしか若者に正統派ユダヤ教徒の外見を与えている。若者の脇には、ちょっと驚かせられるのだが顔が一つ見えている。曲がった妙な帽子をかぶっていて、口は手すりでさえぎられて見えない。この人物の目はまっすぐ私たちを見つめているように見えるのだが、実際には彼がじっと目を凝らしているのは、彼と私たちのあいだに浮かぶシャボン玉である。しかしながら、私たちが確信をもってそう見分けるにはこの人物は陰になりすぎている。若者の目は麦わらの方へと下げられている。

今述べてきた若者や少年たちがしているのは、何らたいしたことでも重要なことでもない。ギリシア・ローマ神話の人物でもなく聖書の人物や歴史的人物でもない。私たちが彼らについて知っておく必要のあることは何もない。というのも、ある意味において、彼らについて知る価値のあることなど何もないからなのだ。ペンを持つ若者はたぶん製図工であろう。しかし私たちの目の前で彼が携わっていることは、彼の職業の活動にとって単に準備的なものでしかない。ほかの三人についてと言えば、三人は単に時を過ごしているだけのように思われる。

時を過ごす。しかしそれだけではない、と学者たちは言う。この少年や若者たちは明らかに時間を浪費しているのだ、と。これらは *vanitas*（空しさ）の像《イメージ》なのであり、無為の若者が自分の時間をつぶしているさまを表している。いやむしろ、〈無為なる若さが時をつぶす〉さまの図と言えばよいか、と。しかし、当の画家の時代以来こういった意見が一般に通用してきているのだが、そのあまりにも見え透いたばかばかしさによって、こうも単純で静かで、こうも驚くほど美しいこのシャルダンの絵に何か特有に解釈に抵抗するものがあるという事実が、かえって際立たせられるだけなのだ。これらの絵に対する私たちの直接的で肉体的な反応と、これらの絵に対し説明（なぜこのような少年なのか、なぜこういうことをしているのか、シャルダンが私たちに言おうとしていることは何か）を与えようとする知性の能力とのあいだに、裂け目があくのである。

10　シャルダン『素描の練習——鉛筆を削る若者』1737（ルーブル美術館、パリ）
Jean Baptiste Siméon Chardin, *Jeune dessinateur taillant son crayon.* Photo © RMN - Grand Palais (musée du Louvre) / René - Gabriel Ojéda

11　シャルダン『シャボン玉吹き』1733 - 34 頃（メトロポリタン美術館、ニューヨーク）
Jean Baptiste Siméon Chardin, *Bulles de savon.* © The Metropolitan Museum of Art, New York

これらの作品については書かなかったものの、シャルダンの静物画について小エッセイを（未完成ながら）スケッチしたプルーストは、急所に迫っている。いかに見るかを知っていて、自分が見たものについて考え、力強くかつエレガントにそれを表すことができた者にさすがふさわしい、と言える文章だ。プルーストが言おうとしていることは、こうである。シャルダンの静物画、あの見事に描かれたさまざまなポットや水差しや単純な台所棚は、私たちに日常の物の感じ——それらがありふれた物だという意味ではなく、それらが毎日の用に供されている感じがするという意味での、日常の物の感じを与える。絵の具の置かれ方そのものが、私たちに、描かれた対象物がたえず使われていたことだけではなく、それらの物が作られたさいの愛情ある心遣いを伝える。その表面の使い古された粗さは、持ち主の地位と富を見せるために描かれる今日のほとんどの静物画が放つ艶やかな光沢とはまるで違い、その職人技の質を伝えると同時に、何年にもわたって家庭で使われたあいだそれらが耐えてきた磨耗とほころびをも伝える。そしてそれが絵自体の中心的特徴となる。あたかもこの絵に対するシャルダン自身の仕事が、その家庭用品を作った職人の仕事や、来る日も来る日もそれらを使ってせっせと働く女中の仕事の両方と通じるものであるかのようだ。

反復的なあり方についてすべてを知っていたプルースト、ふつうの小説家の主要産品かつ主食であるわくわくするような筋の展開ではなく、本質的にはどの一日もが同一の、すぎゆく日々の規則性の感覚を伝えるのをこととする場合小説家に必要となる技術について知悉していたプルーストは、シャルダンがやろうとしていたことを充分に理解できたが、同時に、シャルダンの同時代人や後代の解説者が彼のキャンバスを見てああも動揺させられた点をも、明らかにしている。

12　シャルダン『水の入ったコップとコーヒーポット』1761 頃（カーネギー美術館、ピッツバーグ）
Jean Baptiste Siméon Chardin, *Verra d'eau et cafetière*. Photo © 2017 Carnegie Museum of Art, Pittsburgh; Howard Noble Fund, 66.12

それは、物語り《ナラティヴ》の完全な不在である。このシャルダンの静物画をほかの芸術家の静物画と比べさえすれば（もちろん偉大な例外は、シャルダンの教えを肝に銘じた一人の画家、モランディである）、ほかの者がどれもこれも、絵自体の技芸についてであれ私たちがいかに生きているか生きるべきかについてであれ、ある主張をしようとしているのに、シャルダンは自分やこれらのポットや鍋が互いに与えあう「互恵的贈答《おかえし》」にしか関わっていないことが分かる。こういったポットや鍋が、普通のことや日常的なことにおけるそれらの使用や連続性の事実を通してシャルダンに、彼自身の普通で反復的な仕事をする力を与えてくれる一方で、シャルダンは自分のヴィジョンの力と自分の手の技とを通して、それらのポットや鍋に、ポットや鍋であっておめでとうと祝うことができるのである。

まるで、シャルダンが、すべての物事はどの一つであれ、一個の逸話や教訓に転じてしまう危険がある、そしてそれゆえそれ自身であることをやめる危険があると、言っているかのようだ。日常的現実のたえざる侵食に抗するには、肯定的な努力、それを下から支えそれに権限を貸与してくれるものなど何ひとつなさそうなだけにいっそう問題を孕んでいる努力、を必要とする。というのもその権限は、この仕事自体――手の仕事であり、また仕上げられた芸術作品《ワーク》＝仕事である――から生じざるを得ないからだ。ここでシャルダンがしていることをするにはとても特別な種類の芸術家が必要なのである。

人物が見えるこの四つの絵においては、物語を語ることの拒絶が、造形芸術の肌目《たち》にそれがはなはだ逆らっているように思われる分、いっそう目覚ましい。しかしこの若い者たちを、あのような強い、しかし無防備な瞬間においてとらえていることの眼目は、西洋美術においてこの一回限り、私たちの見る時間と絵の中の時間とが一致しているということである。つまり、私たちはそこにうっとりして立っている、そして背を向けると、手は前に出、カードはおかれ、こまは倒れ、シャボン玉は破裂することになると私たちは分かっている。しかしわたしたちが見ているあいだ、時間は停止させられ、すべては待つ。あるいはむしろこうだろうか。時間が凝縮され、すべてが動的な平静さの状態にとどまっている、集中とくつろぎがともにある。

「彼はあるテクニックをすっかり自分の物にしていると言われている」と、ディドロはシャルダンについて書いている、「絵筆と同じくらい親指を使うとも。これが本当なのかどうかわたしは知らない。確かなのは彼が仕事をしているのを見たことがある人などわたしはこれまで知らないということだ」。

シャルダンが仕事をしているところを見た者など一人としていなかったかもしれないが、シャルダンの絵のすべてが、どのように彼が仕事をしたのかを私たちに告げている――ゆっくり、忍耐強く、謙虚に、そして、自分の腕前に自信をもってはいるが、その芸術作品の地位についても、またいかなる階層制度であるにせよその中での自分の位置についても、あまり舞い上がった考えはもたずに――。技術《スキル》は二の次、と言ったと彼は言われている。重要なのは、描かれる物《サブジェクト》との共感だ、と。歴史画は彼の興味を惹かなかった。ギリシア・ローマの神話も。シャルダンの仕事＝作品が人を動揺させると同時に人を爽快にさせるのは、彼の作品が、技《アート》に神秘などないが技を体得するには一生かかること、生に神秘などないが、生は耐えられるのでなく生きられる必要があること、を私たちに示してくれるからである。彼の作品は、モランディの作品同様、私たちに、技と私たち自身とを想起させる。プルースト同様、変哲もないものの不思議さについて並々なら

ず知るところがあったもう一人の芸術家ポンジュが言ったように、

古いさまざまな神話がもはや意味あるものでなくなる時、幸運ナル堕落ヨ《フェリクス・クルパ》、私たちは日常の平凡な現実を宗教的な具合に体験し始める。そして、わたしの思うところ、しだいしだいに多くの感謝が捧げられることになるだろう。沈黙により、あるいはただ単に、時代のさまざまなイデオロギーによって課される主題を回避することにより、自分たちの時代の、芸術家でない者たちとのよき連帯《コミュニオン》を示している芸術家に。

そしてポンジュは、シャルダンにおいて存在する畏怖すべきものが何なのかを私たちが見のがさないよう、こう付け加える。

穏やかなるものと宿命的なるものとの間で、シャルダンはみごとな平衡を保つ。宿命的なるものは、わたしにとっては、あせらぬ一様な足取りで、目に物見せる爆発などなしに進むだけに、自明のごとくにみなされて進むだけに、なおさらはっきり感じられるものなのだ。すなわちここに「健康」がある。ここに私たちの美がある。すべてが、普段着で、運命の光のなかで整頓され直す時に。

あの静かな部屋部屋。あの不思議な、動かない若者たち、あの者たちは想像されえないものであるし、想像されなかった――シャルダンが描くまでは。ここにおいても視覚と技術が手と手を携えている。私たちはシャルダンの非凡な色彩感覚について、転調の冴えについて、空間を実現する巧妙さについて、人物の顔や、テーブル、ナイフ、水の入ったコップ、トランプの札と緑色のベーズを描く際のなめらかさについて語ることもできれば、また、蝸牛の殻のらせん形が三角帽子から発し、体を通ってペンや鵞ペンから出て行くのを実現する技術に気がつくこともできる。しかし、シャルダンが言ったように、こういった技術は二次的なもので、重要なのは描かれる物《サブジェクト》との共感なのである。自明で無限に反復可能であると同時に、重大で、かけがえなく、反復不可能でもある何かが起きている。このシャボン玉は、いったん破裂すれば二度と存在しないだろう。このときのこのトランプの家は、いったん崩れてしまえば二度となくなるだろう。このときのこのこまの軌跡は、いったん倒れてしまえば、二度とくり返されないだろう。このときのこの鉛筆は二度とこの長さの鉛筆ではない（そしてこの鉛筆を削る少年はこの若さではない）だろう。

　目は自分から離れた下方の、鉛筆を削っている手に、札を置こうとしている手に、回っているこまに、放されかけているシャボン玉に、向けられている。しかし、なぜか見つめることは、全身から発せられている。ちょうど鉛筆を削り、こまを回し、トランプの家を建てる行為に全身が注がれているように。それこそが没頭ということで意味されているものにほかならない。そして私たちの見つめることも、まぶたでなかば覆われた目から、札や鉛筆や麦わらへと動くさい、同じ魔法にかかる。私たちもまたあの静かな部屋にいる。何も考えず、目的があって何かをしているのでなく、「するのを必要とする」ことをするのでなく。これは秩序であるが、これは自由である。私たちが私たちの前にあるあの絵を離れる（解放する）と、あの手は札を放す（解放する）。『コロノスのオイディプス』がその主人公を解放したように、わたしたちはその絵を手放さなければならないことを受け入れながら、それでも束の間それを私たちの注意の範囲内にとらえて、それを放す。

「I touch you（わたしはあなたに触れる）」――しかし、I am touched（感動したよ／ほろりとしてしまった）や that is touching（ジーンとする／ぐっとくる）は、相当違うことを意味する。I am touched by the branch は「この枝が（その葉の繁りのせいでとか、葉のなさのせいでとかの理由で）わたしを感動させる」の意味にしかなり得ない。もしも touch の文字通りのことを言うのなら、The branch is touching me（その枝が私たちに触れている）と、私たちは言う。

「I am touched」この、どうやら比喩的であるらしい表現を生み出しているのは何なのか。心《ハート》が触れられるという考え方《イメージ》か。a hard-hearted person（心の硬い人、冷酷な人）は、心が触れられない人／触れることのできない心の持ち主のことである。a soft touch――思い通りになる甘っちょろい相手／金を手放させるよう簡単に言いくるめることのできる人――という言い方の裏手《おく》には、柔らかな心という概念があるのだろうか（He touched me for a fiver「彼はわたしに五ポンド札をせびった」を参照）。

「I am touched」は、「わたしは心動かされている」を意味するが、今は古風な表現になっている。「he is touched」はその人があまり普通ではないこと（「ちょっと頭がヘン」）を意味する。では何によって触れられているのか。運命か、神か、不運か？（しかし、ジョンソン博士に関してならこうも言えただろう――「He was touched（彼は触れてもらった）」――瘰癧を直してもらうべくアン女王によって。）

スチュアート・フッドは、手紙の中で、イタリア人男性には狂眼（睨まれると災難がふりかかるという迷信がある）を避けるために自分の睾丸に触る習慣があることを教えてくれた。「友人の一人がこう言っていた記憶がある」と彼は書いている、「高校《リチェオ》（liceo）では、生徒は何度か睾丸に触りつつ（ter quaterque testiculis tactis）、試験の部屋に入ったものだ」と。

「I am tactful」「he is tactful」（わたし／あいつは如才ない）等々（tact の語源はラテン語 tangere「触《さわ》る」の過去分詞）。「タッチがいっぱい（tact + ful）」とは、何と奇妙なことだろう。簡略版ＯＥＤ（『オックスフォード英語辞典』）は、tact の1.b の項に、「〈比喩的〉触覚に擬せられる知覚、あるいは鋭い識別能力」を掲げ、2の項に「他者に対するさいに、気を悪くさせるのを避けるあるいはよく思われるための、何がふさわしく何が適切かについての、当意即妙かつ繊細な感覚」を掲げている。これは、なぜ知覚や鋭い識別感覚が当然のように触覚に擬せられるのか、という問いを回避してしまっている。

一方、「tactile（触覚の、触知できる）」は、比喩的になるのを頑として拒みつづけている。（ところで「tactic（戦術、駆け引き）」は、tactful や tactile とは別な語根、ギリシア語の *taktike* から来ている。ただ、この *taktike* は、私たちの英語の technique《テクニック》 が由来する tekne《テクネー》（技術《アート》）と関係している。）

「Tocata《トッカータ》」――「演奏者のタッチと技術を発揮させるのを目的とする即興風の鍵盤楽器用の曲」。簡略版ＯＥＤの説明はこうなっている。しかし、新ツィンガレリ伊語辞典は、トッカータは「Atto del toccare una sola volta」、つまり、一度きり触れる行為のことだとしていて、さらに音楽的定義として、「Sonata di un sol tempo, di stile elevato e da eseguirsi uno strumento a tastiera（一楽章のみからなるソナタ。高雅なスタイルで鍵盤楽器（触れる楽器）を演奏するための曲）」を掲げている。今一度スチュアート・フッドの言葉を引こう――「明らかに、能動的な意味で、つまり状態受動ではなく動作的な意味で用いられた他動詞の女性形過去分詞だ。しかし、それの女性名詞はどう理解されるべきなのか。おそらくは、これまた過去分詞であるソナタ *sonata*（原形はsonare（音を出す））の場合の女性形と同じだ。「音楽《ムジカ》 *musica*」もその可能性があるのだろうか」。

鍵盤上で一つのタッチは、一つの音を生み出すことになる。「トッカータ」の定義中には、鍵盤楽器は、弦楽器や息を吹き込まれる楽器よりももっとはっきりと、その人の強さと弱さ（長所と短所）をあらわにするものであることが示されてはいないか。

「あの人にはなんて繊細《ファイン》なタッチがあるのでしょう！」ピアニストについてはもちろん、サッカー選手やテニス選手についてもそう言われる。しかし、水泳選手や体操選手についてはどうか。どうも、鍵盤とかボールといった、自分とは別の物が触られ、そして放されることが必要な気がする。しかし、この語がスヌーカーで用いられることはあるのだろうか。ゲームの本質《エッセンス》が、繊細なタッチを保つことにほかならないスヌーカーで。

一方、「自分のタッチを失った」とピアニストやサッカーのセンターフォワードが言うことができるように、また教師や演劇演出家が言ってもおかしくはないだろう。ここで、「I seem to be losing my touch（わたしは自分のタッチを失っているようだ／勘（腕）が鈍っているようだ）」と、「I seem to be losing touch with them（わたしは彼らと離れつつあるようだ／彼らと音信（連絡）が途絶え気味だ）」との違いに注意のこと。

「A nice touch（細やかな彩り）」。これはケーキのアイシング。

「A light touch（軽快・軽妙なタッチ／器用／いい手際）」——しかし、では、「a heavy hand（不器用／手荒さ）」は。これは、タッチが定義からいってheavyであり得ないゆえなのか。しかし、だとすれば「a light touch」は同語反復なのか。さあ、必ずしもそうではない。

「あの人たちを見るのはなんとtouching（感動的）だったことか」——しかし、「彼女はとてもtouchingだった（人の心を打った）」は、役を誰かが演じているのを見て、その人について用いられる場合の方がありそうだ。つまり、「彼女はジュリエット役でとても人の心を打った」などと。ところが、「彼女は父親の葬儀の際とてもtouchingだった」となると、浅はかかずる賢いということになってしまうだろう。要するに、私たちの心は触れられ得ることがあらためて分かる（「わたしは、彼女が覚えているほどtouchedだった（心が動揺していた／気が変になっていた）」）のであるが、しかし、私たちは、そんな風に私たちを「touchする（心揺さぶる）」ような人は、私たちに対し何か企みを持っている（心《はら》に一物ある）のではないかと疑う場合もあるだろう。

「*Touché!*（参《トゥシェ》った！）」フェンシング選手の発する声——今日では当然ながら隠喩《メタファー》的でしかない。「知的フェンシング（議論）」をしていて試合相手が発する、自分が完全に負けたことを認める言葉である。けれども、隠喩の場合の通例として、それは敗北を本当に認めることを避ける一手段たりえるのだ——これは一本とられたなあ！——だが、私はあなたの議論に本当に心動《タッチ》かされているのだろうか。

「接触を保って（また連絡して）」と私たちは言う、が、本気で言っているかどうかはっきりしていることはめったにない。

注（原注および訳者注）

原注が、本文の流れを妨げないためにだと思われる、注番号を本文に付さない形式をとっている点、また付された注自体も必要最小限に留められている点を考慮し、流れにとって比較的直接必要な情報は、原注に掲げられている原典参照箇所などの情報も含め、割注で本文に組み込むこんだ箇所がかなりある。また、補いの意の訳者注もなるべく簡潔にするよう心がけた。

原注はページ数のあとに＊をつけて、訳者注と区別した。

原典引用箇所の参照は、常識的に分かる範囲でなるべく簡略的に記したが、混乱を避けるために省かずに記した箇所もあり、全体として厳密な統一はしていない。

邦訳の情報は、参照が必要なそれぞれの箇所に対し、訳者注として記した（原注内にその必要が生じた際は、邦訳情報以外の訳者補記と同様に、〔 〕で示した。なお、本文中の［ ］は著者本人による補注である）が、タイトルなどの言及にほぼ限られている場合は原則として省いた。なお、本文に引用された邦訳については、文脈の都合上大なり小なり修正を加えて使用した場合がほとんどである。それらを参照することで得られた大きな助けに対して心からの感謝を記したい。

ゴチック体部分が、注の対象となる本文中該当箇所冒頭部で、行頭の数字がそのページ数を示す。

〈1　手のレッスン〉

7　**ロラン・バルトが、・・・プンクトゥム・・・**――ロラン・バルト『明るい部屋――写真についての覚書』花輪光訳、みすず書房、一九八五参照。全編が途切れない一つの流れをなしている本であるが、ここでの関わりで若干の参照箇所を挙げるならば一〇、三九、四七の各章。

8＊ **メルロ＝ポンティは、例証として次のような逸話を紹介している・・・**――Maurice Merleau-Ponty, *La Prose du monde*, Gallimard, 1969, 186-190; *The Prose of the World*, tr. John O'Neill, Heinemann, 1974, 134-137.〔M・メルロ＝ポンティ『世界の散文』滝浦静雄、木田元訳、みすず書房、一九七九、「他者の知覚と対話」の章〕

〈2 リンデンの木陰とアミアンの聖母〉

14＊ **写真は世界からの私たちの不在・・・**――Stanley Cavell, *The World Viewed: Reflections on the Ontology of Film*, enlarged edn, Harvard University Press, 1979, 23, 26.〔スタンリー・カヴェル『眼に映る世界――映画の存在論についての考察』（石原陽一郎訳、法政大学出版局、二〇一二）、第二章および第四章〕

15＊ **ヴァルター・ベンヤミンは、特に映画の性質＝本質を探究する・・・**――Walter Benjamin, 'The Work of Art in the Age of Mechanical Reproduction,' in *Illuminations*, ed. Hannah Arendt, tr. Harry Zohn, Jonathan Cape, 1970, 224-225.〔ここの引用出典については、すぐあとに続く引用箇所もあってか著者が小さなミスをしている。もちろんヴァルター・ベンヤミンの文章であるが、「複製技術時代の芸術」ではなく、「ボードレールにおけるいくつかのモティーフについて」XI章からである。邦訳は、久保哲司訳（『ベンヤミン・コレクション1近代の意味』浅井健二郎編、筑摩書房、一九九五所収）。〕

15 **アウラは、「ある距離の唯一無二的な現象《あらわれ》なのだ。それが・・・**――ここが、「複製技術時代の芸術」からの引用である。「複製技術時代の芸術」VI章、久保哲司訳（第二稿に基づいた訳）、前掲『ベンヤミン・コレクション 1 近代の意味』所収。

15 **ベンヤミンが友情について・・・、それは距離をいきづかせる・・・**――ヴァルター・ベンヤミン「ブレヒトの詩への注釈」の中の、〈老子の亡命の途上で道徳経が成立する言いつたえ〉に対する注部分を参照（邦訳は野村修訳。『ブレヒト』石黒英雄編、晶文社、一九七一所収）。このベンヤミンの言葉は、このあと

の〈3　境界〉で論じられることの一つとも重なる、《物語／伝統／礼儀正しさ《ディコーラム》》対《小説／リアリズム／誠実さ》という関係を眼目としてであるが、ジョシポヴィッチ『書くことと肉体』（原著一九八二、拙訳、紀伊國屋書店、一九八七）の第Ⅱ章においても言及されている。

16　**コールリッジが傑作「失意の頌歌《オード》」で・・・。たまたま、コールリッジはもう一つの失意頌「このリンデンの木陰、わが牢獄」を・・・**——『対訳コウルリッジ詩集』上島建吉編訳、岩波書店、二〇〇二、および『S・T・コールリッジ詩歌集（全）』野上憲男訳、大阪教育図書、二〇一三を参照。「失意の頌歌」の引用は第二連から。上島訳には多くを教えられた。

19　**＊ドナルド・デイヴィがこの一節について言っている・・・**——Donald Davie, *Articulate Energy*, Penguin Books, 1992 edn. 259–260.

24　**＊プルーストが初期のエッセイにおいて・・・**——Marcel Proust, 'Journées de pèlerinage' in *Contre Sainte-Beuve*, ed. Pierre Clarac et Yves Sandre, Gallimard, Pléiade, 1971, 84-6; *On Reading Ruskin*, trans. and ed. Jean Autret, William Burford and Philip J. Wolfe, Yale University Press, 1987, 16-17.〔マルセル・プルースト「ジョン・ラスキン」（『アミアンの聖書』訳者の序文より）」岩崎力訳（『プルースト評論選Ⅱ　芸術篇』穂刈瑞穂編、筑摩書房、二〇〇二所収）〕

〈3　境界〉

29　**鏡の厄介な点は、あまりに多くを見せすぎることだ・・・**——前掲メルロ＝ポンティ『世界の散文』、「他者の知覚と対話」の章における私と他者（他者認識）との関係についての議論——世界の果てまで広がる私の像としての他者——が、ここでの論に関係する箇所であるのは確かであるが、実は「鏡」自体はそこでは、またその本の他の章においても、言及されていない。むしろ、たとえば、自分の身体の全体を見ることができるのは鏡像によってのみであって、他人の身体の全体像の習得より時間がかかる、という『眼と精

神』における議論（滝浦静雄、木田元訳、みすず書房、一九六六、「幼児の対人関係」第三章第一節a「鏡像」参照）や、世界の肉／質とは鏡の現象であり、鏡はわたしとわたしの身体との関係の拡張である、という『見えるものと見えないもの』における議論（滝浦静雄、木田元訳、みすず書房、一九八九、「研究ノート」一九六〇年五月の項参照）の方が、より相応しい参照箇所と言えそうである。しかし、該当箇所という問題を離れていえば、それ自体きわめて魅力的な本である『世界の散文』には、ヘーゲル的総合すなわち「真理」は、物が防腐処置を施されて保存され展示される美術館であって、物との触れ合いや意味の火花は存在できない（「間接的言語」の章）とか、他者の身体はわたしの面前にあるが、それはむしろわたし自身のがわに、わたしのかたわらに、わたしが見たり聞いたりしているものの余白に存在する（「他者の知覚と対話」）とか、先行するすべての表現は現在の表現のうちで蘇り、そこでその座を与えられる（同）とか、古典絵画の諸対象は控え目な仕方で私たちに語りかけるのであり、時として一つの唐草模様や、ほとんど題材をもたない筆のワン・タッチこそが私たちの受肉に訴えかけてくる（「表現と幼児のデッサン」）など、本書『タッチ』の胚胎に大きな刺激となったのではないかと推測される、あるいは――むろんずれたり相反したりする事項を多く含みつつも――少なくとも多様に響き合っていると間違いなく言える、読み手に思考を促さずにはおかない箇所がそこかしこにある。

29　**もう一度メルロ＝ポンティの言葉によるならば、わたしが誰かと・・・**――前掲『世界の散文』、「算式《アルゴリズム》と言語の秘義」の章参照。

32＊　**生きる人間《もの》みな敵だと思え。神々を敵にするより**――Aeschylus, *Choephoroe*, 1. 902. See John Jones, *On Aristotle and Greek Tragedy*, Chatto & Windus, 1962, 100–103.〔アイスキュロス「供養する女たち」（『オレステイア三部作』第二部）呉茂一訳（『ギリシア悲劇Ⅰアイスキュロス』高津春繁他訳、筑摩書房、一九八五所収）〕

32＊　**一番胸を打つ例は、・・・エゼキエル書第三三章にそれはある**――Harold Fisch, *Poetry With a Pur-*

pose: Biblical Poetics and Interpretation, Indiana University Press, 1988, Ch.4 参照。
〔なお、〈9　*Praesentia*《プラエセンティア》〉の著者注に「欽定訳聖書（King James Bible）を使用している」とあることを考慮して、本文中引用箇所には文語訳聖書を用いたが、内容理解の一助になると思われる参照のために、『リビングバイブル』訳を訳者注として掲げる（これ以降の聖書引用箇所の注についても同様）。〕
「彼らにとって、あなたは、すてきな声で恋の歌をうたい、じょうずに楽器をかなでる芸人のようなものだ。ただ聞くのを楽しむだけで、言われたことを心に留めようとはしない。」〔『リビングバイブル』いのちのことば社、一九七八〕

33　**若い巨人パンタグリュエルが、生涯の友となるパニュルジュと出会うとき・・・**——フランソワ・ラブレー『パンタグリュエル物語』（渡辺一夫訳、岩波書店、一九八四および『パンタグリュエル』宮下志朗訳、筑摩書房、二〇〇六）第九章「パンタグリュエルがパニュルジュと出会い、彼を生涯愛したこと」。

39　**モリエールは、礼儀正しい社会の約束事などお構いなしの一人の男についての劇を・・・**——モリエール『ドン・ジュアン』（一六六五〔邦訳は鈴木力衛訳、岩波書店、一九七五〕）参照。

39　**『人知原理論』（一七一〇）の序論においてジョージ・バークリーは・・・**——『人知原理論』大槻春彦訳、岩波書店、一九五八、「序論」第二一—二五節参照。

41＊　**後者についてはフーコーが・・・**——Michel Foucault, *Les Mots et les choses*, Gallimard, 1966, Ch. 1.〔ミシェル・フーコー『言葉と物——人文科学の考古学』渡辺一民、佐々木明訳、新潮社、一九七四、第一章「侍女たち」〕

41＊　**リアリズムの立場からは近すぎる位置なのだが・・・**——Craig Harbison, *Jan van Eyck: The Play of Realism*, Reaktion Books, 1991, 34 参照。

44＊　**結婚の立会なのではないかと指摘する意見がある**——例えば、Jill Dunkerton, Susan Foister, Dillian Gordon, Nicholas Penny, *Giotto to Dürer: Early Renaissance Painting in the National Gallery*, Yale University Press in Association with National Gallery Publications Limited, 1991, 260 参照。

〈4　手にすることとつかむこと〉

49 ＊　**マルセルにとっては、今わたしが述べたばかりのとよく似たエピソードで・・・**――Proust, *A la recherche du temps perdu*, ed. Pierre Clarac et André Ferré, Gallimard, Pléiade, 1954, I. 27-43.〔プルースト『失われた時を求めて　第一篇　スワン家の方へⅠ』（鈴木道彦訳、集英社、一九九六、および吉川一義訳、岩波書店、二〇一〇）、第一部「コンブレー」〕

〈5　部屋〉

53 ＊　**「同じ感動が・・・同時に起こりはしない」ことを発見した・・・**――*ibid.*, 155; *In Search of Lost Time*, tr. C. K. Scott Moncrieff and Terence Kilmartin, revised by D. J. Enright, Chatto & Windus, 1992, I. 186.〔前掲プルースト「コンブレー」〕

53 ＊　**散歩に一人で出ているのは・・・**――*ibid.*, 157; 187.〔同前〕

56 ＊　**その部屋には今日・・・**――George Pérec, *La Vie mode d'emploi*, Hachette, 1978, 331; *Life A User's Manual*, tr. David Bellos, Collins Harvill, 1987, 261.〔ジョルジュ・ペレック『人生　使用法』酒詰治男訳、水声社、一九九二、第55章「女中部屋、10」〕

56　**このはかない贋物にこの上ない・・・ようである。**――本文中に添えられている仏語原文は以下の通り。semblant éprouver sur ces simulacres instables un orgasme hors pair.

〈6　耽溺――ひたる、はまる、おぼれる〉

59 ＊　**オーデンが面白いことを、『新年の手紙』への注のなかで・・・**――W. H. Auden, *New Years Letter*,

Faber and Faber, 1941, 121.〔W・H・オーデン『新年の手紙』風呂本武敏訳、国文社、一九八一、第三部八九八行目への自注。邦訳では対応箇所は九〇三行目に位置する〕

60 ＊ **希みなく、欲望の中にのみわれらは生きる**――Dante, *Inferno*, IV. 42. I have used C. S. Singleton's edition and translation, *The Divine Comedy*, Princeton University Press, 1970.〔ダンテ・アリギエーリ『神曲　地獄篇』平川祐弘訳（河出書房新社、一九六八）、三浦逸雄訳（角川書店、一九七〇）、寿岳文章訳（集英社、一九八七）および原基晶訳（講談社、二〇一四）。この後に言及される煉獄篇と天国篇の邦訳についても書誌情報は同様。ただし三浦訳『天国篇』の刊行年は一九七二〕

63 **『天国篇』第三歌において、ピッカルダは・・・**――本書原文で「私たちの意《こころ》を・・・」の言葉を言うとされている「ラ・ピア」は、『煉獄篇』第五歌に登場する人物であるので、ここでの内容に合わせた修正を施した。

66 **しかしながら pietà とは・・・**――本書原文で第二篇第十章とあるのは誤り。邦訳は、『ダンテ全集第五巻　饗宴　上巻』中山昌樹訳、日本図書センター、一九九五（新生堂、一九二五の復刻）。

66 **〈清新体 *dolce stil nuovo*（甘く優しい新スタイル）〉の言語を話している・・・**――一応定着している「清新体」という訳語の不十分さについては、ダンテ『新生』（河出書房新社、二〇一二）に付した訳者解説において平川祐弘が明確に説明している。「清新体」という訳語からは、dolce「甘え」の含意が抜け落ちている。「『新生』の中でも『神曲』の中でも、幼児の母親に対するがごとき心理におちいるダンテは、ベアトリーチェに対してすこぶる依存的なのである。そのような甘えは学者用語であるラテン語では示されるべくもない」という平川の言葉は、むろん期せずしてだが、本書における〈耽溺〉のこの箇所への適切な注になっている。『新生』だけでなく、平川訳の『神曲』がその平明柔和な優しさの活用において高く評価されるべきであることを付記したい。

67 ＊ **ジル・マンが明敏にも注目している・・・**――出典は、『地獄篇』第五歌に関する Jill Mann の講演（未

刊行）。彼女の好意により参照できた。

68 ＊ **ウィリアム・バロウズは自問し・・・**——William Burroughs, *Junkie*, Penguin edn, 1977.〔ウィリアム・バロウズ『ジャンキー——回復不能麻薬常用者の告白』鮎川信夫訳、思潮社、一九六九〕

68 ＊ **スタンリー・カヴェルは、今言ったのと同じ事を・・・**——*op. cit.*, 102.〔カヴェル前掲書第一四章〕

71 ＊ **グレアム・グリーンが自分の子供のころの読書について・・・**——Graham Greene, 'The Lost Childhood', in *Collected Essays*, Penguin Books, 1970, 13.〔グレアム・グリーン「失われた幼年時代」（『神・人・悪魔——八十のエッセイ——』前川祐一訳、早川書房、一九八七、第一部「自伝的前口上」）所収〕

71 **ライダー・ハガードや・・・**——『ソロモン王の洞窟』や『洞窟の女王』など邦訳されている作品も多いハガードを除けば日本における知名度はさほど高くないが、いずれも二十世紀前半のイングランドにおいて人気を博した小説家・物語作家。ヘンリー・ライダー・ハガード（一八五六—一九二五）は、「暗黒大陸」時代のアフリカなどを舞台とする秘境探検物語、冒険小説で有名。パーシー・ウェスターマン（一八七六—一九五九）は、ハウスボート（居住用艀）で暮らし、海軍を題材にした少年向け物語など著作の大半をそこで書いた。ブリアトン大尉（フレデリック・サドラー・ブリアトン、一八七二—一九五七）は、大英帝国を舞台にした子供たちの英雄譚を多く著した。スタンリー・ウェイマン（一八五五—一九二八）は、「Prince of Romance」の異名もあり、その歴史的な伝奇小説のファンは数多く、本書にあるグレアム・グリーンだけでなく、ロバート・ルイス・スティーヴンソンやオスカー・ワイルドなども夢中になった。

72 **ホーンブロワー船長**——イングランドの小説家セシル・スコット・フォレスター（一八九九—一九六六）が三〇年近くにわたって書き続けた、海洋冒険小説ホーンブロワーシリーズの主人公。ナポレオン・ボナパルトの時代を舞台に、士官候補生として英国海軍に入ったホレイショ・ホーンブロワーがさまざまな経験を積み、活躍し、成長していく姿を描く一代記。広く長い人気を誇り、一九五一年にハリウッドで映画化（『艦長ホレーショ』監督ラオール・ウォルシュ）され、また一九九八—二〇〇三年には、八話からなるテレビドラマシリーズが英国で制作された。

〈7　侵犯〉

74　＊　**と、その瞬間・・・**——Fyodor Dostoevsky, *The Devils*, tr. David Magarshack, Penguin Books, 1970, 13.〔フョードル・ドストエフスキー『悪霊』江川卓訳、新潮社、一九七九〕

77　＊　**わたしが何をしたいと思っているかわかる？・・・**——Proust, *op. cit.*, I. 163; I. 195.〔「アイリス香（臭気どめ）の匂う小部屋」のエピソードについては、〈6　耽溺〉参照〕

80　**人喰いウゴリーノ**——ウゴリーノ・デッラ・ゲラルデスカ（一二二〇頃—一二八九）は実在の中世イタリアの貴族。ダンテによって『神曲』地獄篇の登場人物にされ（第三二、三三歌参照）、宿敵であるピサ大司教ルッジェーリの頭蓋を絶えず嚙る姿として描かれている。

80　**部屋の中では、女たちがミケランジェロのことを／おしゃべりしながら・・・**——T・S・エリオットの詩「J・アルフレッド・プルーフロックの恋歌」（一九一五年発表、のちに『プルーフロックその他の観察』一九一七年に、巻頭の詩として収められた）で、この二行が他の連の間に二度繰り返して挟まれる。一義的な解釈は困難な詩であるようだが、自意識の故に不能感に苦しむ主人公プルーフロックの前で、あるいは彼の頭の中で、都会的な社交界の場で女性たちがいかにも教養あふれる上品な話をしている図であることは確かだろう。〔所収訳詩集としては、『世界の詩集15　エリオット詩集』上田保訳、角川書店、一九七三、および『荒地』岩崎宗治訳、岩波書店、二〇一〇〕

〈8　手のレッスン（二）〉

82　＊　**言ってくれ、アンティゴネ・・・**——わたしは一貫して、E. F. Walting による Penguin 版の翻訳を使っている（*The Theban Plays*, Penguin Books, 1947）。〔ソポクレス『コロノスのオイディプス』高津春

繁訳、岩波書店、一九七三〕

92　『ゴドーを待つ』についての有名な評言——アイルランドの批評家ヴィヴィアン・メルシエ（Vivian Mercier）が、一九五六年二月一八日付の『アイリッシュ・タイムズ（*The Irish Times*）』紙に寄せた『ゴドーを待つ』論 'The Uneventful Event（平凡な出来事／事件がない事件／平穏無事という事件）' において使った言葉——「何も起こらない、二度は」——のこと。

〈9　*Praesentia*《プラエセンティア》——その場にいること、在し《いま》〉

95＊　福音書において聖ヨハネは・・・——わたしは一貫して欽定訳聖書（King James Bible）を使用している。

95　十二弟子の一人デドモと称《とな》うるトマス・・・——『リビングバイブル』の同箇所は以下の通り。

十二弟子の一人で、「ふたご」と呼ばれたトマスは、・・・その場に居合わせませんでした。それでみんなが、「ほんとうだよ。主にお会いしたんだよ」と口をすっぱくして話しましたが、本気にしません。頑として、こう言いはるばかりです。「主の御手に釘あとを見、この指をそこに差し入れ、この手を主のわき腹に差し入れてみなきゃ、信じるもんか。」

八日たちました。その日も、弟子たちは集まっていました。今度はトマスもいっしょです。戸には、かぎがかかっています。ところが、突然、前の時と全く同じように、イエスが一同の中に立ち、「平安があるように」とあいさつなさったではありませんか。

それからイエスはトマスにおっしゃいました。「さあ、あなたの指をこの手に当ててみなさい。あなたの手をこのわき腹に差し入れてみなさい。いつまでも疑っていないで、信じなさい。」

「ああ、わが主、わが神よ！」感きわまって、トマスはさけびました。

「私を見たから信じたのだね。だが、見なくても信じる者はしあわせだ。」

96 ＊ **ピーター・ブラウンが見事に示したように・・・**――Peter Brown, *The Cult of the Saints: Its Rise and Function in Latin Christianity*, University of Chicago Press, 1981, 88.

〈10 御手触れ《キングズ・タッチ》〉

99 **爰《ここ》に十二年、血漏《ちろう》を患いたる女あり・・・**――『リビングバイブル』の同箇所は以下の通り。

さてその中に、出血の止まらない病気で十二年間も苦しみ続けてきた女がいました。大ぜいの医者にかかり、さんざん苦しい目に会い、治療代で財産をすっかり使い果たしてしまいましたが、病気はよくなるどころか、悪化する一方でした。イエスがこれまでに行ったすばらしい奇蹟の数々を耳にした彼女は、人ごみにまぎれて近づき、背後からイエスの着物にさわりました。

「せめてこの方の着物にでも手を触れさせていただければ、きっと治る」と考えたからです。さわったとたん、出血が止まり、彼女は病気が治ったと感じました。

イエスはすぐ、自分から病気を治す力が出て行ったのに気づき、群衆のほうをふり向いて、「今、わたしにさわったのはだれか」とお尋ねになりました。

「こんなに大ぜいの人がひしめき合っているのですよ。それなのに、だれがさわったのかと聞かれるのですか。」弟子たちはけげんな顔で答えました。

それでもなお、イエスはあたりを見回しておられます。恐ろしくなった女は、自分の身に起こったことを知り、震えながら進み出てイエスの足もとにひれ伏し、ありのままを、正直に話しました。イエスは言われました。「あなたの信仰があなたを治したのだよ。もう大丈夫だ。いつまでも元気でいるのだよ。」

101 ＊ **触れるのみにて病人を・・・。王は、右手で順次病人の額から・・・**――Marc Bloch, *The Royal Touch: Sacred Monarchy and Scrofula in England and France*, tr. J. E. Anderson, Routledge & Kegan Paul, 1973, 81, 83.〔マルク・ブロック『王の奇跡――王権の超自然的性格に関する研究　特にフランスとイ

ギリスの場合』井上泰男、渡辺昌美訳、刀水書房、一九九八。挙げられている例については、いずれも第二編第一章第四節参照〕

102 ＊ **聖人的人間、寺院、聖なる川、神の像等々のダルシャナ・・・**――E. A. Morinis, *Pilgrimage in the Hindu Tradition: A Case Study of West Bengal*, Oxford University Press, 1984, 73. 同書のことを教えてくれたStephen Medcalfに感謝する。

〈11　距離の治療〉

103 ＊ **ピーター・ブラウンは、アルフォンス・デュプロンが・・・**――Brown, *op. cit.*, 87.
〔「巡礼行は本質的に旅立つ行為であり続ける」に添えられている仏語原文は以下の通り。le pèlerinage demeure essentiellement départ〕

103 **『カンタベリー物語』**――西脇順三郎訳（『カンタベリ物語』）、筑摩書房、一九七二および桝井迪夫訳（全三巻）、岩波書店、一九九五参照。

104 ＊ **距離がそこでは克服されなければならない・・・**――Brown, *ibid.*

105 ＊ **巡礼が寺院の神聖所に導き入れられて、目にする像は・・・**――Morinis, *op. cit.*, 182.

106 ＊ **テベッサでは、廟に近づく道は・・・**――Brown, *op. cit.*, 87-88.

109 ＊ **バークリーは、次のようなぞっとするイメージで・・・**――*A New Theory of Vision*, XLI. このエッセイへの示唆をしてくれたBernard Harrisonに感謝する。〔ジョージ・バークリー『視覚新論』下條信輔、植村恒一郎、一ノ瀬正樹、鳥居修晃訳、勁草書房、一九九〇、第四一節〕

111 ＊ **「これまで幾たび」と彼は言う・・・**――Proust, 'Journées de lecture', in *Contre Sainte-Beuve*, 194; *On Reading Ruskin*, 128-129.〔プルースト「読書について（『胡麻と百合』訳者の序文）」岩崎力訳（前掲『プルースト評論選Ⅱ芸術篇』所収）〕

〈12 距離の治療（二）〉

113 **「表面の不透明性が」・・・**——Brown, *op. cit.*, 66.

114 ＊ **東方にベナレス・・・**——Morinis, *op. cit.*, 74.

114 ＊ **クレイグ・ハービソンは・・・**——Harbison, *op. cit.*, 187.

115 ＊ **エイモン・ダフィが中世後期の巡礼行について・・・**——Eamon Duffy, *The Stripping of the Altars: Traditional Religion in England 1400–1580*, Yale University Press, 1992, 199.

116 ＊ **キリストの騎士、聖なるウォルストンよ・・・**——*ibid.*, 205に引用されているもの。

116 ＊ **ある魅力的なロラード派のテクスト**——'The Testimony of William Thorpe 1407,' in *Two Wycliffite Texts*, ed. Anne Hudson, Oxford University Press, 1993. 引用箇所は1229–1389行。引用に際して綴りを現代化した。

119 ＊ **旧コーパス・クリスティ祭については・・・**——Duffy, *op. cit.*, 580に引用されているもの。

120 ＊ **その世紀の終わりまでにはコーパス・クリスティ劇は・・・**——*ibid.*, 582.

121 ＊ **これまでたびたび指摘されている**——古典としてはLouis Martz, *The Poetry of Meditation*（Yale University Press, 1954）。

121 **わたしが始まるもととなったあの罪を・・・**——ジョン・ダン「父なる神への賛歌」（『対訳ジョン・ダン詩集』湯浅信之編訳、岩波書店、一九九五所収）。ダン自身の姓Don(n)eや妻の旧姓Moreが読み込まれ、またsonにはsun（太陽）が掛けられている。参照用に原文を掲げる。

A Hymn to God the Father

Wilt thou forgive that sin where I begun,

Which was my sin, though it were done before?
Wilt thou forgive that sin, through which I run,
And do run still: though still I do deplore?
When thou has done, thou has not done,
For, I have more.

Wilt thou forgive that sin which I have won
Others to sin? and, made my sin their door?
Wilt thou forgive that sin which I did shun
A year, or two: but wallowed in, a score?
When thou hast done, thou hast not done,
For, I have more.

I have a sin of fear, that when I have spun
My last thread, I shall perish on the shore;
But swear by thy self, that at my death thy son
Shall shine as he shines now, and heretofore;
And, having done that, thou hast done,
I fear no more.

〈13　聖遺物〉

124 ＊　聖遺物の頻繁な盗みを伴う商売熱は・・・――Brown, *op. cit.*, 88-90.

124 ＊　彼の遺体はかくも長く隠れたままであった・・・――*ibid.*, 91-93.

125 ＊　神のゆるしの見えざる身ぶりだった・・・――*ibid.*, 97.

125 ＊　聖遺物が発見され、移され・・・――*ibid.*, 100-101.

126 ＊　金銭的利益を・・・いかなる聖遺物も架空の奇跡も展示してはならない・・・――ここおよび以下の引用は Duffy, *op. cit.*, 384-385.

128 ＊　そのような適応化の代償は・・・――*ibid.*, 593.

128 　ボナーの『説教集』、ジュエルの『弁証』、フォックスの『殉教者列伝』――エドマンド・ボナー（一五〇〇頃―一五六九）は、イングランド女王メアリー一世のカトリック政権のもとで、厳しいプロテスタント迫害を行ったことで知られるロンドン教区司教。『説教集』は一五五五年刊。ジョン・ジュエル（一五二二―七一）は、イングランド教会ソールズベリー主教。一五六二年に出た『イングランド教会弁証』は、ローマカトリックに対するイングランド教会擁護の嚆矢となった。プロテスタントのジョン・フォックス（一五一六／一七―八七）は、メアリー一世即位に際してストラスブールに亡命し、カトリック教会による迫害についてラテン語の書物を著した。帰国後の一五六三年にメアリー一世時代の殉教者の逸話を追加し、多数の木版画を添えた英語版『教会の諸問題に関する近来の危機的時代における行跡事蹟集』を出した。『殉教者列伝』はその通称。

〈14　帯と川〉

130 　『サー・ガウェインと緑の騎士』を左右する蝶番《かなめ》になるのは・・・――池上忠弘訳、専修大学出版局、二〇〇九および増田進訳（『ガウェイン詩人全訳詩集』所収）、小川図書、一九九二参照。

133 ＊ ジョン・バロウの優れた議論・・・――J. A. Burrow — *A Reading of Sir Gawain and the Green Knight*, Routledge & Kegan Paul, 1965.

134 ＊ フョードル・カラマーゾフに対するゾシマ長老の静かな言葉《いけん》・・・――Fyodor Dostoevsky, *The Brothers Karamazov*, tr. David Magarshack, Penguin Books, 1958, I. 46.〔ドストエフスキー『カラマーゾフ兄弟』小沼文彦訳、筑摩書房、一九六七および、北垣信行訳、講談社、一九七五、第一部第一編第二節「年老いた道化」〕

135 もうひとつの主要な詩作品である『真珠』――前掲『ガウェイン詩人全訳詩集』増田進訳所収。

〈15「木に生えているガチョウ一羽、スコットランド産」〉

138 ＊ ゲオルク・クリストフ・シュティルム――スティーヴン・グリーンブラットが最初にこの手紙に注目し、'A Passing Marvelous Thing'（*Times Literary Supplement*, 3 Jan. 1992, 14-15）の中に掲載した。

138 ジョン・トラデスカントの、有名な家庭博物館――ジョン・トラデスカント父子の収集品とエライアス・アシュモールの収集品を中心に、のちにアシュモリアン博物館が出来た。

139 イシドールスの *de natura hominis*（『人間本性について』）稿本――最後のラテン教父とも呼ばれる神学者・セビリャ大司教であり、『語源』の著者である、セビリャのイシドールス（五六〇頃―六三六）のことと思われる。ただし、著作に博物学、天文学に関する『事物の本性について』はあるが、『人間本性について』は未詳。

140 ロバート・バートンの『メランコリーの解剖』――第三部の前半 Love Melancholy の部分には、斎藤美洲による邦訳「恋愛病理学」がある。『世界人生論全集4』筑摩書房、一九六三所収。

140 トマス・ブラウンの五点形（五の目型）の・・・――イングランドの医師 Thomas Browne は、『キュロス（サイラス）の庭』*The Garden of Cyrus*（一六五八）で世界における五点形（五の目型）の偏在を説き、『世の謬説（世俗のあやまり）』*Pseudodoxia Epidemica, or Vulgar Errors*（一六四二—七二）では世にはびこる誤った俗説の一大展覧を繰り広げた。

141 **＊ クックの太平洋航海についての魅力溢れる論考の中で、ニコラス・トマスは・・・**——Nicholas Thomas, 'Licensed Curiosity: Cook's Pacific Voyages,' in *The Culture of Collecting*, ed. John Elsner and Roger Cardinal, Reaktion Books, 1994, 134.

141 **十八世紀イングランドにおいて「curio」、「curious」、「curiosity」という語が使われる背後にあった緊張状態・・・**——まず図式的な語義説明をすると、名詞curiosityに、「好奇心」と「珍奇・珍品（好奇心をそそること・物）」という二面があり、形容詞curiousにも、「好奇心の強い・知りたがりの」と「珍しい（好奇心をそそる）」の二面がある。つまり、好奇心を向ける側と向けられる側の両方について語るベクトルをもつ語であり、その二つの相は現在も存在しているが、以前はそれらがさらにさまざまなニュアンスを伴ってこの語の大きな振幅となっていた。例えばcuriousについて言えば、「（人が）注意深い・入念な・気難しい・（芸術）通の・好みのうるさい・詮索好きな・細かい」であると同時に、「（物が）手の込んだ・細工や仕上げが細かく念入りな・繊細精妙な・精緻精巧な・正確な・珍しい・変な・通好みの」といった具合である。なおcurioはcuriosityの略語であるが、特に「珍しい物としての骨董品・美術品」をいう場合が多い。

141 **『スコットランド西方諸島の旅』（一七七五）においては・・・**——「ネス湖の正確な差し渡しを確かめなかったある作家」とは、スコットランドの哲学者・歴史家ボエシアス（Hector Boece 一四五六—一五三六）のこと。サミュエル・ジョンソン『スコットランド西方諸島の旅』諏訪部仁、市川泰男他訳、中央大学出版部、二〇〇六、「ネス湖」の章参照。

142 **スターンは、『トリストラム・シャンディ』（一七五九—六七）の最初から最後まで・・・**——ロレンス・スターン『トリストラム・シャンディ』朱牟田夏雄訳、岩波書店、一九六九、および綱島窈訳（『トリ

ストラム・シャンディ氏の生活と意見』）、八潮出版社、一九八七参照。

143 ＊ **クシシトフ・ポミアンの先駆的研究**――Krzystof Pomian, *Collectors and Curiosities: Paris and Venice, 1500-1800*, Cambridge, 1990.〔クシシトフ・ポミアン『コレクション――趣味と好奇心の歴史人類学』吉田城、吉田典子訳、平凡社、一九九二〕

143 ＊ **人文主義者の教皇が、古典古代の彫像の収集を・・・**――Donald Horne, *The Great Museum: The Representation of History*, Pluto Press, 1984, Ch. 1 参照。〔ドナルド・ホーン『博物館のレトリック――歴史の〈再現〉』遠藤利国訳、リブロポート、一九九〇、第一章。原文では「人文主義者の教皇やルネサンス君主が」となっているが、〈ルネサンス君主〉はホーンの書の第二章で扱われていて、また文脈も異なる事柄なので、全体の趣旨に合わせた修正をここの文に施した。〕

144 **『ツバメ号とアマゾン号』**――イングランドの作家アーサー・ランサム（一八八四―一九六七）の児童文学作品（一九三〇）。夏休みに湖水地方にやってきた一家の子供たちの冒険を描く。これに始まる全十二巻がシリーズ物として出た。

146 ＊ **世界中でナチスゆかりの品を・・・**――Robert Harris, *Selling Hitler: The Story of the Hitler Diaries*, Faber and Faber, 1986, 183-184 から。この段落内の以降の引用は同書 184-187.〔ロバート・ハリス『ヒットラー売ります――偽造日記事件に踊った人々』芳仲和夫訳、朝日新聞社、一九八八〕

〈16　所有する力〉

147 ＊ **第三帝国の勲章のほぼ完璧な一揃い・・・**――*ibid.*, 111.

148 ＊ **戦後の芸術ジャンルのうちでも、ことに映画で・・・**――Saul Friedländer, *Reflections on Nazism: An Essay on Kitsch and Death*, Harper and Row, 1984 参照。〔サユル・フリードレンダー『ナチズムの美学――キッチュと死についての考察』田中正人訳、社会思想社、一九九〇〕

148 **＊ 人はなぜ、真偽のほどが怪しい髪の毛幾房かに・・・**——Harris, *op. cit.*, 387.

157 **＊ 不信＝疑いの時代**——ナタリー・サロート（Nathalie Sarraute）の有名なエッセイ「不信の時代」'L'Ère du soupçon,' in *L'Ère du soupçon: Essais sur le roman*, Gallimard, 1956 参照。〔ナタリー・サロート『不信の時代』白井浩司訳、紀伊國屋書店、一九五八〕

〈18 最初の歩み〉

159 **この絵に関してホックニーはかつて、・・・ここでピカソはまさにそれをしている、と述べた**——ホックニーのピカソ礼賛、絶賛はつとに有名である。著者がここで言及しているホックニーの言葉の出処は未詳であるが、例えばほぼ同じことをホックニーは、「傑作美術館——著名人たちが選ぶお気に入り芸術作品絵画篇」という『ガーディアン』紙ホームページの二〇一一年一〇月一二日の記事の中においても述べている。概略を拙訳で以下に紹介すると、「ピカソは誰もが経験し見聞きしたことがある普遍的主題を捉える。そういったひとつであるこの主題は、今日では、母が、わが子に歩みを叔父さんが教えてくれる姿を写真にとるといった例も含め、世界中で何千もの人により、大抵はカメラによって、捉えられ描写される。しかし、大半の場合、ピカソがなしていることを提示できはしない。この絵の子供はわくわくするとともにびくびくもし、気遣う母は、柔らかな手でその子のまだ覚束ない指を握っている。キュビズムがそういう細部をピカソに可能にする。素晴らしい、感動《タッチング》的な作品だ」。(http://www.theguardian.com/artanddesign/gallery/2011/oct/12/museum-masterpieces-celebrities-pick-artworks 参照)

163 **大英博物館所蔵のレンブラントの素描の中に・・・ホックニーが知らなかったとはわたしには考えられない**——二〇一六年におけるホックニーの発言なので、著者によるこの判断の強力な裏付け・補強にはならないかもしれないが、「わが子に同様なことをしている最中の一人の母親を描いた」とここで書かれている一六五〇年代の一枚（図7B）——家族皆が教えている図と説明する方がより正確と言えそうであるが——

について、ホックニーは、知らないどころか、お気に入りの絵の一つだと、マーティン・ゲイフォードとの対話において語っている（『絵画の歴史―洞窟壁画からiPadまで』木下哲夫訳、青幻社、二〇一七、三九―四〇頁。原著は二〇一六年刊）。あるいは一九九六年刊の本書『タッチ』がホックニーになにがしかを与えた可能性があるのでは、などと想像する（いや、本当にそう論外でもないのではないか）と一寸愉快でもある。

〈19　運動メロディー〉

171 ＊「病気以来」とコールは書いている・・・――Jonathan Cole, *Pride and a Daily Marathon*, Duckworth, 1991, 148.

172 ＊ わたしに与えられているものは何一つない・・・――Franz Kafka, *Letters to Milena*, ed. Willy Haas, tr. T. and J. Stern, Shocken Books, 1953, 219.〔フランツ・カフカ『決定版カフカ全集8　ミレナへの手紙』辻瑆訳、新潮社、一九八一〕

〈20　運動メロディー（二）〉

178 オッカー、グーラゴング、ナスターゼ、マッケンロー・・・――詳述の必要もないが、皆世界トッププレイヤーとして活躍した、また同時にそれぞれきわめて個性的なプロテニス選手。トム・オッカー（Thomas Samuel "Tom" Okker 一九四四―）オランダ生まれ、「空飛ぶオランダ人」と称された。イボンヌ・グーラゴング（Evonne Goolagong Cawley 一九五一―）オーストラリア生まれ、「アボリジニ女性の星」と呼ばれた。イリ・ナスターゼ（Ilie "Nasty" Năstase 一九四六―）ルーマニア生まれ、「ブカレストの道化師」や「癇癪持ち」のニックネームを持つ。ジョン・マッケンロー（John Patrick McEnroe 一九五九―）ドイツ生まれで国籍はアメリカ、「悪童」の異名をとったが、同時に「芸術家」とも呼ばれた。

178　**最盛期のホードやレーバーを・・・**——ルー・ホード（Lewis Alan "Lew" Hoad 一九三四—一九九四）オーストラリア生まれ。本文後出のケン・ローズウォールとのペアで、男子ダブルスで生涯グランドスラムを達成した。ロッド・レーバー（Rodney George "Rod" Laver 一九三八—）オーストラリア生まれ、「ロケット」のニックネームを持つ。男子シングルスで、年間グランドスラムを二度達成した唯一（二〇一六年時点）の選手。

178　**アシュレー・クーパーを打ち破ったときにホードは・・・ローズウォールを打ちのめしたときのコナーズは・・・**——アシュレー・クーパー（Ashley John Cooper 一九三六—）オーストラリア生まれ。ホードについては前注参照。ケン・ローズウォール（Ken Rosewall 一九三四—）オーストラリア生まれ。ジミー・コナーズ（Jimmy Connors 一九五二—）アメリカ合衆国生まれ、フラットな強打によって、それまでの優雅なテニスイメージを一新する現代的なパワーテニスの時代を拓いた。なお、後出のボルグは、ビョルン・ボルグ（Björn Rune Borg 一九五六—）、スウェーデン生まれ、コートでの冷静さから「アイス・マン」と呼ばれた。一九八〇年ウィンブルドンでのマッケンローとの決勝戦はテニス史上最高の名勝負とも言われる。

181　**『コーマス』（上演一六三四）におけるミルトンのヒロインは・・・**——ジョン・ミルトン『ミルトン英詩全訳集　上』宮西光雄訳、金星堂、一九八三、および私市元宏訳、山口書店、一九八〇参照。本書原文では「自然の精霊の誘惑（the seduction of nature spirit）」となっているのだが、誘うのは精霊（守護精霊）ではなく妖術師コーマスなので、記述に若干の調整を施した。

〈22　境界（二）〉

196　**＊　いかにしてすべてのことが言われ得るのか・・・**——Franz Kafka, *Diaries*, ed. Max Brod. Penguin Books, 1972, entry for 23.9.1912.〔フランツ・カフカ『決定版カフカ全集7　日記』一九一二年九月二三日の項（谷口茂訳、新潮社、一九九二）〕

〈23 部屋（二）〉

210 ＊ **シャルダンの静物画について・・・スケッチしたプルーストは・・・**——'Chardin et Rembrandt', in *Contre Sainte-Beuve*, 372-382.〔「シャルダンとレンブラント」前掲『プルースト評論選Ⅱ芸術篇』所収。たとえば、「もしあなたが、シャルダンの或る作品を見て、これは台所のように親しみ深くて居心地がよくて生き生きしていると思うことが出来れば、台所を歩きまわりながら、これはまるでシャルダンの絵のように興味深くて偉大で美しいと思うことだろう」という箇所など参照〕

213 ＊ **彼はあるテクニックをすっかり自分の物にしている・・・**——Denis Diderot, 'Le Salon de 1767', in *Salons*, ed. Jean Seznec and Jean Adhémar (Oxford University Press, 1983, III) 参照。John Goodman による英訳 *Diderot on Art* (Yale University Press, 1995, II, 86) がある。〔ディドロによるこの一七六七年「サロン批評」の該当箇所は、「展示番号三八　シャルダン　さまざまな楽器の絵二点」であるが、邦訳は刊行本レベルでは存在していないようである。掲げられている著者自身によると思われる英訳とGoodmanの英訳には、解釈に起因するのであろう微妙なずれがあるが、ここでは著者の方に従って訳出した。ちなみに、ディドロには触覚について、「自分の芸術の理論を十分に把握し、その実践において他の誰にも譲ることのない芸術家はわたしに、彼は視覚ではなく触覚によって松の種子の丸みを判断すると断言した」、「手触りで布地の色を識別する盲人のことをわたしは聞いた」等の覚え書きがある。「盲人に関する手紙　補遺」平岡昇訳（『ディドロ著作集　第一巻　哲学Ⅰ』小場瀬卓三、平岡昇監修、法政大学出版局、一九七六所収）参照〕

214 ＊ **ポンジュが言ったように・・・**——Francis Ponge, *Nouveau recueil*, Gallimard, 1976, 171-173.〔フランシス・ポンジュ「静物およびシャルダンについて」阿部良雄訳、『ポンジュ　人・語・物』（阿部良雄著訳、筑摩書房、一九七四）第Ⅰ部「フランシス・ポンジュ文選　画家論」所収〕

214 **自分たちの時代の、芸術家でない者たちとのよき連帯を示している**——本文中に添えられている仏語原

文は以下の通り。auront fait preuve . . . d'une bonne communion avec les non-artistes de leur temps

214 **宿命的なるものは、わたしにとっては・・・整頓され直す時に。**——本文中に添えられている仏語原文は以下の通り。Le fatal, quant à moi, m'est d'autant plus sensible qu'il va d'un pas égal, sans éclats démonstratifs, va de soi. Voilà donc la 'santé.' Voilà notre beauté. Quand tout se réordonne, sans endimanchement, dans un éclairage de destin.

訳者から——なぜタッチか

1

これは一体どういう本だと言えばいいのだろう。

乱暴を承知で既存の枠で規定するならば、〈タッチ〉をテーマにしての創作論、芸術論というあたりが妥当な線だろうか。しかし、そのように言ったとたんに取り逃されるものがある。

そしてそれは二重に、である。一つは、〈タッチ〉がテーマだという点において。もう一つは、「論」である、という点で。むろん、批評、あるいはエッセイ、という語を使えば、一旦は回避されるかもしれないが、〈タッチ〉について論じる批評、エッセイだと紹介された途端に、実はいつでも回帰してくる、常にすぐそこにあった事柄であると分かる。

二重と言ったが、むろん二つは切り離せない。〈タッチ〉だからこそ論じることが問題になる。〈タッチ〉は「論」になじまない。〈タッチ〉は論じることが出来ない、ということだ。ではそれを扱う本などはこの世に必要ないのか。そんなことはない。触《ふ》れることは、創作論にとどまらない射程をもつ。私たちが日々生きることにのっぴきならない関係をもっているのだ。それが本書が書かれる（小さくない）理由の一つだ。

タッチすること、触れることでしか分からないことがある。

本文を下手にあるいは厚化粧的に再説することほど、〈タッチ〉にふさわしくないこともなく、本文を読む方がはるかにいい（そのためにこそこの翻訳は出される）のだが、とはいえ、訳者の蛇足も宣伝の一端になるかもしれないと考えて話を進めると、「タッチすること、触れることでしか分からないことがある」というのは大方の賛同を得られるだろうと一応前提したうえで、つかんだら、その時そこで、タッチは逃げ去る。というより、正確には、つかんだ瞬間にタッチは消える。このことがここでのスタートであり、また中身であり、終わりでもある。

〈タッチ〉には触れるしかない。それが論理的な答えだが、では、〈タッチ〉に触れるためにはどうしたらいいのか。

触れ続ければもはや「触れる」ことはできなくなる。つまり、触れ続けることは触れることではない。触れ続けることは密着なのであり、さらに依存にすら移行しうる。

触れ続けないためには、つまり論でないためにどうするか。たとえば、カフカの「著作（この語で呼ぶのがふさわしいかどうかが問題になりそうではあるが）」が典型的な実例になる。断章、あるいは手紙（の一節）とかに現れる、はっとさせられる言葉。断簡零墨あるいは片言隻句にこそ、大切なことが生じ（てい）る。しかし、それでは永遠にまとまらない。スタロバンスキーが喝破したように、確定し自己完結した形式に縛られることを嫌い拒んだロマン主義の自由な意識は、しかしその「拒絶の陶酔のなかで枯渇する」のである（『絵画を見るディドロ』小西嘉幸訳、法政大学出版局、一九九五、七六頁参照）。だからこそカフカの独自性と不幸があるのだが、カフカを誰もが再現することは無理であるし、単なる再現ではギャグにもならないだろう。そして、人は、読者は、欲深い。無理は承知の上で、ある持続の中でそれを受けとめたいと望む。あまりに一瞬に過ぎ去るものでなく、つかめないまでも、束の間手（の中）に入れたい、姿をとらえたいと思ってしまうのである。果たして刹那は持続につながり得るのだろうか。作品とのわくわくする遭遇を、作品体験・理解にどう接続できるのか、どう生かしたらいいのだろう。

2

触れたあとには、放すことが来る。来なくては進めない。でも、放すことには不安がつきまとう。手放すには信頼が必要で、近代の宿痾とも呼びうるかもしれない不信（疑うこと）の対蹠である信頼の大切さは、本書においても十分に扱われているが、ジョシポヴィッチの次の批評の書がずばり *On Trust*（『信頼について』一九九九）であったことからも、彼にとってのその意味の大きさは明らかである。他者に頼ること、信頼すること、それなしで生きていくことなど、まったくの単独者として生きていくことなど、誰にもできはしない。

しかし、頼り続けること、「頼りっぱなし」になることは、依存の別言にほかならない。魅了されて手放せなくなる。すがりつき、逃がさないよう握りしめると、さらにその依存自体にとりつかれる。一つ間違えばタッチの果てには依存の自家中毒が待っている。とはいえ、耽溺の魅惑のもつ意義が完全否定されているのでないことも、本書を読んだ者にははっきり分かる。

しかし、だからこそ、この二つ、「信（伝統）」と「不信（近代・モダニズム）」の両者から漏れてしまう、両者のいずれにも就／付いていない「タッチ」が貴重なのである。

信と不信、中世と近代、子供と大人、すべての境に（ただし、「裂け目」や「ずれ」にではない点に注意）タッチが現れるだろう。「マニア」「オタク」と、「熱中」「夢中」との境はどこにあるのだろう。「引き籠もり」と「孤独」の差は何なのだろう。おぼれずに、また空っぽでなく、しかし生き生きと暮らしていくのに、タッチが重要な役割をはたす。

理論的な側面における個々の主題や事柄については、本書のいささかの不十分さを指摘することは可能だろう。たとえば、映画についてのスタンリー・カヴェルや、写真（というよりは批評実践というべきか）についてのロラン・バルト等への言及や考察などについて。また、美術「作品」という問題についてなら、ロザリンド・クラウスの著作が読者のためのさらなる参照論考として挙げられることになるだろう。しかし、すでに述べたことから十分明らかなように、理論的な発展・克服や乗り超えが目指されているわけではない（タッチは、それらが目指され得る事柄でそもそもない）。

本書でも拠るべき重要な書として登場しているメルロ＝ポンティが『世界の散文』の別な箇所で言っているように、正反合による乗り超え（止揚）を唱える弁証法は、合は正を含み得ても、正の世界に出会えはしない。合（総合）とは「生きた衝撃力を奪われ、防腐処置を施して保存されれ」たものである（メルロ＝ポンティ『世界の散文』、一四八頁参照。書誌情報は訳注に記載）。今さら言うまでもないが弁証法は万能ではない。「ヘーゲルとは美術館」、死せる陳列品なのだ。ルーブルではなくアミアンの地に立つ『タッチ』の読者にとり、正は世界との接触である。弁証法によって〈タッチ〉が分かることは永遠にない。

たとえば、坂部恵の『「ふれる」ことの哲学——人称的世界とその根底』（岩波書店、一九八三）は大変精緻な論考であり、「ふれる」を（おそらく意識的であろう誤解により）「振れる」と同一視し、かつ「さわる」から峻別することで、相互嵌入によって主客や自他の区別（分節・ロゴス）を乗り超えることを目指し、この弁証法の隘路を免れようとしている。ただ、優れている分、ぶれずに（振れずに）、触れずに、きちんとした腑分けを行う哲学の論に収まっている。その収まり具合に比べると、「五官は互いに共通しているというよりも、殆ど全く触覚に統一」されていて、音楽が触覚の芸術である事は今更いう迄もない」ことであり、「味覚はもちろん触覚である」と、誰しも仮にそう言いたくてもそこまで思い切りよくはなれない野蛮さを振るえる（本書の一節に倣って、ロマン主義的な性急さ、と言ったら叱られるだろうか）高村光太郎がちょっと羨ましくも思えてくる（「触覚の世界」、『高村光太郎選集・第三巻』、春秋社、一九六七所収）。そこには「分節（区別）」など端《はな》から存在していない。つまり煩う理由がありようもない。関東大震災の壊滅的状況に対する都市計画の遂行に関して、具体的な提言である「出来る相談」に並置した「出来ない相談」に、「震災後十数日の夜、月明に烟る東京の茫漠たる焦土の地平線を望んで私は其の仮面を脱いだ武蔵野の美しさにひどく打たれた。それ以来、本所深川大草原の幻想が私にとりついている」と物騒な思いを大胆にも平気で書きつけて恬淡（天然？）たる者に勝てる者などいるはずもなかろうが（「美の立場から（震災直後）」、同書所収）。

そのような触覚の根源性を本書は主張しているわけではないし、さらに容易に想像されがちかもしれない（実際、プロローグだけを読むとそう即断されるおそれは少しある）ような、視覚に対する触覚の優位を主張するための作品ではまったくない。主体性のあり方に関わっての見ることの布置とか視線の制度とかについてなら、たとえばジョナサン・クレーリーの丁寧な研究に拠るにしくはなく、視覚と触覚の関係も、視覚と触覚が分解不能な様態として共同して働いている、と言うべきだろう（時代的な枠組というレベルでの論としては、彼の『観察者の系譜――視覚空間の変容とモダニティ』遠藤知巳訳、十月社、一九九七を、また具体的にマネ、スーラ、セザンヌという三人の画家を前景化・中心化しての『知覚の宙吊り――注意、スペクタクル、近代文化』岡田温司他訳、平凡社、二〇〇五も参照。これらは、注意・凝視などタッチとは異なる問題系がその主要素になっているが、たとえば、注意とつかむことの相同性などを考察するならば、その関わり合い得る相は小さくないだろう）。

二項対立が問題でなく、それに対する第三項としての、「間」・「関係（性）」や、中間項・中庸（の徳）でなく、「表面」への着目ですら、これはない。項ではなく、境における生起、そしてそれを人がどう体験するか、生きるか、なのである。

本書には一九九八年刊のスペイン語訳が存在する。ヨーロッパ語間の反訳の場合に多いように、余計な部分（読者が今読まれているような、訳者による無粋な補足とか感想とか！）を一切付けず、潔いものだと感心せざるをえないのだが、その訳書の題名を『タッチ（スペイン語だったならば *Tacto*）』でなく、*La terapia de la distancia* すなわち、原書のうちの一つの章題を採って『距離の治療』としている。変更する特別の理由があったのかもしれないが、それは不明。ただ、代用のきかない「距離の治療」という概念や事象・効用が本書にとってもつ重要さはいくら強調しても足りないほどではあるし、サンティアゴ・デ・コンポステーラの場合を典型とするスペインにおける巡礼の伝統の強さ（四国のお遍路さんの伝統が今も生きる我が国でも同様の効用への関心から本書が読まれたりするなら、それは望外の喜びだが）という側面がひょっとすると変更理由の一端かもしれないとはいえ、この題名変更は私にはやはり少々不満足な処理である。本書を成り立たせている第一は、やはり巡礼ではなく、歩行でもなく、ふれること、さわることであるからだ。また、距離の治療法なり癒しなり、ハウツー的なイメージをもたれるのだとすれば、本書の目指すところからそれほど遠いものもないのだから。

3

書き手の側として意図した書き方は、自由連想法というのか、プロローグに十分説明されている通り手探りの旅のそれであるわけだが、本書の全体構成について、読後感的印象を少しだけ補足するとすれば、いわゆる方法論は積極的な意味において「無い」、従って構成はない、と呼ぶのが正確なところであろう、が、結果として出来た一冊の本を読む者、読み手にとってはどうか。そこには、ある生成の道筋というか、ある書かれ方は当然ながら生まれている。

道まかせ風まかせの旅のありよう、映画ならロードムーヴィーさながら、前章中でふと出た事柄や言葉が次章のスタートや話のきっかけになるという具合に、俳諧の連句というのか付け句の風と言った方がよさそうかもしれない展開で話は進む。あるいは、スターンやタバコも持ち出してのこの書に相応しく言うなら。緩急自在な散歩、寄り道、回り道、という比喩が適切か。

そのような歩みの前半が過ぎ、そこで至った「王による治療としてのタッチ」という話題をきっかけに——もっとも、王によるそれは、巡礼行による距離の治療とは言わば対蹠的なものなのだが——ちょうど一書中程《なかほど》の数章が巡礼についての考察に当てられる。そのいくつかの章は難解ではないにしてもかなり重い内容（聖なるものの「在《いま》し」の意味やそれとの関係様態が問題となる）になっている。概念的には全体の基盤ないし支えとなる部分であり、だからスペイン語訳題名に確かに一理あるわけではある。

けれど基盤は、触り（一番いいところ）ではない。タッチでもない。

そして巡礼対象である聖遺物から収集・所有という点を接点に、胡乱《うろん》な現代ヴァージョンとしてのナチスコレクションへと話は転じ、多少とも軽快な話題にまた進み行く。まずは、手を放して（所有を中止して）歩ませるという、前半で語られていた話題へと回帰しながら、新たな風景が開《ひら》ける。手の話題（手を取り合う・重ね合わされる手の触れあい）から、足の話題へ、それも子供のあんよから、散歩・歩行へ。散歩から、おしまいにシャルダンの絵のかかる部屋に入って、そこでシャルダンの芸術＝わざに深く共感しつつ、終わらない旅が一旦しめくくられる。

しかしその旅は、それらの絵を目指すシャルダン詣、モランディ詣——つまり、一定のテーマ・主題の表象的探求——ではない。シャルダンの絵が終着点《いきつくはて》＝到達目的であるわけではないのだ。距離を旅して来たことが或る内的な理解（腑に落ちること）をもたらしたように、シャルダンの絵が、触れることを見る者にもたらすその絵が、いつもの日常の生活・世界を見る者にあらたに分からせる・理解させる。この、「論」ではなく、体験のプロセスこそが本書の独自性でもあることは、もはや言う必要はないだろう。

4

本書は、Gabriel Josipovici, *Touch*（Yale University Press, 1996）の全訳である。著者ゲイブ

リエル・ジョシポヴィッチ（発音にごく忠実にはジョスィポゥヴィーチかもしれないが、日本語表記としての普通さ・妥当性を考慮した）は、一般には高齢とされるであろう域に入った今もなお旺盛に自由かつ意欲的な作品を発表し続けているイングランドの作家である。

一九四〇年南仏ニースに生まれ、四五―五六年の少年期をエジプトのカイロで過ごし（本書20章ではそこで暮らした日々のサッカー小僧ぶりが顔をのぞかせる）、その後はイングランドで学び、そこのサセックスの地に住み、サセックス大学を中心に教えつつ、活動をしてきたこの作家については、残念ながら、なされるに価するにもかかわらず、まとまった紹介がなされてきてはいない。

いずれしかるべき者の手によって全体像が明らかにされれば、まずは小説家として、そして劇作家として、批評家として、それぞれの面での豊饒でかつユニークな作品群が読者の前に現れるだろう（邦訳としては、講演に基づく評論『書くことと肉体 *Writing and the Body*』拙訳、紀伊國屋書店、一九八七のみ。二〇〇〇年までの仕事に関しては、包括的作家論が一冊出ている。Monika Fludernik, *Echoes and Mirrorings*, Peter Lang, 2000）。

小説家としては、ヌーヴォーロマンの洗礼を強く受けてスタートしている。それのみが影響しているわけではないが、ほとんどが人物の対話のみで展開される場合が多い、独特の「前衛的（?-）」な小説世界であるせいか、比較的古典的な小説スタイルが根強く好まれる風土のイングランドでは一般的な受け（評価にはあらず）はさほど高いとはいえないようである。しかし、今記したことからも多少予想されるだろうが、ベケットやピンターの流れにあるとの評価もされ、つまりイングランドよりは広くヨーロッパで、たとえばドイツやフランスなどで高い認知を受けている。また、本人の意識としては必ずしもいわゆるユダヤ人作家という意識を持って仕事をしているのではない（エジプトに移ったのが家族がナチスを逃れての疎開的行動であったのは確からしい）とのことだが、伝統というものに対する鋭敏なスタンスを持っている彼の中にユダヤ的な伝統が一つの大きな位置を占めていることは間違いないと言えるだろう。

本書にも強く関わりがありそうなという意味で、比較的最近の中編小説の一つ『インフィニティ（無限）*Infinity*』（二〇一二）について簡単に触れておきたい。老作曲家パヴォーネ――イタリアのジャチント・シェルシがモデルで、彼が書いた言葉も断片的に使われているとのことだが、伝記小説ではない――に仕えていた元召使のマッシモが、問われるままに、その主人のことを語る、つまり、作曲家の考えも態度も日常も、召使の言葉を通じてのみ、音楽家について知りたくてマッシモに問いを発しているらしい無名の誰か、を前にして語られる。途中、パヴォーネが巡礼行為のことを熱心に語る部分があり、本書『タッチ』との深いあるいは濃い関連がうかがわれる。題名の「無限」とは、一つの音に無数の響き（倍音）を聞くという、シェルシの音楽作法から来ている（クラシックに疎い訳者は、この小説を読みながら、やはり高齢にしてますます自由にして闊達きわまりないジャズピアニスト、アーマッド・ジャマルの'Sunday Aftrenoon'の『ライヴ・イン・マルシアック2014・8・5』あるいは第一三回〈東京JAZZ〉2014・9・7でのセッション、とりわけそこでひたすら楽しげに一つのキーをたたき続け、その音に自分も聞き入り続ける演奏シークエンスを、ジャズファンでは全くないので当たらずといえども遠からず――そもそも複雑さの多い人の声より、楽器である分もっと単純なはずの一つの音が実は持っている多様性が、そこには強く現出しているように私には感じられる――の喩えになることを祈るしかないが、思い浮かべていた。実際あの演奏はこの上なく楽しく、素晴らしい)。すべては、問いかけをする誰かとマッシモの交わす言葉(発話)からのみ成っていて、この小説の少なくとも一面は、創作を生む基としてまた過程の担い手でもある、語る声のありか・あり方を模索する試みだと、特徴づけられよう。

創作の内的過程を探ろうという芸術家小説の流れには属しているが、すべてを、芸術や創作にはまったく無関係な他者が語る言葉として紡ぎ出している点が新鮮である。そこにある距離、客観的であるが温かい関係(マッシモは、控えめでとても忠実な召使なのだが、しかし問われるままに大変細かなところまで語ることができる、それは老パヴォーネへの尊敬、人間としての共感、穏やかな愛情あればこそだ)が、とてもユーモラスな性格をその言葉に与える。

5

独立して切り取ることができるような名文・名文句とか、凝縮された惹句とかは、ここまで述べたことからもはや明瞭だが、本書にはない(ありえない)。鮮やかな転倒も、きらめく逆説も、矛盾に遭遇して地平に現出する異次元や奈落だとか、不可視の存在のあるいは超越的領域の探求などといった抽象も、ない。あるのは要約も抜粋も拒む散文の持続であり、その散文性において、時間のなかで腑に落ちていく経験である。

翻訳者としての蛇足であるが、訳しているときに、「ふれる」と「さわる」と、訳語の選択をどうしようか常に迷った。結果は、その場その場で選択するという、常識的な線に落ち着いた。

どちらでもいいわけではない。「ふれあい」と言えば、いささか「癒し」的であるが、「さわりあい」は少しいやらしい。だからだめというのでなく、同じ「触」でも実に幅が広い、ということだ。また、英語と少し異なる日本・日本語における「触」についてもひと言。先ほど一度使った「聞かせどころ、見どころ」の意味の「触り」――これが端っこや隅（導入部分）の意味だと多くの人に解されている現代の「誤用」が、近頃（二〇一七年秋）ニュースをにぎわしたところからすれば、もっぱら「表面に」触れる意味での「さわり」の語義が、ひょっとすると将来一般に認定されないとも限らない――は、英語に無関係ではない（「琴線に触れる、感動させる」の意味は普通にあるから）が、少しばかり外挿的な「一番いいところ、要点、本質」の意味は英語にない。触ることが本質に関わるという日本語は、ひょっとしてきわめて「タッチ」向きの言語なのかもしれないが、この先将来どうなるのだろう。

本訳書のサブタイトル「距離を巡る旅」は原著にはない。この本について読者に何らかのきっかけを与えられたらという思いから、そして『タッチ』という題の全く別の本がすでに刊行されていることの考慮から、訳者の判断で付すことにした次第である。距離を巡る旅は、タッチを巡る旅でもある。タッチは、しかし、当然すぎることながら、獲得目標《ターゲット》や崇拝・礼拝の対象なのではない（あり得ない）。

なお、図1Aと図7Bは、参照のためにこの翻訳で新しく付け加えた図版である。図1Bが原著の図1、図7Aが原著の図7である。図版使用についてはすべてこの日本語訳用に版権権利者の許諾を取得してあり、それぞれの図のページにその情報を記載した。

原書が刊行された折にすぐ読んで（正確に言うと、一気に読むのがもったいなくて一日一章のペースだったはずだ）、これはぜひとも訳して紹介したい、チャーミングで新しい書き物《ライティング》＝読み物が登場したと思ってほぼ一年がかりで訳稿を九割方準備しながら、その後諸々の個人的事情でそのままになってしまい、気づけば二十年がたっていた。こらえ性がなくなってきたせいもあり、昨年しびれが切れて、何とか世に出したいとまず読み直したところ、最初に読んだときの新鮮な驚き・驚異の感じがほとんどそのままあざやかに甦った。そういった気持ちを著者に伝え（前掲の訳書を出したあと、滞英時に訪ね、その後グリーティングカード、そして時代に応じてメールで、挨拶程度のやりとりは続いていた）、大いに励まされたのに気をよくして腰を上げ、旧稿に大幅に——というのも、赤面するしかない誤りがあちこちにあったせいなのだが——手を入れて何とかここに至った。途中、図版の権利関係処理など、慣れないことを自分でやる羽目にも都合でなって手こずったが、今となっては世間の事情（とは言っても美術ビジネスの末端のそのまた一部のみ）を知るいい経験だったと思える。さて、私事はこのくらいで十分。そんな具合にしてこの翻訳がようやく出来上がることになった。力を貸してくださったすべての方々、特に著者のジョシポヴィッチ氏（何よりも、この本を書いたことに対して）と中央大学出版部のスタッフに心からの感謝を捧げたい。

二〇一七年十二月

212-213
モリエール（ジャン＝バチスト・ポクラン） Molière (Jean-Baptiste Poquelin) 39, 225
モリニス、E. A. E. A. Morinis 102, 105-106, 113-114, 232-233

ヤ行

ヨハネ、聖（使徒ヨハネ） Sanctus Ioannes (St John / John the Apostle) 95, 230

ラ行

ラウリー、マルカム Malcolm Lowry 55
『火山の下』 *Under the Volcano* 55
ラウレンティウス、聖 ロレンツォ（聖ロレンツォ）を参照
ラスキン、ジョン John Ruskin 110, 223
ラビノヴィッチ、サッシャ Sacha Rabinovitch ix
ラブレー、フランソワ François Rablais 33, 35-39, 140, 192, 225
『パンタグリュエル物語』 *Pantagruel* 33-37, 225
ラム、チャールズ Charles Lamb 20
ランサム、アーサー Arthur Ransome 144
『ツバメ号とアマゾン号』 144, 238
リルケ、ライナー・マリア Rainer Maria Rilke 195
ルリヤ、A. R. A. R. Luria 168-169
レンブラント（レンブラント・ハルメンソーン・ファン・レイン） Rembrandt Harmenszoon van Rijin 27, 153-157, 163-165, 239, 242
『夜警』 *De Nachtwacht* 27
『ユダヤの花嫁』 *Het Joodse bruidje* 153-155
ロブ＝グリエ、アラン Alain Robbe-Grillet 9
ロレンツォ、聖（ローマの聖ラウレンティウス） San Lorenzo (Sanctus Laurentius / St Lawrence) 97, 106, 108, 127, 139

ワ行

ワーズワース、ウィリアム William Wordsworth 22, 54, 196

ブロック、マルク Marc Block 101, 231
『王の奇跡』 *Les Rois thaumaturges* 101, 231
フローベール、ギュスターヴ Gustave Flaubert 157
ブラウン、エーファ（エヴァ） Eva Braun 146-148
ブラウン、トマス Thomas Browne 140, 236-237
ブラウン、ピーター Peter Brown 96-98, 102-104, 106-107, 113, 124-125, 145, 231-233, 235
プラトン Plátōn (Plato) 32-33
プルースト、マルセル Marcel Proust 24-27, 49, 53, 56, 65, 67, 75-77, 79-80, 94, 110-112, 135, 148, 157, 166, 195, 210, 213, 223, 226, 232
『失われた時を求めて』 *À la recherche du temps perdu* 49-52, 56, 75-80, 195, 226
ベケット、サミュエル Samuel Beckett 10, 37, 66
『ゴドーを待つ』 *Waiting for Godot* 85, 92, 230
「ダンテとロブスター」 'Dante and the Lobster' 66
『モロイ』 *Molloy* 10
ベケット、聖トマス St Thomas Becket 103, 108, 121, 127, 139
ヘーゲル、ゲオルク・ヴィルヘルム・フリードリヒ Georg Wilhelm Friedrich Hegel 224
ヘッド、ヘンリー Henry Head 168
ペテロ（ペトロ）、聖 Sanctus Petrus (St Peter / Peter the Apostle) 96-97, 106, 126
ペトラルカ、フランチェスコ Francesco Petrarca 36
ヘブライの預言者 Hebrew prophets 33
ベラスケス、ディエゴ Diego Rodríquez de Silva y Velázquez 41
『女官たち』 *Las Meninas* 41, 143
ベリーマン、ジョン John Berryman 198-199
『ドリームソングズ』 *The Dream Songs* 198-199
ベル、サー・チャールズ Sir Charles Bell 168
ペレック、ジョルジュ Georges Perec 56, 226
『人生 使用法』 *La Vie mode d'emploi* 56, 226
ベンヤミン、ヴァルター Walter Benjamin 15, 23, 222
ボエシウス Hector Boece (Hector Boecius) 237
ボエティウス Boethius 64
ポー、エドガー・アラン Edgar Allen Poe 40
「ウィリアム・ウィルソン」 'William Wilson' 40
ホーソーン、ナサニエル Nathaniel Hawthorne 40
ホックニー、デイヴィッド David Hockney 159, 163, 239-240
ホプキンズ、ジェラード・マンリー Gerard Manley Hopkins 23
ポミアン、クシシトフ Krystof Pomian 143, 238
ホメロス Hómēros (Homer) 31-32
ホーン、ドナルド Donald Horne 238
ポンジュ、フランシス Francis Ponge 214, 242-243

マ行

マルクス、カール Karl Marx 157, 167
マン、ジル Jill Mann 67, 227
ミルトン、ジョン John Milton 38-39, 181-182, 241
『リシダス』 *Lycidas* 38-39
『コーマス』 *Comus* 181, 241
メルシエ、ヴィヴィアン Vivian Mercier 230
メルロ＝ポンティ、モーリス Maurice Merleau-Ponty 8-10, 29, 222-224
『世界の散文』 *La Prose du monde* 29, 222-224
モア、トマス Thomas More 121
モランディ、ジョルジオ Giorgio Morandi

103, 114, 116, 118-119, 232
デイヴィ、ドナルド　Donald Davie　19, 223
ディドロ、ドゥニ　Denis Diderot　197, 213, 242
『ラモーの甥』 *Le Neveu de Rameau* 脇注 197
デカルト、ルネ　René Decartes　109
デフォー、ダニエル　Daniel Defoe　39
デュシャン、マルセル　Marcel Duchamp　158
デュプロン、アルフォンス　Alphonse Dupront　103, 232
デリダ、ジャック　Jacques Derrida　123
ドストエフスキー、フョードル　Fyodor Dostoevsky　40, 74-75, 134, 157, 229, 236
『罪と罰』 *Prestupleniye i nakazaniye*　75
『悪霊』 *Bésy*　74
トマス、カンタベリーの聖　St Thomas of Canterbury　ベケット（聖トマス・ベケット）を参照
トマス、聖（使徒トマス）　Sanctus Thomas (St Thomas / Thomas the Apostle) 95-97, 108, 230
トマス、ニコラス　Nicholas Thomas　141-142, 237
トラデスカント、ジョン　John Tradescant 138-140, 145, 236

ナ行

ナッシュ、トマス　Thomas Nashe　39
ニーチェ、フリードリヒ　Friedrich Nietzche 157, 167

ハ行

パウロ、聖　Sanctus Paulus (St Paul / Paul the Apostle)　33
ハガード、ヘンリー・ライダー　Henry Rider Haggard　71-72, 228
パーク、ムンゴ　Mungo Park　142
バークリー、ジョージ　George Berkeley 39, 109, 225, 232
『視覚新論』 *A New Theory of Vision* 109, 232
『人知原理論』 *Principles of Human Knowledge*　39, 225
バートン、ロバート　Robert Burton　140, 236
『メランコリーの解剖』 *The Anatomy of Melancholy*　140, 236
ハーバート、ジョージ　George Herbert 136
ハービソン、クレイグ　Craig Harbison 114, 225, 233
ハリス、ロバート　Robert Harris　146-149, 238-239
バルト、ロラン　Roland Barthes　7-8, 221
バロウ、ジョン　John Barrow　142
バロウ、ジョン　John Burrow　133, 236
バロウズ、ウィリアム　William Burroughs 55, 68, 228
『ジャンキー』 *Junky*　55, 228
ハワード、ドナルド　Donald Howard　114
ピカソ、パブロ　Pablo Picasso　157-163, 166, 195, 239
『アヴィニョンの娘たち』 *Les Demoiselles d'Avignon*　195
ヒトラー（ヒットラー）、アドルフ　Adolf Hitler　146-149, 238
ファン・エイク、ヤン　Jan Van Eyck　41-45, 114, 191
『アルノルフィーニ夫妻像』 *Portret van Giovanni Arnolfini en zijn vrouw*　41-45, 191
ファン・リムジック父子　Jan and Andreas Van Rymsdyck　141
フィッシャー、マンフレート　Manfred Fisher　149
フーコー、ミシェル　Michel Foucault　41, 225
フッド、スチュアート　Stuart Hood　ix, 218-219
フリードレンダー、サユル　Saul Friedländer 238-239
ブレヒト、ベルトルト　Bertolt Brecht　222
フロイト、ジークムント　Sigmund Freud 157, 167

223
「このリンデンの木陰、わが牢獄」 'This Lime-Tree Bower my Prison' 16, 223

サ行

『サー・ガウェインと緑の騎士』 *Sir Gawain and the Green Knight* 130, 235
サザン、リチャード Richard Southern 98
サックス、オリヴァー Olivar Sacks 167-170
『火星の人類学者』 *An Anthropologist on Mars* 169
『妻を帽子とまちがえた男』 *The Man Who Mistook his Wife for a Hat* 169
『左足をとりもどすまで』 *A Leg to Stand On* 169
『目ざめ』 *Awakening* 169
サロート、ナタリー Nathalie Sarraute 239
サンド、ジョルジュ George Sand 50
『フランソワ・ル・シャンピ』 *François le champi* 50, 72
シェイクスピア、ウィリアム William Shakespeare 35, 89, 91, 100, 111, 120
シェーンベルク、アルノルト Arnold Schönberg 157
シャルダン、ジャン＝バチスト・シメオン Jean Baptiste Siméon Chardin 40, 204-205, 207-215, 242
シュウォーツ、デルモア Delmore Schwartz 198
シュティルム、ゲオルク・クリストフ Georg Christoph Stirm 138, 140, 236
ジョシポヴィッチ、ゲイブリエル Gabriel Josipovici 223
『書くことと肉体』 *Writing and the Body* 223
ジョンソン、サミュエル（ジョンソン博士） Samuel Johnson (Dr Johnson) 38, 100, 141-142, 217, 237
『英語辞典』 *English Dictionary* 141
『スコットランド西方諸島の旅』 *Journey to the Western Isles of Scotland* 141, 237
ジョンソン、ベン Ben Jonson 140
『真珠』 *Pearl* 130, 135
スウィフト、ジョナサン Jonathan Swift v
『奴婢訓』 *Directions to Servants* v
スターン、ローレンス Laurence Sterne 37, 39, 142, 191-192, 237
『トリストラム・シャンディ』 *Tristram Shandy* 142, 190, 237-238
ステファヌス、聖 Sanctus Stephanus (St Stephen) 107, 124
ストラヴィンスキー、イーゴリ Igor Stravinsky 174
聖書 Bible 32, 39, 92, 117, 207, 225, 230
セルバンテス、ミゲル・デ Miguel de Cervantes 37
ソープ、ウィリアム William Thorpe 116-118
ソポクレス Sophoklēs (Sophocles) 32, 82, 84, 86, 88, 90, 92, 229
『コロノスのオイディプス』 *Oidipous epi Kolōnō* 82, 92, 215, 229

タ行

ダ・ヴィンチ、レオナルド Leonardo da Vinci 140
『モナリザ』 *Mona Lisa* (*La Gioconda*) 24-27, 140
ダグラス、メアリー Mary Douglas 98
ターナー、ヴィクター Victor Turner 108
ダフィ，エイモン Eamon Duffy 98, 115-116, 120, 127-129, 233, 235
ダン、ジョン John Donne 121-123, 233
ダンテ（ダンテ・アリギエーリ） Dante Alighieri 36, 59-61, 63, 65-68, 70, 197, 227, 229
『神曲』 *Commedia* 59-67，111, 227, 229
『新生』 *Vita nuova* 67, 227
『饗宴』 *Convivio* 66, 227
チャップリン、チャールズ（チャーリー） Charlie Chaplin 4, 5, 81-82, 85
『街の灯』 *City Lights* 4, 12, 16
チョーサー、ジェフリー Geoffrey Chaucer 103-104, 116, 118-119, 149
『カンタベリー物語』 *Canterbury Tales*

索　引

原著の索引は、本文および原注の中で言及されている主な人名と作品名を中心に、二、三の事項も入れ、また作品名は作者名のもとにまとめる形で項目が設けられている。それを基にして一部項目の加減も施し、訳注部分も対象に含めたうえで、50音順に配列した。

ア行

アイスキュロス　Aischylos (Aeschylus)　31-32, 224
『オレステイア』 *Oresteia*　32, 224
アウグスティヌス、聖　Sanctus Augustinus (St Augustine)　124
新しい信心　*Devotio Moderna*　114, 116, 121
アミアンの聖母　Virgin of Amiens　24-27
アルンデル大司教　Archbishop Arundel　116-118
アン女王　Queen Ann　101, 217
イグナティオス、聖　Sanctus Ignátios (St Ignatius)　121
ヴィトゲンシュタイン、ルートヴィヒ　Ludwig Wittgenstein　157
ウェルギリウス　Publius Vergilius Maro (Virgil)　60-61, 64, 66, 181
ウォーターマン、イアン　Ian Waterman　170-174
ウォルスタン、聖　St Walstan　115-116, 233
エウリピデス　Euripídēs (Euripides)　32-33
エドマンド、聖　St Edmund (Edmund the Martyr)　127, 139
エリオット、T. S.　T. S. Eliot　157, 174, 196, 229
オーデン、W. H.　W.H. Auden　59-60, 226-227
『新年の手紙』 *New Year Letter*　59, 226-227

カ行

カヴァルカンティ、グイド　Guido Cavalcanti　67
カヴェル、スタンリー　Stanley Cavel　15, 68-70, 222, 228
『眼に映る世界』 *The World Viewed*　222
カフカ、フランツ　Franz Kafka　9, 157, 172-174, 194-195, 240-241
「判決」 'Das Urteil'　196
ギアツ、クリフォード　Clifford Geertz　98
キーツ、ジョン　John Keats　194
キルケゴール、ゼーレン　Søren Kierkegaard　123, 157
グイニゼッリ、グイド　Guido Guinizelli　67
クック、ジェイムズ　James Cook（Captain Cook）　141, 237
クーヤウ、コンラート　Konrad Kujau　147-150
グリーン、グレアム　Graham Greene　71, 228
グリーンブラット、スティーヴン　Stephen Greenblatt　236
グレアム＝ディクソン、アンドルー　Graham-Dixon, Andrew　155-156
クロムウェル、トマス　Thomas Cromwell　126, 139
ゲーリング、ヘルマン　Hermann Göring　147
ゴッホ、ヴィンセント・ファン　Vincent Van Gogh　157-158, 194
コール、ジョナサン　Jonathan Cole　170-172, 240
コールリッジ、サミュエル・テイラー　Samuel Taylor Coleridge　16, 18-19, 21-24, 27, 54, 110, 130, 195-197, 223
「失意の頌歌」 'Dejection Ode'　16, 20,

著者
ゲイブリエル・ジョシポヴィッチ
1940年南仏生まれ。少年時代をエジプトで過ごしたのち、イングランドに移る。オクスフォード大学卒業後、サセックス大学教授をつとめる。また、28歳での第一作以来作家として、小説を中心にノンフィクション、批評、戯曲（ラジオドラマ含む）など幅広い領域で常に意欲的な著作を発表し続けている。チョーサー、ダンテ、スターン、カフカ、プルーストらに特に親炙し、小説というジャンルの物語りの伝統・歴史そして同時に困難を、批評的な理解を携えつつ創作の現場で引き受け、その可能性を開く作品を生み出そうとしている。

訳者
秋山　嘉（あきやま　よしみ）
1955年静岡県生まれ。東京大学教養学科イギリス科卒。中央大学法学部教授。トマス・ブラウンやジョン・オーブリーなど17世紀イングランドのエッセイストたちや同じ時代の収集（行為）についての論考、また訳書として『ヘミングウェイ釣文学全集　下巻　海』（共訳、朔風社、1983）、ジョシポヴィッチ『書くことと肉体』（紀伊國屋書店、1987）などがある。

タッチ――距離を巡る旅

2018年3月1日　初版第1刷発行

著　者　ゲイブリエル・ジョシポヴィッチ
訳　者　秋山　嘉

発行者　間島進吾
発行所　中央大学出版部
〒192-0393　東京都八王子市東中野742－1
電話 042(674)2351　FAX 042(674)2354
http://www2.chuo-u.ac.jp/up/
印　刷　藤原印刷株式会社
製　本　株式会社渋谷文泉閣

ISBN978-4-8057-5179-4